금단의 페트

금단의 페트

금단의 페트 2

배진국 판타지 장편 소설

초판 1쇄 찍은 날 § 2004년 5월 15일
초판 1쇄 펴낸 날 § 2004년 5월 25일

지은이 § 배진국
펴낸이 § 서경석

편집장 § 문혜영
편집책임 § 유경화
편집 § 신혜미
마케팅 § 정필 · 강양원 · 이선구 · 김규진 · 홍현경

펴낸곳 § 도서출판 청어람
등록번호 § 제1081-1-89호
등록일자 § 1999. 5. 31
어람번호 § 제1-0488호

주소 § 경기도 부천시 원미구 심곡1동 350-1 남성B/D 3F (우) 420-011
전화 § 032-656-4452 팩스 § 032-656-4453
http://www.chungeoram.com
E-mail § eoram99@chollian.net

ⓒ 배진국, 2004

ISBN 89-5831-109-6 04810
ISBN 89-5831-107-X (SET)

배 진국 판타지 장편 소설

금단의 펫

The forbidden pet

2 엘프들의 숲

도서출판 청어람

목차

2
엘프들의 숲

엘프들의 숲(上)

어느새 완벽하게 여름이라고 부를 수 있을 정도로 시간은 쏘아진 화살처럼 빠르게 지나가 버렸다.

그동안 나는 기르디 녀석에게 구박받으며—왕자 녀석에게 매일 깨지기도 하며—검술을 배우기도 하고 식당 일도 가식적인 웃음을 짓고 손님들과 능청스럽게 농을 나눌 수 있을 정도가 되었으며 시아 녀석과 함께 셀브렛 녀석에게 글자를 쓰고 읽는 법과 간단한 여러 지식을 가르치기도 했다.

뭐, 생각해 보면 큰 사건 없이 한가롭기만 한 일상이었다.

"여름 방학……."

조그맣게 중얼거리며 나는 근처에 있는 리체 녀석과 엘리 녀석, 그리고 몇 명의 여자 아이들이 떠들며 어울리고 있는 곳을 향해 멍하니 시선을 고정시켰다. 기숙사에 머물고 있는 아이들을 배려하는 차원에서 있는 방학이라고 하지만 사실 이렇게 무더운 여름이라면 가르치는 선생들도 짜증날 테니까.

그나저나 빨리 계획을 세워두지 않으면 곤란할 텐데 말이다(학교를 가지 않아도 되니 남는 시간을 이용해서 무엇을 하는 것도 나쁘지는 않을 텐데).

"근데 무엇을 하냐는 거지."

검술 연습? 지긋지긋하다.

식당 일? 차라리 셀브렛 녀석과 노닥거리는 게 낫지.

마법 훈련? 가르쳐 주는 사람이 있어야 하든지 말든지 하지. 언젠가 한번 아이린 씨에게 마법을 가르쳐 달라고 하니까 '엘프 어 먼저 배워야 할 텐데?' 라고 대답하는 바람에 그냥 포기하는 게 현명한 선택이라고 생각했다. 책 읽는 것도 지긋지긋하다. 무엇인가 활동적인 일을 해보는 것도 괜찮을 텐데…….

"우우—"

자학하듯 두 손으로 머리를 감싸 쥐고 조금은 한심스레 비음을 흘리는데 갑작스레 무엇인가 묵직한 것이 허리 위에 느껴졌다.

뭐, 나에게 이런 일을 저지를 녀석이라면 이 학교에 단 한 명뿐이니까 내가 신경질적으로 반응하는 것도 어찌 보면 당연한 일이겠지.

앉아 있는 상태 그대로 획하고 상체를 빼버리자 내 허리에 손을 올린 채 지탱하고 있던 누군가의 균형이 흔들리는 것은 '밥 안 먹으면 배고프다' 와 같은 당연한 사실이었다.

"으윽! 위험하잖아!"

나지막이 '아깝군' 하고 중얼거린 후 나는 똑바로 리체 녀석의 얼굴을 마주 보며 입을 열었다(여학생들과 떠들고 있었던 걸로 아는데 넘어지지도 않고 금세 균형을 잡은 것만 봐도 확실히 리체 녀석의 운동 신경 하나는 평범하지 않은 것 같다).

"저는 지팡이가 아닙니다."

"쳇, 사내가 돼서 소심하기도 하셔라."

신경질적으로 뭐라고 더 중얼거리더니 곧 다시 여학생들과 웃고 떠들며 즐거이 수다를 떠는 단순한 리체 녀석이었다.

'저런 녀석 상대하고 있을 때가 아니지.'

그렇다. 며칠 후면 소중한 자유 시간을 얻을 수 있는 여름 방학이다. 뭔가 확실한 계획을 세워두지 않으면 방학 내내 방에서 뒹굴며 바보같이 시간을 허비할지도 모른다(뭐, 나름대로 그것도 나쁘지는 않겠지만).

으음, 왕자에게 좀 더 체계적으로 검술을 배워볼까? 아이린 씨에게 엘프 어를 배우는 것도 나쁘지는 않을 것 같은데.

"윽! 내가 이렇게 하릴없는 녀석이었나?"

머리를 감싸 쥐며 고민해 봐도 그다지 좋은 생각은 떠오르지 않았다. 왠지 나 스스로가 한심해지는 순간이었다.

"…그러니까 여행 준비를 해라."

"네에?"

식당 영업이 끝나고 열심히 왕자와 대련하고 있는데 기르디 녀석이 다가와 갑작스레 진지한 얼굴을 하고 여행 준비를 하라고 말했다(그런 까닭에 나는 멍청한 얼굴을 하고 반문할 수밖에 없었다).

"……."

정말 죽일 듯이 날 노려보더니 다시 입을 여는 기르디 녀석이었다(예전 같으면 바로 주먹이 날아왔을 텐데 그래도 최근에는 그다지 기분이 나쁘지 않은 모양이다).

"널 보고 싶어하시는 분이 있다고 한다."

"학교는 어떻게 하라는 겁니까? 아직 방학도 되지 않았는데."

'휴~' 하고 작은 한숨을 쉬어 보이더니 아무 말도 없이 사라지는 기르디 녀석. 마음 같아서는 붙잡은 후 자세한 사정을 듣고 싶었으나 목숨은 하나였기 때문에 신중할 수밖에 없었다.

그런 나를 흘겨보더니 말없이 칼을 휘두르며 연습을 재개하는 왕자 녀석이 새삼스레 얄미워 보이는 것은 왜일까?

'젠장, 이럴 줄 알았으면 집중해서 듣는 건데……'

재수 없으면 뒤로 넘어져도 코가 깨진다고, '평범한 잔소리겠지' 하고 생각하며 무시한 것이 실수다. '갑작스런 여행'에 대한 사연은 아이린 씨에게 물어보면 되겠지만 기르디 녀석이 삐친 것은 정말 오래가며 귀찮은 일이기 때문에 말이다(엘프랑 인간이랑 시간 관념 자체가 다른 때문이겠지만).

노크를 한 후 아이린 씨의 방문을 열고 들어가 보니 뜻밖에도 시아 녀석과 함께 곤혹스러운 표정을 하고 있는 셀브렛 녀석이 보였다. 불만이라도 있는 듯 조금은 입이 튀어나온 셀브렛을 품에 안은 아이린 씨와 함께 모두들 잠옷 차림이었기에 새삼 얼굴이 붉어져 오는 것 같았지만 내색하지 않고 천천히 입을 열었다.

"궁금한 것이 있어서……"

갈색 머리카락 사이로 보이는 쫑긋 솟아오른 귀에 푸른색 줄무늬의 잠옷을 입고 있는 셀브렛 녀석이 도움을 요청하는 애절한 눈빛으로 나를 바라보았다.

　그런 녀석의 표정에 비해 맛있는 먹잇감을 품에 안은 포식자의 그것과 유사한 눈빛을 가진 아이린 씨가 한껏 기쁜 듯 웃으며 입을 열었다.

　"으응? 여행에 대해서?"

　부끄러워하는 듯 그런 아이린 씨의 등 뒤에 몸을 숨기고 조금은 상기된 얼굴로 나를 바라보는 시아 녀석과 숨이 막히는 듯 아이린 씨의 품 안에서 창백한 얼굴을 한 셀브렛 녀석의 눈을 무시하며 나는 다시 입을 열었다.

　"네."

　"오빠가 말해 준 대로야. 시아와 너를 보고 싶어하는 분이 계시거든. 조만간 식당으로 누군가 데리러 올 거야."

　'그분' 이란 작자의 정체와 도대체 어디로 가는 것인지, 그리고 학교는 어떻게 하라는 것인지 불확실한 것 투성이다.

　"모르겠군요. 어디를 가는 것인지, 왜 가는 것인지, 학교는 어떻게 하는 것인지……."

　덕분에 조금은 퉁명스러운 어조로 그렇게 아이린 씨에게 불만을 표시했다.

　"학교는 어떻게든 손을 써보면 되니 걱정하지 않아도 문제없을 것 같은데?"

　확실히 아이린 씨나 기르디 녀석이나 나름대로 능력있는 엘프들이니까 그다지 걱정되지 않았지만 그래도 궁금한 것이 있으면 꼭 알아야 직성이 풀리는 내 성격 탓에 재차 질문하지 않을 수 없었다.

　"어디로 가는 겁니까?"

　"간단히 말해서 엘프들의 숲이라고 할까?"

　엘프들의 숲이라……. 대충 짐작 가는 곳이기도 해서 고개를 끄덕이며 입을 열었다.

"엘프들의 숲 '에르쥬나'."

대륙에서 유일한 엘프들의 도시. 그곳이 바로 엘프들의 숲 에르쥬나인 것이다. 내 예상이 맞았던 모양인지 아이린 씨는 고개를 살짝 끄덕인 후 셀브렛 녀석을 힘주어 껴안으며 다시 입을 열었다.

"그래. 여행이긴 하지만 그리 오래 걸리진 않을 테니 너무 걱정하지는 말라고."

뭐, 특별하게 걱정하지는 않지만 그래도 조금은 불안한 것이 사실이다. 살짝 고개를 끄덕이며 작별 인사를 하고는 천천히 문을 연 후 아이린 씨의 방을 빠져나왔다(물론 셀브렛 녀석의 애원하는 눈빛을 무시하며).

영업이 끝나고 슬슬 검술 연습을 하려고 준비하고 있는데 식당 문이 열리며 깊게 후드를 눌러쓴 두 사람이 실내로 들어왔다.

"오늘 영업은 끝났습니다만……."

가끔씩 야밤에 엉망진창으로 취해서 횡포를 부리는 녀석들도 있었기에 조금은 못마땅한 어조로 말했다.

잠시간의 침묵 끝에 키가 크고 덩치도 있어 보이는 짙은 검은색 후드를 뒤집어쓴 작자가 고개를 들어 올리며 입을 열었다.

"기르디님을 불러주게나."

기르디 녀석의 이름을 알고 있는 것을 보니 평범한 손님은 아닌 모양이다. 난 고개를 끄덕이며 주방으로 걸음을 움직였다.

잠시 후 내가 기르디 녀석과 함께 돌아왔을 때에 두 사람, 아니, 한 사람과 한 엘프는 얼굴을 가릴 정도로 깊게 눌러썼던 후드를 한쪽에 벗어놓고는 의자에 앉아 조금은 멀리에서 걸어오는 나와 기르디를 바라보고 있었다.

"오랜만이군."

다크 엘프. 척 보기에도 알 수 있는 외모였다. 짙은 붉은색의 후드로 얼굴을 가리고 있어서 눈치 챌 수 없었지만 말이다.

지극히 단정하고 날카로워 보이는 외모. 다크 엘프라는 이미지와 어울리는 모습이라고 생각되었다. 긴 은발이 허리까지 내려와 어두운 얼굴과는 대조적인 모습이었고 두터운 로브를 입었다고 해도 몸의 굴곡으로 봐서 여성이 확실해 보였다.

"확실히……."

순간 무엇인가 기르디 녀석의 눈에 '당혹' 이란 감정이 엿보였다는 것은 나의 착각이었을까?

오랜 시간 동안 같이 지내서 느낄 수 있었다. 기르디는 적지 않게 동요하고 있다.

"이번에는 적이 아니니까 그렇게 긴장하지 않아도……."

기르디 녀석을 향해 싱긋 웃어 보이며 다크 엘프가 다시 입을 열었다.

"그냥 길 안내 역할이니까 말이야."

나와 시아 녀석을 안내해 주는 길잡이 노릇을 한다는 것인가? 지 다크 엘프가? 굳어 있는 기르디 녀석의 얼굴을 봐도 무엇인가 불길한 예감이 들었지만 뾰족한 수가 생각나지 않으니 조용히 있는 수밖에 없었다.

'기르디 녀석을 당황하게 만들 수 있다니 대단하군.'

적어도 이렇게 생각하는 것은 그만큼 저 다크 엘프가 대단하다는 뜻이 될 테니까(물론 약간의 빈정거림은 섞여 있었지만).

상당히 긴 여행을 한 모양인지 피곤한 기색으로 아무 말도 없이 빈 방으로 걸어가는 다크 엘프와 덩치 좋은 양반이었다(이 식당에서 지낸 적이 있었던 모양이다. 식당의 위치를 파악하고 있는 것을 보니).

기르디 녀석은 멍하니 그 모습을 바라보다 살짝 코웃음을 치고는 주방으로 걸음을 움직였다. 잠시 후, 홀로 남은 나도 검술 연습을 하기 위해 천천히 왕자가 있는 뒤뜰로 향했다.

그렇게 하루가 지나자 예상한 것보다 훨씬 빠르게 갑작스런 여행을 위한 준비가 시작되었다.

여행을 위한 옷가지 및 물품들을 챙겨주고 내 사정을 설명하기 위해 아이린 씨는 카이리온 기사 양성 학교로 가버렸고 어제 온 다크 엘프와 함께 기르디 녀석도 사라져 버려 식당을 지키고 있는 것은 셀브렛과 나, 시아 녀석뿐이다.

청소를 끝내고 모두 의자에 앉아 느긋하게 차와 과자를 먹으며 휴식을 취하고 있었다.

셀브렛 녀석은 생선을 제일 좋아하고 단것도 가리지 않고 잘 먹는 먹성 좋은 타입이었다. 고양이가 과자를 먹는다고 생각하면 굉장히 우습지만 말이다. 열심히 과자를 입 안 가득 우겨 넣어서 씹어 먹는 모습이 나름대로 진지해 보이기도 했다.

"아, 좋은 아침일세!"

어제의 덩치 좋은 중년 사내가 어느새 근처로 다가와 사람 좋아 보이는 미소를 지어 보이며 외쳤다. 나는 가볍게 고개를 숙여 인사하고는 옆자리의 의자를 권했다(사실 '지금은 아침이 아니라 점심인데요?' 하며 쏘아붙여 주고 싶기도 했지만 쓸데없이 적을 만드는 것은 얼간이나 하는 짓이니까).

시아 녀석이 자리에서 일어나 중년 사내를 위해 차를 준비했다. 나는 그 모습을 바라보다 고개를 돌려 셀브렛 녀석의 입가에 묻은 과자 부스러기를 닦아주며 천천히 중년 사내에게 말을 건넸다.

"저는 베리라고 합니다."

"아, 그러고 보니 아직 내 이름도 말하지 않았구먼. 미안하네. 편하게 그냥 스티브라고 불러주었으면 좋겠군."

잠시 동안 미소 짓는 얼굴로 '허허허' 하고 웃어 보이더니 스티브 씨는 로브의 품 안에서 조그마한 나무 지팡이를 꺼내 보였다(시아 녀석도 준비를 끝내고 찻잔을 테이블 위에 올려놓았다).

"마법사지. 보조 마법에 조금은 지식도 있는 편이라네."

'춤추는 빛(Dancing Light)' 하며 가볍게 주문을 캐스팅하자 세 개의 작은 빛의 구체가 테이블 위를 날아다니며 모두의 시선을 어지럽히기 시작했다.

"와아―!"

그 현란한 광구체들 향연에 입을 벌리고 당혹성을 지르며 놀라워하는 셀브렛 녀석이었다.

빛의 구체들을 이용해서 '잘 부탁해' 하는 글씨를 순서대로 만들어 보이는 스티브 씨. 커다란 덩치와 험상궂은 모습에 비해 재미있는 사람 같았다.

신기해하는 셀브렛과 시아 녀석을 위해 여러 가지 재주를 부리는 것을 보니 그래도 좋은 사람 같아서 조금은 안심되기도 하는 순간이었다.

모든 준비가 끝나고 드디어 여행이 시작되었다.

알고 보니 스티브 씨는 우리 일행에 텔레포트 주문 '만' 을 걸어주기 위해서 '누구'의 명령을 받고 이 식당까지 온 것이라 한다. 쉽게 말해서 다크 엘프 녀석과 나와 시아 녀석만의 삭막한 여행이 시작된다는 것이다. 젠장.

"아, 걱정하지 마시길. 텔레포트 마법만은 실패해 본 적 없으니까 말이야. 허허허……."

그 사람 좋아 보이는 웃음에도 삭막한 표정을 감추지 못하는 다크 엘프. 기르디 녀석과 잠시 어디를 다녀온 후로는 계속 벌레 씹은 표정이다.

"알았으니 준비나 하도록."

그 다크 엘프의 신경질적인 말에 로브의 안에서 지팡이를 꺼내며 마법 주문의 캐스팅을 준비하는 스티브 씨.

셸브렛 녀석은 나와 시아가 잠시 여행을 간다는 말에 눈시울을 붉히며 슬퍼하고 있었다. 뭐, 고작 며칠 동안 보지 못하는 것뿐인데 말이다. 덩달아 시아 녀석도 우울한 표정이었다.

아이린 씨는 옷가지와 조금의 식량, 여행에 필요한 필수품이 들어있는 가방을 건네주며 당부의 말을 잊지 않았다.

"엘프들의 숲에는 몬스터들이 엄청 많거든. 뭐, 몬스터와 부딪칠 위험은 없지만 함부로 숲을 돌아다니지 않는 게 좋을 거야."

몬스터라……. 내 실력을 테스트해 볼 겸 한두 마리 정도는 나와도 좋을 텐데 말이지(물론 엄청 강한 녀석은 사양이지만 오크나 고블린 정도는 싸워서 이길 자신이 있으니까).

"조심해서 다녀와!"

훌쩍거리며 손을 흔드는 셸브렛 녀석과 그런 녀석을 품에 안고 웃음 짓는 얼굴로 배웅하는 아이린 씨.

"텔레포트(Teleport)!"

주문 캐스팅이 끝나자 어느새 마법진이 형성된 바닥에서 빛이 뿜어져 나와 시야를 어지럽히기 시작했다. 멀리서 날 바라보는 왕자에게 살짝 고개를 끄덕인 후 얼마 지나지 않아 빛의 기둥에 휩싸여 그렇게 일행은 어딘가로 이동되었다.

*　　　　*　　　　*

"말씀드린 대로 굉장한 세력들에 '실험체'가 알려진 것 같습니다. 그 소년의 아버지만 해도 그렇고."

"…그렇군."

눈앞에 무릎을 꿇고 있는 자신의 한심한 부하를 경멸 가득한 표정으로 그는 바라보았다.

똑똑하지만 소심했다. 뭐, 그 소심함 덕분에 오래 살 수 있었던 거지만 말이다(욕심이 지나치거나 겁을 모르는 녀석보다는 그 편이 훨씬 나을 테니까).

여하튼 그런 한심한 부하 덕분인지 예상 못한 결과 덕분인지 상당히 기분이 안 좋은 것은 확실했다.

그답지 않게 조금은 초조하기도 했다. 그동안 공들인 시간과 노력, 모든 것이 수포로 돌아가 버릴지도 모르는 일인 것이다. 손해를 각오하지 않은 것은 아니지만 아직 쉽게 포기하기에는 너무나 이르다.

"쿠쿡, 용제가 개입된다고 해도… 이쪽도 비장의 카드 한두 장은 가지고 있으니까 말이지. 안 그런가?"

그래, '실험체'가 여러 성가신 녀석들에게 알려진 것은 사실이지만 조금 여유를 가지고 기다려 보자. 어찌 됐든 상대는 나의 정체를 모르고 나는 상대의 정체를 절반쯤은 파악했으니까.

지자크. 언제 보아도 불쌍한 녀석. 얼마 전에 자신이 허락도 없이 한 행동을 지금쯤 미친 듯이 후회하고 있겠지. 하지만 말이야, 예상치 못한 곳에서 행운은 찾아오는 법이거든? 예를 들어, 그 '힘'을 손에 넣었을 때처럼 위기 속에서 찾아오는 행운이란 것은 언제나 모두를 놀라게 해주지.

대충 마음속으로 혼자만의 생각을 갈무리하고 그는 다시 입을 열었다.

"뭐, 널 믿어보겠다."

소심한 자신의 부하를 효율적으로 어떻게 다루는가에 대해서는 몇 백 년 전부터 깨닫고 있었던 것이다. 긴장의 끈을 놓치게 해서는 안 된다. 당근과 채찍, 칭찬과 독설. 이제는 익숙해질 수밖에 없는 그런 것들.

식은땀을 흘리며 긴장하고 있던 불쌍한 지자크는 몸을 일으켜 크게 고개를 숙이며 인사하고 어딘가로 사라졌다.

바닥을 겨우 볼 수 있을 정도의 빛은 어느새 사라져 버린 지 오래였다. 모든 것이 무(無)로 여겨질 만큼 긴 시간이 흐른 후 비릿한 조소가 섞여 있는 말이 어딘가에서 들려왔다.

"그래, 이제부터가 진짜 시작이지."

*　　　*　　　*

모두 당황하고 있었다. 아니, 당황할 수밖에 없었다.

심지어는 그 포커페이스 같던 다크 엘프 녀석마저도 식은땀을 흘리며 사방을 둘러보고 있었다.

"여기가 엘프들의 숲 에르쥬나?"

정말 말하기도 민망하다. 푸른 하늘에 햇빛은 음침하게 생긴 나무들 때문에 찾아보기도 힘들고 바닥은 기분 나쁘게 축축하고 미끈거리는 이런 곳. 엘프들의 숲은 무슨 얼어죽을 엘프들의 숲이란 말인가? 언데드의 숲 내지는 죽음의 숲이라고 하는 것이 낫겠다.

가끔씩 들려오는 정체 불명의 생명체―몬스터일지도―들의 울음소리가 더 더욱 그로테스크한 분위기를 풍긴다. 시아 녀석은 이런 음침한 곳에는 약한 모양인지 내 뒤쪽 상의를 부여잡고 불안한 기색을 감추지 못했다.

게다가 왜 이렇게 추운 것인지……. 여름 기온에 익숙해져 있어 그렇기도 하겠지만 북방치고는 온난한 편이라는 엘프들의 숲이 말이다. 두터운 옷으로 갈아입었지만 온몸이 떨려올 정도로 추웠다.

"미친……. 그 녀석, 다시 보면 정말 죽여 버릴 테다."

뭐, 인간인 이상 실수도 할 수 있는 법이라고는 하지만 그것도 정도가 있는 것이다. 이러다가는 엘프들의 숲은 넘어가더라도 정말 얼어 죽게 생겼다(덕분에 다크 엘프 녀석의 말에 뭐라고 토를 달지는 않았다).

하여튼 이렇게 된 마당에 빨리 어떤 방법을 강구하지 않으면 그냥 얼어 죽게 될지도 모르니까. 작게 한숨 한번 쉬고 다크 엘프에게 말했다.

"어찌 되었든 길을 찾아야 하지 않겠습니까?"

확실히 여기에서 뭉그적거리고 있다가는 될 일도 안 될 테니까 말이다. 다크 엘프 녀석은 조금 신경질적인 눈으로 잠시 날 바라보더니 엄청난 빠르기로 나무 위를 향해 몸을 움직였다.

잠시 후, 아래를 바라보며 나와 시아를 향해 다크 엘프가 외쳤다.

"잠시 거기에서 기다리도록!"

그 말을 끝으로 어딘가로 사라져 버린 다크 엘프. 시아 녀석도 나도 적지 않게 당황했지만 뾰족한 수가 없으니 그나마 양지 바른 곳에 자리를 잡고 휴식을 취했다.

'어째 여행만 하면 이상한 일에 휩쓸리는 것 같군.'

내가 그렇게 운이 없는 편이었던가? 특별하게 생각해 본 적은 없었지만…….

정말 올해의 절반, 그 전반적인 추세는 여느 때와 비교할 수 없는 새로운 경험들의 연속이다. 뭐, 내 과거가 지극히 평범했던 것도 사실이지만.

"휴~"

추운 것은 넘어가더라도 배고픈 것은 견디기 힘들었다. 조금 시간이 흐른 후 배낭 속에 넣어두었던 약간의 먹을 것을 꺼내고 시아 녀석을 바라보며 입을 열었다.

"일단 먹어야 살지."

빵 한 조각을 건네주자 조금 망설이는 듯 머뭇거리는 시아 녀석. 하지만 내가 끈덕지게 바라보자 어쩔 수 없다는 듯 가느다란 손으로 빵을 받아 들었다.

내가 조금은 게걸스럽게 빵을 먹기 시작하자 멍하니 그런 나의 얼굴을 바라보는 시아 녀석. 그리고 다시 망설이며 자신의 손에 들고 있는 빵을 보다가 천천히 입으로 가져갔다(그 모습에 상황에 맞지 않는 싱거운 웃음이 새어 나왔다).

"느긋하군."

땅바닥에 멍하니 등을 맞대고 앉아서 빵을 먹고 있는 나와 시아 녀석을 향해 이름 모를 괴기한 나무 위에서 다크 엘프가 말했다.

우리끼리 식사를 한 까닭에 왠지 모르게 삐친 것도 같은 그 다크 엘프에게 남겨놓았던 빵을 던져 주었다. 잠시 그런 나를 바라보더니 다크 엘프는 천천히 빵을 먹기 시작했다. 생각보다 그렇게 막힌 녀석은 아닌 것 같아 조금은 안심이 되기도 했다.

그렇게 대충 허기를 채우고 나자 나무 위에서 다크 엘프가 말했다.

"대충 어디로 가야 할지 방향은 잡아두었다. 운이 좋으면 일주일 안에 도착할 수 있겠지."

살짝 고개를 끄덕이자 그런 나를 바라보며 잠시 숨을 고르는 다크 엘프 녀석.

"이 근처에는 와이번이 많은 것 같으니 조심해야겠지. 녀석들의 독은 평범한 인간에게는 치명적이니까."

와이번. 드래곤에 비교할 수는 없겠지만 그래도 아주 위험한 몬스터다. 꼬리 끝에는 치명적인 독이 있고 가죽은 갑옷처럼 딱딱하다. 어설픈 모험자들이라면 단번에 전멸당할 정도니까.

"와이번 녀석들 덕분에 다른 하급 몬스터들은 그다지 살지 않고 있는 것 같군. 다행인 건가?"

확실히 오크 같은 녀석들도 떼로 몰려 있으면 무서운 법이다. 사방에서 달려들면 무슨 수로 그것을 막겠는가? 뭐, 어느 정도 단련된 사람이라면 몰라도.

사실 오크는 그렇게 멍청하지 않다. 그 많은 오크들이 강도질만 하고 살았다면 아마 인간이나 오크 중 하나는 멸망했을 것이 분명하다. 그들은 농사를 지을 줄도 알고 과일을 채집하고 간단한 도구를 만드는 법도 알고 있다. 마법의 경우만 해도 인간의 전유물만은 아니다. 일부 '뛰어난' 오크들도 사용했다(엘프, 드래곤, 그 외 수많은 몬스터들이 마법을 사용하거나 이용할 줄 알고 있다. 무엇이든 인간의 관점으로만 해석하면 그건 어설픈 이기주의일 뿐인 것이다).

잠시 동안의 휴식 시간도 그렇게 끝나고 모두는 몸을 일으켜 축축한 숲길을 걷기 시작했다.

얼마 지나지 않아 가뜩이나 어두웠던 숲은 앞을 구분하기 힘들 정도로 어두워졌다. 나도 시아 녀석도 몇 번이나 넘어질 뻔했지만 다크 엘프 녀석은 묵묵히 뒤도 돌아보지 않고 앞장서서 길을 걷고 있다. 길이라고 해봤자 짐승들이나 몬스터들이 지나간 조잡한 흔적 정도다. 덕분에 걷는 것이 더 더욱 힘에 겨울 수밖에 없었다.

"으윽!"

앞이 보이지 않아 나무뿌리 비슷한 것에 걸려서 막 넘어질 뻔한 것을 시아 녀석이 손을 뻗어 도와주었다. 다크 엘프 녀석은 그런 내 모습을 한심스러운 듯 바라보더니 한숨을 쉬며 입을 열었다.

"이래서 인간들이란……. 오늘은 이쯤에서 쉬어 가지."

앞 부분은 작은 소리였지만 들을 수 있었다. 조금 성질이 난 것도 사실이어서 뭐라 한마디 쏘아붙여 주고 싶었지만 옆에서 애처롭게 바라보는 시아 녀석 때문에 참을 수밖에 없었다(확실히 이런 상황에서 의지할 수 있는 것은 저 다크 엘프 녀석밖에 없었으니까). 괜한 짓을 했다가 개죽음 당하는 것은 절대 사양이다.

“난 먹을 것을 좀 구해보지.”

그리고 어둠 속으로 사라지는 다크 엘프 녀석, 확실히 우리들 중에서 제일 이런 상황에 익숙한 것도 사실이다. 다크 엘프라는 이유만으로 죽을 고비도 많이 겪었을 테고. 신성국 류시온에서는 다크 엘프를 엄청 싫어했다. 아니, 싫어하는 정도를 떠나 기사들이 보는 즉시 즉결 처분해도 문제없을 정도로 말이다. 왜 그렇게 되었는지 정확한 이유는 잘 모르겠지만 아마 근래에 왕족들 중 누가 다크 엘프에게 암살당했다고 하던가? 여하튼 나하고는 상관없는 이야기다. 이번 여행이 끝나면 저 다크 엘프 녀석도 사라질 테니.

“그나저나 너무 어둡군.”

불을 피우고 싶었지만 몬스터들이 우글거리는 숲이니까 어느 정도 추위는 감수하는 수밖에 없었다. 아니, 잡아먹혀 죽는 것보다는 얼어 죽는 게 백 배는 나을 테니 말이다(사실 뭐, 죽으면 말짱 꽝이긴 하지만 그래도 기분이란 게 있으니 말이다).

“어떤 괴물 녀석이 자신의 몸을 뜯어 먹는 걸 상상해 봐도…….”

“네?”

내 중얼거리는 소리를 듣고 질색하며 시아 녀석이 날 바라보았다.

“응, 그냥 생각 좀 해봤어.”

요즘 들어서 정신 나간 사람처럼 중얼거리는 일이 자주 발생하는군. 갑자기 무슨 생각이 들어 몰입하게 되면 주변을 신경 쓰지 않는 버릇. 예전부터 남에게 종종 지적받은 것이기도 한 것이지만(고쳐야겠지만 이런 건 무의식적으로 나도 모르게 발생하는 거라서 말이지).

“죽는다는 것에 대해서 어떻게 생각해?”

어린 녀석에게 조금은 무리한 질문이라고도 생각했지만 그냥 추위 죽겠는데 가만히 있는 것보다는 나을 것 같아 난 그렇게 물어보았다.

"……."

대답 없는 시아 녀석. 타이밍에 맞게 마침 어디선가 바람까지 불어와 말 그대로 '썰렁' 한 순간이었다. 애초에 어떤 고차원적인 대답을 바라진 않았지만 그래도 예의상 뭐라 한마디 정도는 해주는 게 상식 아닌가?

"글쎄요. 전 바보라서 잘 모르겠어요."

그래, 그런 것을 물어본 내가 더 바보지 하며 나는 조금은 맥 빠진 표정을 지었다.

이 정도도 못 참아서 죽는다 어쩐다 생각하는 것 자체가 내가 아직은 철이 들지 않았다는 증거겠지. 기르디 녀석과 검술 연습을 하면서 몇 번이나 '죽음' 에 가까운 경험을 했으면서 말이다.

"지금 죽는다고 해도 그렇게 큰 아쉬움 같은 것은 없겠죠."

작은 중얼거림. 조금은 슬프고 자조적인 느낌이 묻어 있는 것도 같았다. 무엇이라 반박하기도 전에 고개를 한껏 숙이고 녀석은 다시 조그만 입을 열었다.

"하지만 이렇게 바보 같은 나를 좋아해 주는 모두를 위해서라도 약한 마음을 가져서는 안 되겠죠."

"……."

고작 그런 이유? 엄청난 고통 속에서 살아남을 수 있었던 것이 단지 '나를 좋아해 주는 모두를 위해서' 일 뿐이라니? 너무 한심하다. 당장 때려주고 싶을 정도로.

"네 존재가 고작 그렇게 작은 것에 불과하다고 생각하는 거냐?"

갑자기 울화가 치밀어 올랐다. 나도 모르게 속에 품고 있었던 것을 정말 바보 같은 녀석에게 미친 듯 내뱉기 시작했다.

"그래, 너 같은 녀석이 죽는다고 세상이 변하진 않겠지. 세월이 흐르면 모든 사람이 네 존재조차 잊어버릴 것이 분명해. 차라리 잘된 일일지도 몰라. 그렇게 피 철철 흘리며 고통스러워하는 것보단 편안하게 죽어버리는 것이."

너무 슬픈 미소. 지금도 녀석은 자기 자신의 자존심보다는 동정하듯 날 염려하고 있겠지.

"너 같은 녀석 따위 그냥 내버려 두는 것이 나았을지도 몰라. 젠장!"

당장 저 숲으로 뛰어가서 와이번에게 뜯어 먹히고 싶은 욕구가 솟아올랐다. 일이 잘 풀리지 않는 것을 병신같이 시아 녀석에게 화풀이한 것 같았기 때문에.

항상 이렇게 녀석과 나의 관계는 엉망진창이다. 녀석이 조금이라도 이기적으로 변했으면 좋으련만 스스로의 목숨을 조금이라도 소중히 여겼으면 좋으련만(아마 그것은 영원히 불가능할 것이다)…….

볼을 타고 질퍽한 땅 위로 떨어지는 한 방울의 눈물. 지독한 추위 탓이겠지. 녀석 앞에서 눈물을 보이지 않겠다고 맹세한 지가 얼마 지나지도 않았는데.

"미안해요."

등 뒤에서 들려오는 조그마한 목소리를 애써 무시하며 그렇게 나는 스스로를 미친 듯 혐오했다. 당장이라도 무엇이라 변명하고 녀석을 안아주고 싶었지만…….

숲은 그렇게 한없이 춥고 우울한 곳이었다. 빨리 여관으로 돌아가서 시아 녀석에게 변명의 말이라도 하고 싶었다.

그나저나 추워 죽겠는데 다크 엘프 녀석은 뭐 하는 건가? 뭐, 이런 숲 속에서 음식이 될 만한 것을 구한다는 것 자체가 쉬운 일이 아닐 테지만(혹시 빈손으로 오는 것이 자존심 상해서 무리하고 있는 것은 아니겠지?).

내 속마음이라도 읽은 것인지 그런 생각을 한 지 얼마 지나지 않아 녀석은 무엇을 가득 품에 안고 나타났다. 멍하니 그 모습을 바라보고 있자 내 품 안으로 들고 있었던 '먹을 것으로 추정되는 무엇'을 던지는 다크 엘프 녀석. 고개를 숙이고 바라보니 굉장히 큰 어떤 생물의 알과 버섯처럼 보이는 것, 그리고 감자 비슷하게 생긴 것들을 비롯해 생전에 먹어보지도 들어보지도 못한 그런 것들이었다.

"내 능력으로 어둠의 장막을 쳐야겠군. 일단 장작부터 모아야지."

나와 다크 엘프 녀석은 근처를 맴돌며 장작으로 쓸 만한 것들을 모으기 시작했다. 그렇게 약 몇십 분 동안 장작더미를 모으자 녀석이 그 어둠의 장막이란 것으로 야영할 범위를 감쌌다.

정확히 무슨 마법인지는 모르겠지만(다크 엘프들만의 특수한 마법일지도 모르고 '빛' 주문의 역마법인 '어둠' 주문의 발전형일지도 모르겠다) 나도 마법을 배우는 입장에서 처음 보는 것이라 신기하고 놀라웠다.

여하튼 어둠의 장막이란 것 안에 들어가서 불을 피우자 조금이지만 따스한 온기가 주위를 감싸고 돌았다.

"이건 무슨 알이죠?"

"와이번의 알이다. 잠들어 있는 녀석의 목을 따고 얻은 것이지."

씨익하고 조금은 기분 나쁜 미소를 지어 보이는 다크 엘프 녀석. 그리고 모닥불 안에 그 와이번의 알이라고 하는 것을 집어넣었다(와이번답게 그 알도 일반 달걀과는 비교할 수 없을 정도로 컸다).

버섯과 와이번의 알, 그리고 감자 비슷한 맛이 나는 무엇을 먹은 후 나는 피곤에 지쳐 모닥불 주위에서 잠이 들었다.

　너무 피곤했지만 추위 때문에 마음대로 자지도 못했다. 눈을 떠 보니 모닥불의 장작은 재가 되어 다 타버린 지 오래였다. 귀가 따갑도록 불어오는 바람에 몸을 떨며 난 자리에서 일어나 주위를 둘러보았다.
　어둠의 장막은 없어지고 우중충한 숲의 기운만이 주위를 감싸고 있었다. 시아 녀석과 다크 엘프 녀석은 예상외로 사이좋게 어깨를 맞대고 무엇인가 소곤소곤 이야기를 나누고 있었다.
　내가 발걸음을 움직이자 뒤를 돌아보며 살짝 미소 지어 보이며 인사를 건네는 다크 엘프 녀석.
　"잘 잤냐, 공주님?"
　"누가 공주님이라는 겁니까?"
　"흐응, 그렇게 능장을 부리는데 사내 녀석이라 할 수 있겠어?"
　아침부터 기분 나빠지는 것은 사양이므로 내가 한발 양보하는 수밖에 없었다. 대충 다크 엘프 녀석의 말을 무시하고는 이 지긋지긋한 숲을 벗어나기 위한 준비를 하기 시작했다.
　세수도 하지 못한 까닭에 기분은 더러울 수밖에 없었다. 마실 것도 아까운 마당에 무엇을 닦기 위해 소중한 물을 낭비한다는 것은 스스로 생각해 봐도 넌센스였기 때문이다. 게다가 용변도 그리 멀리 떨어지지 않은 곳에서 처리해야 했다. 이 정도면 기분이 찜찜하지 않은 것이 이상한 일이다.
　이런 여행을 할 때마다 평소에는 아무렇지도 않게 누리던 평범한 것들의 소중함을 알게 된다. 따스하고 맛있는 음식, 조금은 딱딱한 침대, 온몸을 가득 담그고 하루의 피로를 푸는 목욕 같은 것들.

나보다 어리고 약한 시아 녀석도 저렇게 참고 있는데 이렇게 약한 마음 가져서는 안 되는 거겠지?

시아 녀석은 다크 엘프 녀석과 무엇이라 중얼거리며 즐거운 듯 미소 짓고 있었다. 나도 모르게 그 모습에 조금은 쓸쓸한 마음이 들었다.

'알게 모르게 사귐성도 좋은 녀석이군.'

예전에 그토록 사람을 두려워하던 소심한 구석은 어디로 간 것인지. 특히 댄스 파티 이후로는 처음 보는 사람에 대한 경계도 많이 없어졌다.

그럴수록 녀석에 대한 나의 존재감도 옅어지겠지. 뭐, 그 편이 좋은 것이겠지만 말이다. 나같이 한심한 녀석보다는 조금 더 신뢰감있고 다정한 남자를 찾아서 의지하는 것이 좋아.

하지만 왠지 모르게 마음 한구석이 조금은 무거워지는 것도 사실이었다.

"아아! 젠장!"

"거의 다 온 것 같으니 힘내라고."

살짝 눈웃음치며 날 바라보는 다크 엘프. 그녀의 말대로 시간이 흐를수록 숲은 점점 밝아지고 있었다.

처음에 비하면 천국이라고 해도 될 만큼 따스했다. 마실 것도 먹을 것도 모두 다 부족했지만 이를 악물고 근성으로 이겨내야 할 수밖에 없었던 것이다.

시아 녀석과의 관계는 아직까지도 무엇인가 서먹서먹한 느낌이다. 말실수한 것은 사실이니 내가 먼저 사과하는 것이 당연한 도리겠지?

자꾸 '돌아가서 사과해야지' 하고 생각되었다(참 바보같이 무책임한 나다운 면모라고 생각하니 저절로 쓴웃음이 나왔다).

아무 일도 일어나지 않고 멍하니 길을 걷고 있는 것도 정말 미치도록 지겹다. 먹물을 잔뜩 뿌려놓은 것 같은 어두운 숲에는 들짐승들의 울음소리를 빼면 정말 정적 그 자체다. 빛이 들어오지 않기 때문인지 나무도 풀도 뭔가 정상적인 모습과는 거리가 먼 모습들이다.

다리도 아프고 온몸이 지끈지끈거렸지만 일행의 유일한 남자인 내가 아프다는 핑계로 이동 속도를 떨어뜨릴 수는 없었다. 사실 예전의 나였으면 제대로 걷지도 못하고 흐느적거렸겠지만 그래도 잘 버티는 걸 보면 체력을 키운 보람이 있었다(이렇게 긍정적으로 생각할 수밖에 도리가 없었다).

"잠시……."

앞서 가던 다크 엘프 녀석은 갑작스레 무엇인가 발견한 듯 안색을 굳히고 주위를 경계했다. 그녀의 허리까지 오는 긴 은발은 여태까지 겪은 수고 덕에 조금은 헝클어지기도 했지만 그래도 아름다움과 단정함을 잃지 않고 있었다. 갑작스레 경직된 상황에서 새삼스레 이런 사소한 사실을 깨닫는 것도 어찌 보면 대단한(?) 일이겠지? 여하튼 나도 멍하니 움직이고 있던 걸음을 중지하고 주변을 살폈다.

"……."

얼마 전과 달리 무엇인가 지나치게 조용했다. 쉽게 말로 표현할 수는 없겠지만 무엇인가 상당히 이상한 기분이 들었다.

위화감 가득한 숲에서 나와 모두는 걸음을 멈추고 한참 동안 사방을 둘러보았다.

그렇게 얼마 지나지 않아 다크 엘프 녀석은 조용히 허리에 차고 있던 조금은 짤막한 검을 뽑아 들며 작은 목소리로 입을 열었다.

“와이번 녀석이 우리를 점심거리로 생각하고 있나 보군. 젠장, 고대의 아티펙트라고 해서 비싸게 주고 산 것인데…….”

“아티펙트?”

이런 상황에서도 내 궁금증은 사라지지 않았다. 다크 엘프 녀석은 조용히 오른손을 내밀며 내 눈앞에 마법적인 기운을 뿜고 있는 붉은 보석이 달린 반지를 보여주었다.

“팔카스의 눈물이야. 돈 주고도 못 보는 구경이니 지금 실컷 하라고, 아가씨.”

몬스터가 득실거리는 숲에서 무사히 지낼 수 있었던 것도 저 반지의 영향이었던 모양이다.

“드래곤 피어 정도는 아니지만 그래도 꽤 영향력이 강한 것인데……. 확실히 보통 와이번은 아닌 모양이군.”

재미있다는 듯 미소를 지으며 중얼거리는 다크 엘프 녀석. 이런 상황에서도 저런 한가로운 모습을 보일 수 있는 것도 어찌 보면 능력이라고 할 수 있을 것 같다.

“조용한데?”

“생각보다 똑똑한 녀석이군. 우리가 진이 빠지길 기다리고 있는 모양이야.”

작은 목소리로 다크 엘프는 주문을 캐스팅하기 시작했다. 다크 엘프 녀석은 여전히 미소 짓는 얼굴로 나와 시아 녀석에게 ‘투명화’ 주문을 걸어주고는 느릿느릿 몸을 움직이기 시작했다.

그렇게 조금의 시간이 흘러 정말 와이번이 있기는 한 것인가 하며 의아해할 때쯤,

“온다.”

입가의 미소가 더 짙어지더니 몸을 움직여 순식간에 시야에서 사라지는 다크 엘프 녀석. 그리고 이어 땅이 흔들릴 정도의 외침이 고막을 때렸다.

크오오오오!!

나도 모르게 무릎을 꿇으며 두 손으로 귀를 감쌌다. 잠시 시간이 흐르고 빼꼼이 고개를 들어 올리자 그 검고 거대한 '무엇'에 난 얼어붙고 말았다. 다시 제정신을 차리기까지는 그리 오랜 시간이 흐르지 않았다.

와이번의 길고 긴 머리는 나와 시아 녀석이 있는 자리를 뚫어지게 바라보고 있었다. 마법의 영향으로 눈에는 보이지 않지만 그래도 녀석의 후각은 놀랍도록 뛰어나다.

막 와이번이 거대한 몸을 움직이려는 찰나 갑작스레 다크 엘프가 나타나 와이번의 머리에 일검을 휘둘렀다. 그리고 눈에 제대로 보이지도 않는 움직임으로 부드럽게 이어지는 일방적인 공격의 연속.

엄청난 굉음과 함께 사방을 적시는 녀석의 피. 하지만 그렇다고 그녀의 손속이 느슨해진 것은 아니었다.

'아름다워.'

살아 있는 생명을 해하려 하는 움직임이 아름답다는 것은 어떻게 생각하면 조금은 넌센스일지도 모른다. 하지만 그녀의 움직임, 손짓 하나마저도 '아름답다'라는 말로밖에는 표현하기 힘들었다.

고속의 움직임, 불필요한 동작을 최대한 감소화하려는 듯한 숙련된 행동들, 그리고 그녀가 움직일 때마다 빠르게 춤추고 있는 검의 잔상.

입을 벌리고 바보처럼 그 모습을 멍하니 바라보고 있는 나. 거대한 와이번은 얼마 지나지 않아 그 죄스러운 큰 몸뚱이를 가누지 못하고 땅으로 곤두박질쳤다.

"휴~ 간단하군, 간단해. 이렇게 몸으로만 밀어붙이는 타입이 상대하기 편하다니까."

기르디 녀석을 놀라게 할 수 있는 것도 저런 능력이 있어야 가능한 것이겠지. 평범하지 않을 것이라고 예상했지만 저건 정도를 뛰어넘는 실력이다.

'젠장, 왜 저런 괴물 같은 녀석들만 나타나는 거냐?'

내 무능력함을 절실히 느끼고 있는 요즘이다. 나랑 비슷한 또래의 왕자 녀석도 대단한 실력을 가지고 있었으니 말이다.

바보처럼 난 축축한 바닥에 앉아 그렇게 멍하니 거대한 와이번의 시체를 바라보고 있었다.

"뭐 하시는 겁니까?"

"이렇게 큰 와이번의 이빨은 잘만 이용하면 훌륭한 도구가 될 수 있는 법이지."

미소 지으며 중얼거리더니 금세 와이번의 두 어금니를 뽑아버리는 다크 엘프 녀석(저런 것도 능숙하지 않으면 엄청 힘든 것일 텐데 그리 힘들이지 않고 해내다니 정말 가지가지 대단한 엘프라는 생각이 들었다).

그리고 뒤적뒤적거리며 와이번의 시체를 좀 더 뜯어내더니 수습한 것을 배낭에 집어넣으며 그녀는 말했다.

"뭐, 그래도 손해 본 것만은 아니군."

무엇인가 가득 들어 있는 배낭에는 분명 상상한 것 이상으로 값나가는 것들이 있을 것이라고 난 생각했다.

"내일이면 축복받은 숲에 도착할 수 있겠지. 그럼 몬스터들도, 춥고 배고팠던 고생도 안녕이다."

　"다행이군요. 이제는 정말 손가락 하나 움직일 힘도 없는데."

　조용히 다가와 내 머리를 쓰다듬는 다크 엘프 녀석. 말했듯이 저항할 기운도 남아 있지 않아 맥 빠진 얼굴을 하고 바라볼 수밖에 없었다.

　"그래도 인간 꼬마치고는 잘한 편이라고 칭찬해 주지. 징징거리고 늑장 부렸으면 도중에 그냥 내 손으로 처치해 버리려고 했어."

　"진담인가요?"

　"하하! 농담이야!"

　글쎄, 여태 같이 지내온 걸로 봐서는 농담인 것 같지도 않은데 말이야. 검술 훈련을 받지 않았다면 와이번의 먹이가 되었을지도 모르지. 저 다크 엘프 녀석이 친절하게 업어서 목적지까지 데려다 준다는 것은 정말 상상하기조차 힘든 일이니까 말이다.

　"여기는 와이번의 시체가 있으니까 일단 빨리 벗어나는 것이 좋겠어. 냄새를 맡고 다른 몬스터들이 몰려오면 골치 아프니까 말이야."

　그 말을 끝으로 다시 일행은 자리에서 일어나 천천히 축축한 숲길을 한 걸음씩 걷기 시작했다. 드문드문 햇살이 어두운 나무 숲을 뚫고 축축한 길을 비추고 있어 왠지 모르게 조금은 피곤이 해소되는 느낌이 들었다.

　거울처럼 투명한 조그만 연못에는 손가락 두 개를 붙여놓은 정도 크기의 물고기들이 유유히 몸을 움직이고 있었다. 시아 녀석과 나는 그런 투명한 연못에 발을 담그고 간만에 느긋하게 휴식을 취했다.

　다크 엘프 녀석이 말도 없이 어딘가로 사라지는 바람에 무엇인가 굉장히 어색한 분위기였다. 막상 입을 열고 싶어도 별다른 화젯거리가

생각나지 않아 '나는 참 융통성도 없는 녀석이구나' 라고 중얼거리며
쓴웃음을 지었다.

"셀브렛은 잘 지내고 있는지 걱정되네요."

조금은 어색한 미소를 지으며 시아 녀석이 중얼거리듯이 입을 열었
다. 솔직히 나도 조금은 셀브렛 녀석이 걱정되는 것도 사실이었기에
그런 시아 녀석을 바라보며 고개를 끄덕이며 대꾸해 주었다.

"그래. 밥은 잘 먹고 있는지, 말썽은 안 부리는지, 외로워서 울지는
않는지… 조금은 걱정되는군."

"똑똑한 아이니 걱정하지 않아도 되겠죠. 그리고 아이린 언니도 있
으니까."

"글쎄, 기르디 녀석이 괜한 트집을 잡아 괴롭힐지도 몰라."

싱긋 웃으며 시아 녀석이 내 얼굴을 마주 바라보았다.

"사실 기르디 오빠도 알고 보면 굉장히 상냥한 편인데 이상하게도
베리 오빠에게만은 엄격한 것 같아요."

캑! 기르디 녀석이 상냥하다고? 조금은 질린 얼굴을 한 채 나는 시아
녀석을 노려보았다. 그 귀신 같은 녀석에게는 '상냥' 이란 단어를 사용
하는 것 자체가 죄악이다. 남이 피를 철철 흘리며 괴로워해도 웃으면
서 계속 공격하는 사디스트 녀석에게 그 무슨 얼어죽을 상냥함을 논한
단 말인가? 차라리 굶주린 오우거에게 자비를 부탁하는 편이 백 배는
나을 것이다.

"저도 전에는 무서워했어요. 셀브렛을 제 마음대로 식당에 데려와
서… 기르디 오빠에게 미움받는 것도 같았거든요."

"그때 기르디 녀석, 정말 많이 열받은 것처럼 보였지."

살짝 발을 움직이니 근처의 물고기들이 화들짝 놀라며 순식간에 사

방으로 퍼져 나가는 것을 미소 지으며 바라보는 시아 녀석. 그리고 다시 고개를 돌려 내 눈을 직시하며 입을 열었다.

"저에게 춤을 가르쳐 주라고 아이린 언니가 기르디 오빠에게 말했을 때 의외로 순순히 고개를 끄덕이며 승낙하셔서 조금은 겁먹기도 했었어요."

기르디 녀석에게 매일 얻어맞고 검술을 배우는 날 봐도 겁먹을 만할 것이라 생각했기에 살짝 고개를 끄덕거렸다.

"하지만 그게 괜한 걱정이라는 것을 알았죠."

"제대로 하지 않는다고 때리거나 욕하지 않았어?"

"전혀요. 바보같이 제가 실수해도 '괜찮아. 겁먹지 말고 천천히 해'라고 말씀하시던 걸요."

차라리 그것이 거짓말이길 마음 가득 바라는 나였다. 상냥한 얼굴을 하고 그런 말을 하는 기르디 녀석을 생각해 보면 몸을 가누지 못할 정도로 빈혈이 왔기 때문이다.

내가 비명을 지르며 뒷걸음질쳐도 '괜찮아. 회복 마법으로 치료하면 되니까'라고 중얼거리며 계속 칼질을 하던 기르디 녀석의 얼굴이 주마등처럼 떠오르는 순간 갑작스레 등 뒤에서 바스락거리는 소리와 함께 누군가의 목소리가 들려왔다.

"나 왔다."

"수고하셨습니다."

미소 짓는 얼굴로 다가와 시아 녀석의 머리를 쓰다듬더니 다시 입을 여는 다크 엘프 녀석. 내색하지는 않지만 이마와 목 언저리에 살짝 땀 방울이 맺혀 있었다. 아무리 그녀의 능력이 대단하다고 해도 체력에는 한계가 있는 법이니까.

"이제 헤어질 시간이 다가온 것 같군."

갑작스런 그녀의 말에 나는 조금 당황하였다. 미운 정이 무서운 법이라고 그동안 같이 지내온 시간을 생각해 보니 섭섭한 감정이 들었다.

"숲의 엘프들 입장에서 보면 난 저주받은 일족이니까 이 숲에 들어온 것만 해도 목숨을 걸 형편인데 더 이상의 도박은 하지 않는 것이 좋겠지."

어느새 방울 진 눈물을 뚝뚝 흘리고 있는 시아 녀석을 품에 안으며 다크 엘프 녀석이 말했다. 다시는 보지 못할 얼굴이라 생각하니 그 모습에 왠지 모르게 눈시울이 붉어지는 바보 같은 나였다.

"베르니아, 이미 예전에 버린 이름이지만… 너희들에게는 말해 주고 싶군."

그리고 시아 녀석의 이마에 살짝 키스하고는 고개를 돌려 내 얼굴을 바라보는 다크 엘프, 아니, 베르니아.

"아가씨도 몸 건강히……. 키스는 언젠가 내가 인정할 정도로 강해질 때 해주기로 하지."

"사양하고 싶군요."

"하하! 너무 그렇게 비싸게 굴지 말라구."

이 다크 엘프 녀석은 끝까지 날 우습게 보는군. 뭐, 어찌 됐든 상관없지만 말이다.

"악수 정도는 괜찮겠지?"

가죽 장갑을 입으로 벗기더니 베르니아가 나에게 오른손을 내밀었다. 난 쓴웃음을 지으며 그 손을 마주 잡았다. 검술이 극에 달한 것치고는 굉장히 부드러운 손의 감촉에 새삼 가슴이 두근거렸다. 사실 베르니아는 여태껏 내가 본 여자 중에서 손꼽히는 미녀였다. 성격이 조금 이상한 것이 치명적인 흠이긴 하지만.

"언제 다시 또 보자고."

그 말을 끝으로 나무가 가득한 숲으로 사라지는 다크 엘프 베르니아. 훌쩍거리며 슬퍼하는 시아 녀석을 살짝 품에 안고 멍하니 그녀가 사라진 방향을 한참 동안 바라보았다.

베르니아가 사라지고 사태는 빠르게 진행되었다. 그녀가 부른 것인지는 잘 모르겠지만 얼마 지나지 않아 두 남자 엘프가 우리가 있는 작은 연못으로 찾아왔다. 그리고 그들이 안내해 주는 대로 엘프들의 도시 에르쥬나를 향해 일행은 숲길을 걸었다. 그렇게 몇 시간 정도 걸어서 목적지인 에르쥬나에 무사히 도착할 수 있었다.

엘프들의 도시라고 해서 엄청나게 큰 나무에 자연 친화적으로 지은 아기자기한 집들을 상상했지만 내 기대는 거센 폭풍 앞의 모래성처럼 와르르 무너져 버렸다. 나무와 풀들이 많다는 것만 빼고는 인간의 도시와 크게 다른 점을 찾기 힘들었다. 아름다운 조각 같은 것들을 흔하게 볼 수 있다는 점이 조금은 신선하긴 했지만.

꼬마 엘프, 어른 엘프, 노인 엘프……. 정말 주위에는 엘프투성이였다. 그 모든 엘프들이 나와 시아 녀석을 신기한 눈으로 바라보았기에 바보같이 얼굴이 붉어져 왔다.

그리고 그 도시(도시라고 부르기에는 조금 규모가 작았지만)의 한가운데에 위치한 제일 화려한 건물로 두 엘프는 나와 시아를 안내했다.

"아이들을 데려왔습니다."

건물의 최상층인 3층까지 계단을 걸어 올라가 복도 제일 구석에 있는 방문 앞에 도달하자 금발의 한 청년 엘프가 조그만 목소리로 입을 열었다.

그렇게 작게 중얼거린 것이 문 안으로 들리기나 할까 싶었다. 하지만 그 큰 귀는 장식품이 아닌 모양인지 이내 문 안쪽에서 기별이 왔다.

"들어오게."

문을 열고 들어가자 제일 먼저 보이는 것은 벽을 가득 메울 정도로 많은 숫자의 책들이었다. 그리고 푹신해 보이는 소파에 몸을 의지한 채 안경을 쓰고 독서에 열중하는 한 늙은 엘프가 보였다. 수없이 많은 주름살이 그의 노쇠함을 증명하고 있었지만 그 누구라도 쉽게 접근할 수 없는 위압감을 뿜어내고 있었다.

"카르미엘, 너는 이제 물러가 있도록 해라."

카르미엘이라 불린 금발의 청년 엘프는 고개를 끄덕이고는 물러갔다. 그가 사라지자 순식간에 아무 말도 없이 썰렁해지는 방 안이다. 이런 어색한 분위기는 정말 질색이기 때문에 한숨을 쉬며 입을 열었다.

"처음 뵙겠습니다."

그러나 아무런 대꾸조차 하지 않는 늙은 엘프. 나와 시아 녀석을 무시한 채 독서에 열중할 뿐이었다. 그 모습에 새삼스레 내가 열이 받는 것도 무리는 아니다. 생고생하면서 여기까지 간신히 왔는데 반갑게 환영은 못해줄망정 저런 반응이라니? 막 발끈해서 뭐라고 한마디 쏘아붙이려 하는데 엘프 노인이 느릿느릿한 움직임으로 책을 한쪽으로 치운 후 주름살 가득한 입을 열었다.

"여기까지 오느라 수고했네. 길을 잃고 숲을 방황한 까닭에 고생 많이 했겠군. 하지만 결계 밖의 와이번 녀석들과 만나지 않은 것이 그나마 정말 다행이지."

작은 목소리로 중얼거리며 시아 녀석을 주시하는 엘프 노인. 안경

너머의 주름살 가득한 흐릿한 눈은 기르디 녀석을 능가하는 중압감 같
은 것이 느껴졌기에 쉽사리 난 입을 열 수 없었다.

"그나저나 정말 오래간만이군. 신성국의 수호신인 '그녀' 가 아직
살아남아 있긴 하지만."

아무 말 없이 시아 녀석을 바라보는 노인. 그런 그의 눈은 왠지 모를
슬픔 같은 감정이 진하게 묻어 있는 듯했다.

"600년쯤 전이었던가? 내가 아직은 새파란 애송이였을 때 마지막으
로 본 '그녀' 의 얼굴이 아직도 생생하게 기억나는군."

"……."

"쿡쿡, 미안하네. 이런 이상한 이야기만 해서. 오늘은 여행하느라
피곤할 테니 이만 물러가서 푹 쉬도록 하게. 그러고 보니 아직 내 소개
도 안 했군. 내 이름은 델리만. 이 숲의 장(長)이라고 할 수 있지."

"제 이름은……."

"이미 들어서 알고 있네. 그럼 내일 보도록 하지."

그리고 다시 책을 읽으려는 듯 고개를 숙이는 엘프 노인. 무시당한
느낌이 들어 그리 기분은 좋지 않았지만 피곤한 까닭에 화낼 힘도 남
아 있지 않았다.

노인의 방을 빠져나가서 어느 이름 모를 엘프 소녀의 안내를 받아
대충 가벼운 식사를 하고는 푹신한 침대에서 기분 좋게 단잠을 맛볼
수 있었다.

나는 그렇게 기절한 듯이 잠든 후 몬스터들이 우글거리는 숲과는 비
교할 수 없을 정도로 따스한 햇살에 눈을 떴다. 너무 오래 잔 까닭에
머리가 울린다는 느낌이 들 정도였으니……. 아마 어제 점심에서 오늘

아침까지 근 하루 동안 무식하게 잠만 잔 것 같았다.

머리가 아픈 것은 참을 수 있었지만 배고픈 것은 정말 견디기 어려웠다. 삐거덕거리는 몸을 간신히 일으켜 페인의 행색으로 문을 열고 방을 나갔다.

주위를 둘러보았지만 인적이라고는 전혀 느껴지지 않았기에 나는 당황되었다. 식당이 어딘지 알아야 밥을 먹든지 말든지 하고 화장실이 어딘지 알아야 씻든지 말든지 할 게 아닌가?

지난밤에 시아 녀석과 함께 어느 엘프 소녀의 안내를 받아 식사를 한 것도 같은데 이 건물이 마치 미노타우르스들이 뛰노는 미궁같이 느껴지는 이유는 무엇일까? 거의 모든 방의 문들과 복도의 생김새가 언뜻 봐서는 쉽게 구별하지 못할 정도로 비슷비슷했다.

"크아악!"

굶주린 배를 부여잡으며 울부짖었다. 좁은 복도가 울릴 정도로 꽤 큰 목소리였기에 조금은 후회되기도 했지만 배고파 죽겠는데 그런 사소한 일을 신경 쓸 이성이 남아 있지 않았다.

가볍게 빵과 스프를 먹은 것을 제외하면 최근 들어 제대로 된 식사는 전무하다고 말할 수 있을 정도니 내가 이렇게 미치고 팔짝 뛰는 것은 어찌 보면 당연한 것이었다.

"……"

배가 고프다고 비명을 지르다니, 그 얼마나 원초적이고 반기사적인 행동인가? 뭐, 그렇지만 그런 것보다 중요한 것은 일단 '먹어야 산다'라는 초 단순한 진리 아닌가. 아주 간단한 자기 합리에 방금 전과 같은 짓을 한 것에 대한 죄의식은 말끔히 사라졌다.

삐거덕—

그런 괴상망측한 행동을 한 것이 예상치 못하게 플러스 효과를 낸 것인지 내 방에서 그리 멀리 떨어지지 않은 곳의 문이 살짝 열리는 것을 보고 눈물이 흐를 정도로 감동받은 바보 같은 나였다.

"······."

"······."

일단 내가 '방금 전의 행동은 고의가 아닙니다' 라고 말해 주는 것이 우선이겠지만 살짝 얼굴을 내밀며 나를 바라보는 네 개의 눈은 무엇인가 겁에 질려 있다는 감정을 내포하고 있는 듯해서 뭐라 말할 타이밍을 놓치고 말았다.

"저, 저기 날씨가 참 좋죠?"

아무리 배가 고프고 컨디션이 엉망이어도 처음 보는 사람에게 내가 이런 말을 할 줄이야. 정말 스스로를 죽이고 싶을 정도로 후회가 밀려왔지만 이미 쏘아진 화살은 잡을 수 없는 법. 뒤통수를 긁적이며 머쓱한 표정을 지어 보일 수밖에 도리가 없었다.

살짝 조금 더 머리를 내밀어 날 바라보는 두 엘프 소녀. 큰 눈을 멀뚱멀뚱 뜨고 날 바라보는 모습은 마치 서커스에서 광대를 바라보는 어린아이들의 그것과 유사했기에 가슴 한구석이 사무치도록 뜨끔했지만 무적의 철면피 근성을 발휘해 입을 열었다.

"처음 뵙겠습니다."

다시 한참의 정적 후 드디어 소녀들은 완전히 문을 열고 나와 물끄러미 날 바라보았다. 각각 귀여운 푸른색과 붉은색 파자마를 입고 아직 완전히 잠이 깨지 않은 것인지 몽롱한 눈을 작은 손으로 문지르고 있는 두 엘프 소녀의 모습이란 정말 한걸음에 달려가 껴안아주고 싶을 정도로 귀여웠지만 변태로 찍힐지도 모르니 알아서 자제하는 수밖에 없었다(뭐, 평균적으로 엘프가 인간보다 예쁘고 귀여운 것은 일반화된 사실이지만 말이다).

붉은색 파자마를 입고 짧은 숏 커트를 한 엘프 소녀가 정적을 깨고 나를 바라보며 딱딱한 표정으로 힘겹게 입을 열었다.

"아, 안녕하십니까, 인간님? 아니, 인간 분! 인간 오빠라고 했나? 뭐였더라?"

한심하다는 듯 눈을 찡그리며 푸른색 파자마를 입은 엘프 소녀가 말했다.

"세레스 바보."

"바보라고 하는 엘프가 바보라고 카르미엘 오빠가 그랬다!"

"바보한테 그럼 바보라고 하지 뭐라고 하냐?"

보고만 있어도 절로 즐거워지는 아이들이라는 생각이 들었다. 나는 살짝 미소를 지어 보이며 붉은색 파자마를 한 엘프 소녀에게 입을 열었다.

"오빠라고 부르세요, 그냥."

"네, 네. 인간 오빠."

"제 이름은 베리입니다."

"아니, 베리 오빠."

왜 저렇게 저 아이가 당황하고 있는 건지 잘 알 수가 없었지만 아마 이 숲에서 한 번도 나가지 못한 까닭에 인간을 접하는 것이 처음일지도 모른다고 생각되어 그냥 싱긋 웃어주는 것으로 인사를 대신했다. 허둥지둥 당황하고 있는 붉은색 파자마의 엘프 소녀와는 달리 침착한 얼굴로 옆의 소녀가 말을 건네왔다.

"제 이름은 티레스, 옆에 있는 이 바보의 이름은 들었다시피 세레스라고 합니다. 엘프들의 숲에 오신 것을 환영합니다, 베리… 오빠.”

오빠라고 부르는 부분은 작아서 잘 들리지 않았지만 대충 그런가 보다라고 생각하며 살짝 고개를 끄덕였다.

“혹시 지금 건물 안내를 해주실 수 있겠습니까? 일단 화장실이라도 가고 싶은데…….”

일일이 문을 열어서 확인할 수는 없는 노릇이니 말이다. 이 소녀들에게 부탁하는 것이 제일 나을 듯해서 뒷머리를 긁적이며 말했다.

“아, 잠시만 기다리세요.”

그 말이 끝나자마자 쪼르르 방으로 뛰어 돌아가는 두 엘프 소녀. 그 활기 넘치는 모습에 엘프든 인간이든 어렸을 때는 다 비슷비슷하구나라고 생각했다.

＊　　　　＊　　　　＊

“좋은 아이들이더군.”

살짝 미소 지으며 베르니아는 차가운 벽에 기대어 눈앞의 한 사내를 바라보고 있었다. 자신의 마스터가 언제나 말을 최대한 아끼는 스타일이라는 것은 오래전부터 알고 있었던 사실이니 특별히 뭐라 대답을 원하지는 않았다. 그저 나는 말해 주기만 하면 되고 그는 듣기만 하면 된다. 베르니아는 그것도 나름대로 괜찮은 것이라 생각하고 있었기에 대수롭지 않게 다시 입을 열었다.

“역시 생각한 것 이상으로 귀여운 아이였어, 마스터 당신의 아이는 말이야. 고집이 센 것도, 융통성이 없는 것도 다 똑같더군. 키스라도 해주고 싶었지만 간신히 참았지. 몇 년이 지나면 더 귀여워질 테니 말이야."

몇 년이라고 해봤자 인간에 비하면 거의 무한한 생명을 가지고 있는 자신에게는 그리 긴 시간이 아니다. 그렇게 쿡쿡거리며 웃고 있는 베르니아를 바라보며 사내가 입을 열었다.

"그래서 장난을 한 건가?"

시간이 지체된 것에 의심은 할 거라 생각했지만 완벽히 들통날 것이라고는 생각하지 못했기에 조금은 얼굴이 굳어지는 베르니아였다(그 숲은 투시 마법으로도 탐색하지 못하기에 어느 정도 안심한 까닭일 것이다).

마치 질 나쁜 장난을 하다 들킨 어린아이처럼 그녀는 투덜거리기 시작했다.

"쳇, 그 정도쯤은 이해해 줘야 좋은 마스터지. 뭐, 결과가 좋았으니 좋은 게 좋은 거라고 넘어가 주라고. 질 좋은 와이번의 이빨도 몇 개 얻어왔고… 그런 경험도 나중에 다 피가 되고 살이 되는 거니……."

궁색한 변명을 늘어놓는 그녀에게 사내는 부탁을 하나 더 하기로 했다. 어떻게 생각하면 지나친 것이 될지도 모르지만 그녀의 능력을 믿고 있으니 큰 걱정은 하지 않았다.

그쪽도 음모를 꾸미고 있으니 이쪽도 그에 상응하는 음모를 꾸미는 것은 어찌 보면 당연한 것이라 그는 생각했다. 지난 몇 년 동안 이것보다 더 심각한 일도 헤아릴 수 없이 많았다. 자신이 그런 것들을 이겨낼 수 있었던 것도 상대방보다 한 수 능가하는 계획을 세울 수 있었기 때문이다. 사내는 살짝 미소 지으며 그녀를 향해 천천히 입을 열었다.

*　　　　*　　　　*

"인간 마니아?"

생소한 단어에 나는 당황한 눈을 하고 티레스를 마주 바라보았다. 간단하고 편해 보이는 옷으로 갈아입은 두 소녀는 내 오른쪽에서 힘없이 걸음을 움직이고 있었다.

"네, 네. 베리 오빠가 온다고 델리만님이 말씀하셨을 때 제일 흥분한 녀석이기도 하죠. 어젯밤도 글쎄 인간 용사가 나오는 책을 보느라 한숨도 못 잔 것 같아요. 지금도 졸면서 걷고 있네요. 신기하기도 해라."

말하는 티레스 자신도 아직 잠이 완전히 깨지 않은 듯 입이 찢어져라 하품을 했다. 단잠에 빠져 있는 아이들을 억지로 깨운 것 같아 조금은 죄책감이 들기도 했지만 그건 나중에 사과하기로 하고 다시 입을 열었다.

"왜 인간을 좋아하는 거지?"

"예전에 이 녀석이 엘프 주제에 길을 잃고 숲을 헤맸을 때 어떤 인간에게 도움을 받은 적이 있거든요."

엘프를 동경하는 인간들은 많이 보았어도 그 반대의 경우는 생각조차 해보지 않았기에 조금 놀라웠다. 내가 이 숲에 온다고 했을 때 제일 흥분한 엘프가 저 아이라니 조금 얼떨떨하기도 했고 말이다.

"대화라도 한번 해보고 싶다고 매일 중얼거렸는데 소원은 이룬 것 같네요."

내가 유명 인사라도 된 것 같아서 웃음이 나왔다. 그런 나를 이상한 눈초리로 한번 쳐다보더니 고개를 갸웃거리며 다시 걸음을 걷는 티레스.

"하아암! 10시간도 못 잤더니 조금 졸리네요."

"10시간이라……."

"전 그 정도는 자야 활기 차게 하루를 시작할 수 있다구요."

잘한 일이라도 있는 듯 당당하게 가슴을 펴고 말하는 티레스. 평범하디평범한 나 같은 녀석은 그런 뻔뻔함에 질린 눈을 할 수밖에 없었다.

그렇게 돌아다니며 대충 건물의 내부를 파악할 수 있었다.

"이제 곧 아침 식사 시간이에요. 밥 먹고 몇 시간 정도는 더 자야 할 것 같은데……."

내가 머물던 방문 앞까지 돌아와 티레스는 졸린 눈으로 그렇게 중얼거렸다. 뭐, 나도 잠이 조금 많은 편이긴 하지만 저 아이는 정도를 넘어선 것 같군. 잠을 많이 잔다고 해서 남에게 피해를 주는 건 아니니 그 정도는 그냥 넘어가야겠지? 세상에는 별 해괴한 취미를 가지고 있는 녀석도 많으니까 말이다.

"단잠을 깨워서 미안하군. 그럼 기회기 되면 나중에 또 보기로 하지."

티레스는 살짝 고개를 끄덕이더니 졸린 눈으로 자신의 방을 향해 천천히 걸어갔다. 반쯤은 질질 끌려가는 세레스의 모습이 우스꽝스러웠다.

굉장히 배가 고프긴 했지만 이제 곧 식사 시간이라고 하니 근성을 발휘해 참는 수밖에 도리가 없었다.

아침 식사 후 가벼운 운동, 그리고 좀 빈둥거리다 점심을 먹었다. 처음 왔을 때는 미처 느끼지 못했지만 이 도시는 정교하고 아름다웠으며 모든 엘프들은 나와 시아에게 상냥하고 친절했다.

"저는 무엇을 해야 합니까?"

하고 묻자 델리만은 '아무것도 하지 않아도 좋다' 라고 짧게 답했다. 하지만 아무것도 하지 않아도 좋다라니? 조금 무책임한 발언이 아닌가? 차라리 무엇이라도 일을 시켜주는 것이 나 같은 녀석에게는 더 편하단 말이다. 가만히 방에서 농땡이 부리는 것도 좋긴 하지만 그래도 이런 곳까지 와서 궁상을 떤다는 것은 상상하기조차 끔찍했다.

그래서 지금은 아이들이 정령 마법을 배우는 것을 보기 위해 학교 비슷한 곳으로 와 있다. 학교라고 보기에는 조금 지나치게 아담한 경향이 없지 않아 있는 듯했지만 여하튼 '선생' 이라고 하는 엘프가 있고 '학생' 이라고 하는 엘프가 있으니 그걸로 족했다. 굳이 배움이란 것에 형식을 찾을 필요는 없으니 말이다.

스무 명 정도 들어가면 꽉 차버릴 정도의 공터와 칠판 한 개. 이것이 이 학교의 전부였다. 청년 엘프는 아이들과 공부에 도움되는 말보다는 일상적인 잡담을 더 많이 했으며 수업은 자유롭기 그지없었다. 화장실에 가고 싶으면 아무 말 없이 일어서 가면 됐고 질문이 있으면 굳이 손을 들지 않고 그냥 물어보면 됐다.

세레스는 수업보다는 뒤에서 멍하니 바라보는 날 더 의식하고 있었고 티레스는 선생님 몰래 단잠을 자느라 정신이 없었다.

나중에 알고 보니 그 둘은 쌍둥이였다. 인간들이라면 모르겠지만 쌍둥이라는 것이 엘프 세계에서는 굉장히 흔하지 않은 것이기 때문에 저 둘은 도시 내에서도 꽤 유명한 편이라고 한다.

사실 규모가 적을수록 결합력이라든지 친목 같은 것은 튼튼해질 수밖에 없다. 예를 들어, 내가 살고 있는 수도 내에서는 근처에 살고 있는 이웃의 이름과 얼굴도 제대로 기억하기 힘들다. 사람이 셀 수 없을 정도로 많으니 평소에 잘 알고 지내는 몇몇을 제외하고는 생판 남일 수밖에 없는 것이다.

하지만 이 엘프들의 숲 같은 경우는 수도와 비교할 수 없을 정도로 인구도 적고 규모도 아담하다. 게다가 엘프들은 인간과 비교할 수 없을 정도로 엄청난 수명을 가지고 있으니 말이다(사실 수십, 수백 년 동안 살면서 그런 것도 기억하지 못한다면 그건 오크만도 못한 종족일 것이다).

인간과 엘프의 정확한 생물학적 차이라는 것은 생각하면 할수록 머리만 아파지는 문제니 그냥 신경 끄고 사는 게 현명할 것 같았다. '왜 엘프들은 쌍둥이가 흔하지 않은 것인가?', '엘프들의 장수 비결은 무엇인가?' 라는 문제로 고민하는 것보다는 '오늘 먹을 저녁 메뉴는 무엇인가?' 와 같은 문제로 고민하는 것이 지금의 나에게는 더 합리적인 선택이 될 듯했다.

멍하니 실없는 생각을 하다 보니 어느새 수업이 끝나 있었다. 모든 엘프들은 삼삼오오 패거리를 이루어 집으로 돌아가기 위해 발걸음을 부지런히 움직이고 있었다.

"아, 안녕하십니까?"

무엇인가 처음 데이트할 때 여자 친구의 부모에게 인사를 건네는 애송이 소년 같은 말투다. 고개를 돌려 보니 세레스가 얼굴 가득 홍조를 띤 채 빛나는 눈으로 날 바라보고 있었다.

역시 이 아이들과 있으면 지루하지 않아서 좋다. 난 미소 짓는 얼굴로 세레스에게 대꾸했다.

"응, 안녕! 이제 수업이 끝났으면 돌아갈까?"

어색하게 내 얼굴을 바라보며 세레스가 고개를 끄덕였다.

"졸려. 집에 돌아가서 조금 더 자야겠어."

티레스는 수업 내내 졸았으면서도 아직 졸음이 가시지 않은 듯 멍한 눈을 하고 있었다. 여하튼 그 두 소녀와 손을 마주 잡고 천천히 돌아가기 위해 걸음을 옮기는 나였다.

시간은 다시 빠르게 흘러 저녁 식사 시간이 되었다. 풍성하게 차려진 테이블의 음식을 바라보며 세레스가 말했다.

"엄청난 메뉴네요."

엘프들은 인간에 비해 소식하는 편이니 저 아이들이 놀라는 것도 어찌 보면 당연한 일이었다.

쓸데없이 혈기 왕성한 인간 청소년들이라면 이 정도 먹는 것은 평범한 수준이 될 텐데 말이다.

빵과 고기, 샐러드, 으깬 감자 요리, 과일로 만든 상큼한 맛의 마실 것들로 모두가 군침 도는 것들뿐이었다. 적어도 나는 소중한 음식을 남기는 것은 천벌을 받아 마땅한 파렴치한 행위로 생각하고 있었고 또한 만든 사람 성의를 생각해서라도 배불리 먹어치워 주는 것이 예의라고 생각했다.

"잘 먹겠습니다."

숟가락으로 스프를 한입 떠 먹어보았다. 야채의 향이 몸 전체로 퍼지는 것 같아 놀랐다. 향신료나 재료의 신선함 같은 것들의 차이인지는 몰라도 모든 음식이 감탄사가 나올 정도로 맛있었다.

조용하게 식사만 하는 것도 어색하고 해서 두 엘프 쌍둥이 자매에게 말을 걸었다.

"누가 언니고 누가 동생이지?"

입 안 언저리에 샐러드를 머금고 세레스가 초롱초롱한 눈으로 날 바라보며 답변했다.

"제가 언니죠. 근데 티레스는 죽어도 언니라고 부르지 않아요."

"왜 내가 언니라고 불러야 하는 건데? 그깟 몇 초 늦게 태어났다고?"

하긴 꼭 언니라고 부를 필요성은 없겠지. 일 년 이상 차이 나도 반말하며 지내는 형제 자매들도 많으니까 말이다. 하지만 세레스는 그런 티레스의 말이 그리 맘에 들지 않는 모양인지 조금은 심퉁난 얼굴이었다. 괜히 이런 문제로 싸움 나게 하는 것도 그렇고 해서 화제를 바꿨다.

"근데 티레스는 왜 그렇게 잠이 많아?"

"모르겠어요. 심할 때는 꼬박 하루 동안 침대에서 잠만 잔 적도 있어요. 지금은 날이 춥지 않아서 그렇지 겨울이 되면 더 심해지는 것 같아요. 그래서 별명도 '곰돌이' 인걸요."

세레스가 득의의 미소를 지으며 순식간에 그렇게 줄줄이 말하자 이번엔 또 티레스가 화가 난 것 같았다. 입을 내밀며 세레스를 노려보는 티레스. 불난 집에 부채질하는 것 같아서 미안한 마음도 들었다.

괜히 더 이상한 소리 하는 것도 그렇고 해서 묵묵히 음식만 먹기로 작정했다. 뭐, 어렸을 때는 저렇게 싸우면서 지내는 게 더 정상적인 것일 테니 말이다.

시아 녀석이 식욕도 없어 보이고 한마디도 하지 않아 조금 걱정되기도 했지만 조금 더 두고 보기로 하고 묵묵히 음식을 먹었다.

'근데 내가 왜 여기에 와 있는 거지?

델리만의 목적은 시아에게 있었다. 나는 같이 딸려서 온 덤에 불과했다. 특별히 이곳 생활에 불만이 있는 것은 아니었지만 그래도 왕자 녀석을 따라잡으려면 조금이라도 더 열심히 검술 연습을 해야 하는데 이곳에는 가르쳐 줄 사람은커녕 연습하기 적당한 곳조차 없다. 덕분에 화가 나는 정도는 아니지만 왠지 모르게 지내기가 거북하고 답답해져 왔다.

멍하니 방에만 처박혀 있는 것도 지루한 나머지 델리만에게 자초지종을 설명하기 위해 난 침대에서 몸을 일으켰다.

식당으로 돌아가면 등골이 휘어지게 일을 해야겠지만 지금 이렇게 멍하니 허송세월 보내는 것보다는 차라리 그 편이 더 나을 듯했다. 평화롭고 단조로운 일상보다는 힘들고 보람찬 일상을 택하겠다. 대충 그렇게 마음을 다지며 힘차게 델리만의 방으로 갔다.

똑똑.

각오한 것에 비하면 굉장히 작은 노크 소리. 그것은 델리만이라는 엘프를 내가 두려워하고 있다는 증거 같았다. 사람의 마음을 꿰뚫어 보는 것 같은 그의 탁한 눈은 왠지 모르게 똑바로 마주치기가 힘들었다. 뭐, 특별히 잘못한 것도 없는데 왠지 모르게 마음이 약해진다고나 할까?

"들어오게."

기별이 오자마자 몸 안 가득 기합을 넣고 힘차게 문을 열었다. 나는 기세 좋게 문을 열고 들어갔으나 방 안에 델리만을 제외하고 또 다른 엘프가 있다는 것에 다시 주눅이 들었다.

엘프치고는 드물게 장신인 그 사내는 여유로운 미소를 지으며 날 바라보았다.

"무슨 일인가?"

잠시 그 장신 엘프를 탐색하느라 대답해야 할 타이밍이 약간 어긋난 것 같았다. 고개를 돌려 델리만의 눈을 주시하며 말했다.

"말씀드릴 것이 있습니다."

"옆의 이 녀석은 신경 쓰지 않아도 되네. 무슨 일인가?"

뭐, 한 사람 더 늘었다고 괜히 쫄아서 도망갈 내가 아니지. 목숨을 위협받고 있다고 해도 남자로 태어난 이상 해야 할 말은 꼭 해야 하는 법. 그렇게 마음속으로 다시 한 번 기합을 넣고 입을 열었다.

"식당으로 돌아가고 싶습니다."

"뭐, 불편한 것이라도 있는가? 망설이지 말고 말해 보게."

"아뇨. 이곳 생활에 불만은 없습니다. 단지 개인적인 이유입니다."

순식간에 작은 방에 정적이 찾아왔다. 하고 싶은 말은 다 했기 때문에 어찌 됐든 후회는 없다. 설마 '안 돼! 넌 여기에서 방학 내내 궁상이나 떨고 있어!' 라고 대답하지는 않을 테니 한결 마음이 편해지는 것도 같고 말이다.

"개인적인 이유라……. 알려줄 수 없는 것인가?"

"아뇨. 일단 검술을 연습하기에 이곳은 그리 적합하지 않고……."

"검술 연습? 이곳에서는 적합하지 않다고?"

델리만이 살짝 미소 지으며 내 말을 잘랐다.

"좋네. 필요하면 오늘부터 이 대륙에서 손꼽히는 검술을 배우게 해 주지. 그럼 불만은 없는 건가?"

"아, 그러니까……."

"운이 매우 좋은 편이군. 이 녀석이 인간 세계에 물들어서 성격이 이상하긴 하지만 검술 실력만은 기르디 이상 가는 녀석이지. 몇 년 동안 북방의 야만인들과 같이 생활하다가 방금 막 놀아왔는데 말이야."

으윽! 이 늙은이가 사람 말할 틈을 안 주네? 쉴 새 없이 중얼중얼거리는 델리만을 바라보며 당황할 수밖에 없는 나였다(평소 과묵해 보였던 것도 다 위장이었던 말인가?).

"반가워. 난 카이츠라고 한다."

"네, 처음 뵙겠습니다."

오른손을 내밀며 내게 악수를 청하는 카이츠라는 이름의 엘프. 역시 엘프 특유의 모습으로 남자인 내가 보아도 '아름답게' 생겼다. 하지만 그런 유의 녀석들과 같이 생활한 나 같은 녀석에게는 그런 사실 정도 는 별다른 감흥이 일지 않았다. 막말로 오크같이 생긴 녀석들과 평생 을 살다 보면 '추함'이라는 것도 적응하기 마련이니까.

"카이츠, 거절하진 않겠지?"

델리만이 쏘아보며 말하자 어쩔 수 없다는 듯 카이츠는 뒤통수를 긁 적였다.

"네, 해보겠습니다."

으윽! 젠장! 상황이 이렇게 되니 '그래도 전 식당에 돌아가야 합니 다' 하고 말하기가 곤란했다. '검술 연습을 해야 합니다' 말고는 달리 변명을 할 건덕지가 없었다. 이제 방학이 시작되었으니 수도로 돌아간 다고 해도 마땅히 할 일도 없고…….

그리고 솔직히 말하자면 저 카이츠라는 엘프에게 검술을 배운다는 것이 내심 기대되기도 했다. 기르디라는 녀석과 대적할 만한 실력을 가진 존재가 이 세상에 있으리라고는 생각조차 하지 못했는데 그 이상 가는 실력이라니? 저 델리만이란 엘프가 나 같은 녀석에게 거짓말을 할 리는 없을 테고 말이다.

"잘 부탁드립니다."

쳇! 이왕 이렇게 된 거 철저하게 한번 배워야겠다. 나를 놀라게 하려

면 적어도 드래곤 정도는 대적할 수 있어야 할 테니 각오 단단히 하라
고, 카이츠라는 엘프씨.
　"그래, 잘해보자."
　인상 좋아 보이는 미소를 지으며 카이츠는 날 보고 있었다. 어쩌면
방학 내내 이 숲에서 지내야 할 것 같았다.

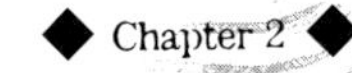

엘프들의 숲(下)

졸린 눈을 비비며 옷을 갈아입었다. 카이츠라는 엘프에게 검술을 배우다는 것에 긴장했는지 잠자리를 뒤척인 까닭에 컨디션이 영 좋지 않았지만 내색하지 않고 힘차게 걸음을 움직였다.

"좋은 아침이구나."

카이츠가 미소 짓는 얼굴로 내게 인사했다. 공터 한군데에 아무렇게나 앉아 있는 그의 모습은 그야말로 '태평', '느긋함'이 철철 넘치고 있었다. 나는 딱딱한 미소를 지으며 '네, 그렇군요'라고 대답했다. 그가 싱긋 웃으며 말했다.

"그럼 수련을 시작해 볼까?"

"네."

자리에서 일어나 내게 접근해 오는 카이츠.

"미안하다."

“네?”

그리고 ‘픽!’, ‘윽!’ 소리와 함께 난 정신을 잃었다.

“정신이 드니?”

눈을 뜨자 카이츠의 얼굴이 시야 가득 차지하고 있었다. 아무리 방심하고 있었다고 해도 일격에 사람을 기절시키다니 확실히 굉장한 실력이긴 하다(목 언저리에 은은하게 통증이 오는 걸 보니 순식간에 내 등 뒤로 이동해서 손날로 공격한 모양인데).

“……”

아무리 그래도 무방비의 사람을 공격하다니 좀 심한 거 아닌가? 기르디 녀석도 굉장히 엄하긴 하지만 기절시킬 정도의 타격은 잘 하지 않는데 말이다.

“미안, 미안. 네가 너무 피곤해 보이길래.”

뒷머리를 긁적이며 고개를 숙이는 카이츠. 그 모습에 나는 ‘갑자기 사람을 공격한 것치고는 너무 정중한 태도잖아?’ 하고 작게 중얼거렸다.

마른 풀잎 같은 것으로 푹신한 자리마저 마련해 줄 정도의 배려심을 가진 엘프인데 왜 다짜고짜 나를 공격한 건지 이해하기 힘들었다. 더구나 내가 크게 맞을 만한 짓을 한 적도 없는데 말이다.

“다음부터는 조금 더 늦게 나와도 좋아.”

이 엘프가 정말로 그냥 내가 피곤해 보이는 것 같아서 공격한 건가?

그런데 왜 좋은 말로 하지 않고 굳이 공격을 해서 사람을 기절시킨 것인지…… 기르디 녀석처럼 남 괴롭히기 좋아하는 성격은 아닌 것 같은데 말이다. 그냥 ‘피곤해 보이니? 그럼 좀 더 자고 와라’ 라고 말하면 충분히 알아들었을 것을.

"사실 너의 몸에 조그마한 흔적을 남겨두었다. 해로운 것은 아니니 염려하지 않아도 될 거야."

으윽! 갈수록 뭐가 뭔지 이해하기 힘들다. 어찌 됐든 몸에 이상이 없으니 그의 말대로 괜찮은 것이겠지. 심각하게 생각하는 것은 내 성격에 맞지 않다. 대충 간단하게 결론지어 버리고 몸을 일으켰다.

"어라?"

무엇인가 예전과 달랐다. 왠지 조금 더 모든 것이 잘 보이고 몸도 가벼워진 느낌.

당황한 얼굴로 바라보자 그는 편안한 미소를 지을 뿐이었다.

"인간은 약하다."

무한하게 펼쳐진 나무와 풀의 한가운데에서 카이츠는 아무렇게나 바닥에 앉은 채 날 바라보고 있었다. 가끔씩 들려오는 들짐승들 울음소리와 귓가를 스치는 바람이 쌓여 있던 몸의 피로를 풀어주는 것 같다. 아직 그가 말하고자 하는 말뜻을 정확하게 이해하지 못했기에 난 아무 말 없이 그의 푸른 눈을 바라볼 따름이었다.

"신체적으로도 정신적으로도 그렇지. 어둠 속에서 아무것도 보지 못하는 것도 그렇고 지옥 밑바닥 악마들의 뱃속보다 더한 탐욕도 그렇고 말이야."

확실히 그의 말이 틀리진 않는다고 생각한다. 묘인족을 노예로 부리고 조금이라도 넓은 땅을 차지하기 위해 엄청난 피를 부르는 전쟁을 수도 없이 반복하는 것은 이 대륙에서 오직 인간뿐이다.

"이곳에서 수개월간 북쪽으로 걸어가면 소변도 제대로 보지 못할 정도로 추위가 심한 곳이 나오지. 땅은 척박해서 무엇 하나 제대로 자라나는 것 없고 매서운 눈보라가 모든 것을 얼어붙게 만들 정도로 끝도 없이 휘몰아치는 곳."

회상하는 듯 살짝 두 눈을 감는 카이츠.

"하지만 무엇이든 집어삼키는 거대한 몬스터들과 추위에 내성이 강한 동물들을 잡아먹으며 생계를 유지하는 것은 다름 아닌 인간들이었다."

감았던 눈을 뜨고 날 바라보는 그의 푸른 눈. 마치 푸른 하늘을 보는 것처럼 사람을 끌어들이는 마력을 지녔다.

"인간이 드래곤을 잡을 수 있을까? 그것도 다 자란 성룡을."

"불가능하겠지요."

"그래, 가히 어떤 생물과 비교조차 할 수 없는 초시력, 초후각의 소유자, 피부는 웬만한 마법검도 흠집 하나 낼 수 없을 정도로 단단하고 이 세상 모든 것들을 알고 있을 정도로 한없는 지식의 소유자이기도 한 그것을 말이야."

싱긋 웃으며 그가 말을 이었다.

"하지만 내 스승은 그 드래곤을 잡았다. 고대의 축복이 걸린 갑옷과 방패를 순식간에 녹여 버릴 정도의 푸른 불꽃을 뿜어내는 붉은 드래곤을……."

'내가 드래곤을 잡았어' 라고 말하고 다니는 사람이 있다면 설령 그것이 사실이라도 모두들 그를 '거짓말쟁이', 또는 '허풍쟁이' 라고 비난할 것이다. 전설이나 소설 속에서나 일어날 법한 일을 믿는 것은 철들지 않은 어린이이들밖에 없을 테니 말이다.

하지만 지금 그의 말은 거짓이 아닌 것 같았다. 내가 확실히 보지 못했으니 단언할 수 없겠지만.

"그는 인간이었다. 백 년도 살지 못하고 죽었지."

조금은 슬퍼 보이는 미소를 지으며 날 바라보는 카이츠. 천하의 거짓말쟁이가 아닌 이상 저런 미소를 지을 수는 없겠지.

"일반적으로 모든 몬스터들은 신체적으로 인간보다 강하다. 시력과 후각, 근력, 그리고 신체적인 특징 같은 것들이 말이야."

"그러면 어떻게 싸워야 하죠?"

하피처럼 하늘을 날 수도 없고 호랑이처럼 날렵하지도 않으며 오우거처럼 힘이 세지도 않다. 그렇다면 도대체 어떻게 싸워 이기겠는가?

"그것은 네가 깨달아야 할 문제다. 어쩌면 평생에 걸쳐 고민해야 할지도 모르지."

사뿐히 몸을 일으키더니 싱긋 웃으며 말하는 카이츠.

"내가 짧은 시간 동안 너에게 가르쳐 줄 것은 '참는 법'과 '기다리는 법'이다."

아무 말도 없이 그는 걸음을 움직이기 시작했다. 아직 확실히 무엇을 해야 할지는 모르겠지만 어쨌든 난 그런 그의 등을 좇아 숲의 안쪽으로 몸을 움직였다.

"하루 온종일 앉아만 있었다고요?"

"응."

편하게 앉아만 있는 것도 시간이 오래 흐르니 엄청 지겹고 따분해서 차라리 격렬하게 몸을 움직이는 편이 더 낫겠다는 생각이 들 정도였다. 세레스는 마치 엄청난 고문을 당한 자에게 동정을 보내는 듯 진저리를 치며 말을 이었다.

"으윽! 그게 무슨 검술 훈련 하는 데 도움이 된다고."

아직은 잘 모르겠지만 그의 지도를 어느 정도 내가 이해할 수 있다면 실력을 높이는 네 큰 도움이 될 것 같은 기분이 들었다. 어디까지나 예감이긴 하지만 말이다.

"하긴 그 오빠는 예전부터 굉장히 이상한 면이 있었지요."

"카이츠 씨를 알고 있나 보군."

"네. 엄청난 검사죠. 아마 이 도시에 살고 있는 엘프들은 거의 다 알고 있을 듯하네요."

하긴 기르디 녀석 레벨 정도 되는 검사가 유명하지 않을 리 없지. 아무리 장수하는 엘프라고 해도 극에 달한 실력을 가진 검사가 그렇게 많을 리는 없으니 말이다.

"카이츠, 기르디, 나젤, 그리고 한 명이 더 있다고 들었는데 그는 수십 년 전에 죽었으니 제외하고… 여하튼 일단 지금은 그 셋이 이 숲 출생 중에서 최고의 실력을 가진 검사죠."

"나젤은 누구야?"

"나젤리온. 두 개의 검을 양손에 들고 폭발적인 검술을 자랑하는 마검사죠. 내가 태어나기도 전에 대륙의 남겨진 고대 아티펙트를 찾아 여행을 떠났다고 들었어요. 그때 같이 동행한 멤버가 엄청 화려하죠. 기르디와 카이츠도 그렇고 델리만도 그렇고."

윽! 델리만까지? 무슨 마신이라도 족치러 가나? 그 멤버라면 웬만한 드래곤도 상대할 수 있을 것 같은데.

"사정은 모르겠지만 여행이 끝나고 모두들 숲으로 다시 돌아왔는데 나젤은 없었다고 해요. 다른 엘프들이 물어봐도 동행한 엘프들이 대답을 해주지 않아 생사도 확인되지 않은 듯해요."

수다스럽게 알고 있는 사실을 말하더니 포크로 샐러드를 입 안 가득 우거 넣는 세레스. 나는 우스꽝스러운 그 모습에 쿡쿡 웃음을 터뜨렸다.

'그런데 카이츠는 그냥 검사라고 하기에는 이상한 기운을 뿜어내는 것도 같은데……. 마법도 아니고 성력도 아닌 이상한 기운.'

무엇이라 확실히 설명할 수는 없지만 그런 느낌이 들었다. 그가 몸에 새겨놓은 '흔적' 이라는 것은 내가 알고 있는 상식으로 설명할 수 없는 다른 성질의 '무엇' 인 듯했다.

'나중에 물어봐야겠군. 그 모험에 대해서도 말이야. 비밀이 아닌 이상 어느 정도는 대답해 주겠지.'

그렇게 생각하며 음식을 먹기 시작했다.

"글쎄, 나 자신도 잘 모르고 있는걸?"

자신이 모른다면 그 누가 알겠는가? 왠지 그의 대답이 성의없게 느껴져 불만이 치솟아올랐다. 카이츠는 그런 내 얼굴을 부드러운 미소를 지으며 바라보더니 이내 입을 열었다.

"으음, 예전에 여행을 하면서 얻은 힘일 수도 있겠고 혼자 여기저기 여행을 하고 있을 때 배운 것도 있고……. 어쩌면 이 녀석 덕분일지도 모르겠군."

그러면서 카이츠는 자신의 가슴을 엄지손가락으로 가리켰다.

"내 몸속에는 다른 녀석도 같이 살고 있어서 말이야."

다른 녀석? 도대체 저 엘프가 하는 말은 멍청한 내 머리로는 쉽게 이해하기 힘든 것이 많다.

"그럼 난 이만."

기르디에 대해 물어보기도 전에 카이츠는 재빠르게 내 시야에서 사라져 버렸다. 왠지 조금 얼버무리는 것 같은 뉘앙스가 느껴져 난 중얼거렸다.

"그다지 말하고 싶지 않은가?"

뭐, 억지로 알아내야 할 필요성은 없으니 그냥 그런가 보다 하고 넘어가는 편이 좋을지도 모르겠다.

바닥에 털썩 주저앉아 난 조용히 눈을 감았다. 시간을 때우기에는 아무 생각 없이 이렇게 있는 편이 나을 것 같았다.

이 '훈련'을 하기 전에 카이츠하고 약속한 것이 있었다. 그것은 점심에서 저녁때까지는 설령 어떤 일이 일어난다고 해도 한 걸음도 움직이지 않는 것.

어떻게 생각하면 간단한 일일지도 모르겠지만 의외로 힘든 일이다. 특히 화장실을 미리 가지 않으면 지옥이 생각날 정도로 괴롭고 말이다.

뭐, 나 같은 녀석이라서 다행이지 무엇인가 혼자서 시간을 보내는 것에 능숙하지 못한 사람, 특히 참을성이 강한 사람이 아니라면 금방 포기할 것이 분명하다.

'그렇게 대단한 일은 아니지만……'

하루 종일 앉아 있는 것이 뭐 그리 대수냐고 물어보는 사람도 있을지 모르겠다.

'설마 이게 수련의 전부는 아니겠지?'

이렇게 가만히 앉아서 궁상 떠는 것이 수련의 전부라고 말한다면 정말 슬프고 열받을 텐데 말이다. 일격필살의 특별 검술처럼 단기간에 실력이 확 늘어버리는 그런 소설 같은 것을 원하는 것은 아니지만 그래도 평범한 인간인 이상 뭔가 기대하는 심리를 가지는 것은 당연한 일이다.

"……."

남자가 돼서 쪼잔하게 계속 구시렁거리는 것도 뭐하고 해서 그냥 아무것도 생각하지 않기로 마음먹었다. '무념무상의 경지에 이르기 위해서는 잡념을 버려야 한다' 라고 쓰여진 글귀가 문득 머리 속에 떠올랐기 때문이다.

어디선가 아련히 들려오는 새소리에 난 고개를 들어 올리고 감았던 눈을 떴다. 그리 피곤했던 것은 아니었지만 아무 생각 없이 오랫동안 눈을 감은 탓인지 나도 모르게 깜박 졸았던 모양이다.

"음?"

눈앞에서 아른거리는 무엇. 회색의 털이 많고 일반 개라고 생각하기에는 조금 크기가 큰 감이 없지 않았다. '내가 지금 꿈을 꾸고 있는가' 하고 생각해 보지만 볼을 간질이는 한줄기 바람의 느낌은 현실이 아니라고 하기에는 너무나도 선명했다.

그것의 타오르는 램프 빛과 같은 날카로운 두 눈은 나의 몸을 향하고 있었다.

'느, 늑대?! 늑대가 왜 이곳에 있는 거지?'

참 바보 같은 생각이군. 늑대니까 숲에서 사는 것이 당연한 일인데 말이다. 젠장! 여하튼 중요한 것은 이게 아니다.

순간 내가 몸을 일으키자 조금 움찔거리며 뒷걸음질하는 늑대처럼 생긴 그 '무엇'. 괜히 적대적인 반응을 하는 것도 저 녀석의 신경을 거슬리게 할 것 같고 또 갑자기 달아나는 것도 바보 짓 같아 상황을 벗어나기 위해 난 머리를 굴려야 했다.

'일단 침착해야 한다.'

하지만 이 늑대처럼 생긴 녀석이 워낙 '존재감' 넘치는 모습을 하고 있어서 모든 게 쉽지 않았다. 뭐, 내가 백전노장의 용병도 아니고 이런 상황에서 겁먹고 주저앉지 않으면 다행이다. '무슨 탁월한 임기응변으로 늑대를 쫓아내다'라는 것은 꿈과 같은 소리나 마찬가지인 것이다.

조금씩 떨려오는 다리를 애써 진정시키고 난 그렇게 늑대의 두 눈을 마주 바라보았다. 맛있는 먹잇감을 바라보는 탐욕에 젖은 눈은 아니고 그냥 신기하다는 듯 바라보는 눈이랄까(눈빛으로 동물의 생각을 읽는 그런 거짓말 같은 능력은 내게 없었지만)?

'한 걸음도 움직이지 말 것.'

카이츠가 한 말이 문득 떠올랐다. 물론 그런 약속 따위보다야 목숨이 비교할 수 없을 정도로 소중한 것이겠지만 그래도 아직 조금 여유가 있는 것 같기도 해서 말이다.

"젠장."

얼마간의 시간이 흘러도 미동조차 하지 않는 것 같아 상스러운 말이 자연스럽게 입가를 맴돌았다. '그냥 도망갈까?' 하는 생각이 머리 속에 가득 차서 무엇 하나 냉철하게 생각할 여유 같은 것은 눈곱만큼도 존재하지 않았다.

무엇인가 지겨워지는 느낌도 들었다. 저 녀석이 침을 뚝뚝 흘리며 이빨을 가는 것도 아니었으니…….

'모르겠다. 잡아먹든 말든 네 맘대로 해라.'

그렇게 반쯤 자포자기하고 어금니를 꽉 물며 녀석을 노려보자 생각지도 못한 일이 벌어졌다.

녀석이 잠시 더 날 바라보더니 그냥 나무 사이로 사라지는 것이었다.

"뭐, 뭐지?"

나 자신도 어리둥절해져서 늑대가 사라진 방향을 한참 동안 멍하니 바라보았다. 내 모습이 무서워 도망간 것은 아닐 테고 신기해서 좀 살펴보다가 흥미가 떨어져 그냥 가던 길을 마저 간 모양이다.

순간 힘이 풀려서 한숨을 쉬며 바닥에 주저앉았다. 꽤 심하게 긴장했던 모양인지 갑작스레 피곤함이 온몸을 엄습해 왔다.

언제 다시 잠이 든 모양인지 카이츠가 살짝 내 어깨를 흔들어 깨우자 화들짝 놀라며 난 몸을 일으켰다.

"아, 미안. 놀라게 한 것 같군."

"괜찮습니다."

가위눌린 모양인지 식은땀이 서늘하게 등줄기를 스치고 지나갔다. 내 굳은 표정을 조금은 근심스레 바라보며 카이츠가 입을 열었다.

"무슨 일이 있었나 보군."

거짓말할 성질의 것도 아니고 해서 솔직하게 이야기하기로 마음먹었다.

"늑대처럼 생긴… 그런 것이 나타나서……."

"늑대라고?"

조금은 신기하다는 듯 눈을 빛내며 카이츠가 물었다.

"깜박 잠이 들었다가 깨어나 보니 회색 빛의 무엇인가가 눈앞에 아른거리더군요."

"그게 늑대였나 보군."

늑대는 원래 밤에만 활동하는 동물이라고 알고 있는데 왜 점심 무렵, 그것도 마을이 인접한 곳을 어슬렁거리는지는 잘 알 수 없지만 여하튼 내가 환상을 본 것이 아니라면 그건 분명히 늑대였다. 고개를 끄덕이자 손으로 턱을 괴며 고민하는 듯한 제스처를 취하는 카이츠. 그리고 잠시 시간이 흐르자 고개를 들어 올리고 내 얼굴을 바라보며 입을 열었다.

"음, 대충 짐작 가는 엘프들이 있긴 하지만 확실한 증거가 없으니……."

짐작 가는 엘프? 설마 그것이 진짜 늑대가 아니라 엘프였단 말인가? 궁금하다는 듯한 표정을 짓자 곤란하다는 듯 쓴웃음을 지으며 카이츠가 말했다.

"누군가 폴리모프한 것 같아. 미숙한 것을 보면 꼬맹이들 중 하나일 것 같군."

"어떻게 미숙한지 알 수 있습니까?"

"그냥 살펴보는 정도라면 늑대로 폴리모프하는 것은 미련한 짓이지. 새라든지 작은 짐승으로 폴리모프하는 편이 더 나을 테니까 말이야."

확실히 그의 말대로다. 늑대같이 눈에 확 뜨이는 것을 선택했다는 것 자체만으로 경험이 부족하다는 걸 알 수 있다.

"엘프라는 종족이 워낙 장수하고 여행을 좋아해서인지는 몰라도 인간으로 따지자면 지금 네 나이 정도의 또래들이 생활하는 기숙사 비슷한 곳이 있단다. 내 생각에는 그곳의 꼬맹이들 중 하나일 것 같은데 말이야."

엘프가 드물긴 하지만 그래도 인간과 묘인족을 제외하면 대륙에서 제일 폭넓게 활동하고 있다는 사실을 어디에선가 들어 알고 있었다. 여하튼 조금 무책임한 면모도 있는 듯했다. 아무리 뭐라 그런들 자신의 아이를 남겨두고 여행이라니 말이다(내 아버지 같은 경우는 조금 특수한 케이스니 그냥 넘어간다고 해도).

'아들아, 여행 좀 다녀오마' 하고 휘리릭 사라져 버린다는 것은 조금은 심한 행동이지 않을까 생각한다.

"기숙사는 어디죠?"

내 나이 또래로 보이는 아이들이 별로 보이지 않아서 의아했었는데 기숙사 구경도 할 겸 한번 놀러 가는 것도 나쁘지 않을 것 같아 난 그렇게 질문했다.

"마을에서 그렇게 멀지 않은 곳이야."

그가 손가락으로 가리키는 방향을 바라보며 살짝 고개를 끄덕였다. '그리 멀지 않다면 오늘이라도 한번 가보는 것이 좋겠다' 하고 마음속으로 생각하며 말이다.

"기숙사요? 에린 언니가 다니고 있어서 확실히 알고 있기는 하지만……."

아직 저녁 식사 시간이 되기에 조금은 이른 시간. 세레스 녀석이 입을 열었다. 무엇인가 말끝을 흐리는 것도 같아서 난 다시 질문했다.

"에린 언니는 누구지?"

"저희 둘보다 먼저 태어난, 말 그대로 언니죠. 아직 성인이 되지 않아서 기숙사에서 생활하고 있구요."

"꼭 기숙사에서 생활해야 하는 거야?"

"돌봐줘야 할 엘프가 마을에 없는 이상 100% 그렇죠."

음, 대충 무엇인가 알 것 같기도 하다. '장수' 한다는 것도 나름대로 애로 사항이 있는 것이다. 부모인 이상 자식을 기르는 것은 아주 당연한 것이겠지만 아무리 나라고 해도 '백 년 동안 자식 교육만 시켜라'

라고 말한다면 비웃어줄 것이 틀림없다.

"델리만님이 신경 써주신 덕분에 아직은 이곳에서 생활하고 있기는 하지만… 이제 곧 나와 티레스도 기숙사에 들어가서 생활해야 될 듯해요."

이것은 어떻게 보면 악순환 아닌가? 어려서부터 구속받고 자란 것을 성인이 되어 충족하는 것. 그것이 반복되어 어느새 당연한 것처럼 여겨지는 것…….

그리 좋다고는 말할 수 없겠지만 또 마땅한 해결책을 찾을 수도 없는 노릇이었다. 엘프들의 문화에 대해 내가 이렇다 저렇다 말할 처지는 못 되었다.

"흐음……."

내가 어머니의 사랑을 받고 살지 못했기 때문인지 이런 면에서는 민감한 데가 있는 것 같았다. 인상을 찡그리며 끙끙거리기 시작하는 내 얼굴을 마주 바라보더니 티레스 녀석이 처음으로 입을 열었다.

"왜 기숙사에 대해 묻는 거야?"

"아, 한번 가볼까 해서. 뭐, 이곳에 관광 온 것은 아니지만 그래도 가만히 방에서 궁상 떠는 것보다는 여러 군데 돌아다니는 것이 좋을 것 같아서 말이야."

조금 얼버무리기는 했지만 틀린 말은 아니니까 굳이 '그곳의 어떤 아이가 폴리모프해서 날 몰래 훔쳐보려다 걸렸어' 하고 말할 필요성은 없겠지.

"그럼 그 기숙사로 안내해 줄래?"

"일단 델리만님께 허락을 받아야 할 것 같은데……. 기숙사는 외부인 출입 금지라서 말이야."

나는 건성으로 대답하는 티레스 녀석의 머리를 두어 번 쓰다듬어 주고는 곧장 쌍둥이의 방을 빠져나왔다. 늑장 부리는 것보다는 어두워지기 전에 기숙사에 놀러 가볼 생각이었던 것이다.

보통 집보다 두어 배 정도 큰 듯하긴 했지만 카이리온 기사 양성 학교에 있는 기숙사에 비하면 굉장히 아담하다고 말할 수 있을 정도의 크기다. 뭐, 이 마을의 규모를 생각해 보면 이 정도로도 부족하지는 않을 듯싶지만.

'마음대로 해.'

문득 대답하기도 귀찮다는 듯 대충 한 손을 휘저으며 말하는 델리만의 모습이 떠올랐다(생각 외로 쉽게 승낙해서 조금 무안하다고 말할 수 있을 정도로 주춤하긴 했다).

여하튼 다시 꼬맹이들의 방으로 돌아가서 귀찮아하는 녀석들의 손을 부여잡고 터덜터덜 기숙사 앞에 도착했다.

때마침 누군가 기숙사 안으로 들어가고 있었다. 내가 인기척을 내자 그 엘프가 뒤를 돌아보며 나와 쌍둥이를 바라보았다.

척 보기에도 선생같이 생긴 중년 엘프였다. 그는 천천히 우리 쪽으로 다가오더니 말했다.

"네가 이곳에 왔다는 인간 중 하나인가 보군. 이 기숙사에 볼일이라도 있는 거냐?"

"아뇨. 단순히 구경을 하고 싶어서 온 것입니다."

정확하게는 내 또래의 엘프들을 보고 싶어서 온 거였지만 말이다. 그 폴리모프를 한 엘프를 발견한다면 더 좋겠지만 순순히 자백하지 않는 한 불가능할 테니까(사실 그 문제에 대해서는 반쯤 포기하고 있었기에 다른 생각은 하지 않기로 마음먹었다. 뭐, 내 얼굴을 물어뜯은 것도 아니고 그냥 구경만 하고 간 것뿐이라 얼굴이 닮은 것도 아니고 그렇게 민감하게 생각할 필요성이 없을 것 같아서 말이다).

"음, 뭐, 델리만님께 허락을 받은 거라면 상관은 없겠지."

이곳에 오기 전에 델리만에게 미리 허락을 받은 것이라고 생각한 듯 그 중년 엘프는 고개를 끄덕이며 말했다.

"따라오너라."

그의 뒤를 좇아서 나와 쌍둥이는 기숙사 안으로 들어갔다.

현관을 지나 안으로 들어가자 단순하지만 세련미가 느껴지는 거실이 보였다. 중년 엘프는 '이곳에서 기다려라' 하고 말하더니 어디론가 휙 사라져 버려 썰렁한 거실 안에서 나와 쌍둥이는 멍하니 누군가 오기만을 기다릴 수밖에 없었다.

"조금 더 자야 하는데……."

티레스가 졸립다는 듯 푸념했다. 어제 초저녁에 잠들어서 오늘 아침까지 잔 걸로 아는데……. 참, 곰돌이란 별명이 무색할 정도로 잠을 좋아하는 아이다.

얼마 정도 시간이 흐르자 그 중년 엘프와 내 또래 정도 되어 보이는 여섯 명의 엘프가 다가왔다.

아마 생김새는 내 또래라고 해도 실제로는 거의 백 살 정도는 되었을 것이라 짐작된다(이것도 어느 정도 엘프들과 생활하다 생긴 경험이다. 100% 정확하다고는 말할 수 없지만 대충 비슷할 거라고는 자신할 수 있었다).

"처음 뵙겠습니다."

내 정중한 인사를 살짝 고개를 끄덕이며 답례하는 네 명의 엘프들. 그중 한 엘프 소녀가 내 옆에 나란히 서 있는 쌍둥이를 바라보며 당황스레 입을 열었다.

"세레스, 티레스?!"

이 엘프 소녀가 바로 쌍둥이가 말했던 그 에린이란 엘프인가 보다. 조금 웨이브진 금발을 허리까지 내린 단정한 모습이 평범한 인간과는 비교조차 할 수 없을 정도로 아름다웠다.

"너희들이 이곳에는 왜?"

"이 인간 오빠가 기숙사 구경하고 싶다고 해서 우리 둘이 안내해 준 거야."

세레스가 대답하자 그제야 이해한 듯 고개를 끄덕이며 수긍하는 에린이란 엘프 소녀.

'쌍둥이가 자라면 저 모습과 비슷하게 될지도……'

성격이나 분위기는 영 딴판이었지만 솔직히 생김새는 매우 닮았기에 나는 속으로 그렇게 중얼거렸다(물론 쌍둥이가 저 정도 모습으로 자랄 나이가 되면 나는 거의 할아버지가 될 테지만 적어도 상상하는 것은 자유니까 말이다. 이곳에 마음을 읽는 능력을 가진 엘프가 없는 이상 괜찮겠지).

"무엇을 더 구경하고 싶으냐?"

중년 엘프가 잡생각에 빠진 나를 못마땅하다는 듯 바라보며 물었다. 내 또래의 엘프들도 구경했으니 더 무엇을 구경하고 싶다고 말하기도 뭐해서,

"이제 충분합니다."

하고 말하며 쌍둥이의 손을 부여잡고 기숙사를 빠져나왔다. 뭐, 구경 정도도 아니고 이건 그냥 '방문' 수준이었지만 왠지 기숙사 자체가 외부인을 꺼린다는 느낌이 들었기 때문에 말이다. 조금 더 시간을 끌 수도 있었지만 시간도 늦었고 해서 그냥 빨리 물러나는 편이 좋은 선

택 같았다.

"에린 언니 이쁘지 않아?"

"아, 그렇군."

뭐, 엘프치고 얼굴이 단정하지 않은 케이스는 보기 힘든 것이 사실이었지만 확실히 쌍둥이의 언니라고 하는 에린이란 엘프는 그런 엘프 중에서도 확연히 눈에 뜨일 정도로 예뻤다. 그런 것에 어느 정도 면역이 생긴 나조차 가슴이 뜨끔했을 정도니…….

"후훗."

고개를 끄덕이며 수긍하는 날 바라보며 세레스 녀석이 비웃는 듯한 표정을 하는 것 같았기에 조금 분노가 솟구쳐 올랐다.

저런 꼬맹이 녀석 말에 발끈해서 화를 낸다는 것도 좀 뭐해서 대충 안 본 셈치고 무시했다. 쉽게 보인다는 것도 싫었지만 일일이 신경 쓰며 화내는 그런 피곤한 성격이라고 오해받는 것은 죽어도 사양이니 말이다.

"흐음."

예쁜 것은 예쁜 것이니까 말이다.

군이 비교를 하자면 저번 축제 때 자룬 왕자와 춤을 추던 공주란 사람과 비슷한 정도? 내 눈이 100% 객관적이라고는 할 수 없겠지만 그래도 첫인상이 확연히 가슴에 '무엇인가' 와 닿게 하는 그런 케이스는 굉장히 드물었다.

요즘 들어서 쓸데없이 눈만 높아지는 것도 같아 저절로 한숨이 새어나왔다. 조금은 변명 같기도 하지만 사실 이것은 주위 환경 탓이 크다. 식당이나 학교에서 알고 지내는 아이린 씨나 엘리, 리체 녀석도 정말 단정하게 생긴 편이었고 방학마저 엘프들 천지인 곳에 와서 지내다 보니 자연스레 눈이 높아지는 듯했다.

구시렁거리며 무엇인가 심각하게 생각하는 내 얼굴을 세레스 녀석이 뚱한 표정으로 바라보더니 물었다.

"뭘 그렇게 생각해?"

"내 주위에는 잘난 녀석들뿐이구나 하는 생각."

"베리 오빠도 꽤 귀엽게 생겼는걸. 너무 그렇게 좌절하지 말라구."

윽! 저 녀석에게 귀엽다는 소리를 듣다니……. 화를 내야 하는 것인가, 아니면 그냥 넘어가야 하는 것인가? 생각 같아서는 머리를 한 대 쥐어박고 싶지만 남자가 소심하게 그런 것 가지고 화를 내나고 생각할지도 모르는 노릇이니…….

사내 녀석이 귀엽다는 말을 듣는 건 생각하기 나름이지만 좋은 소린 아닌 것 같다. 더구나 자신보다 정신 연령이 어린 녀석에게 그런 소리를 듣는다는 건 말이다(여자 아이라면 몰라도 남자에게 귀엽다는 말은 내가 고전적인 사고방식을 가져서인지는 몰라도 참 듣기 거북했다).

"헤헷! 난 거짓말은 안 하니까 어느 정도 자신감을 가져도 될 거야."

딜레마에 빠진 나를 다시 한 번 좌절의 수렁으로 몰아넣는 녀석의 결정타.

"티레스는 어떻게 생각해?"

'세레스 녀석만 보는 눈이 이상한 거야' 하며 난 녀석의 말을 무시했다. 어려서부터 인간이란 종족에 대해 동경을 가지고 있었던 엘프니까 말이다. 적어도 평범한 사고방식을 가지진 못했으니 '그렇구나' 하고 납득할 수 없었다.

"응, 귀여워."

"……."

저 녀석이 하도 졸려서 지금 정신이 약간 오락가락한 것이다. 나는 속으로 그렇게 생각하며 빠르게 걸음을 움직였다.

"같이 가! 귀.여.운. 베리 오빠!"

환청을 듣고 있는 거다. 아니, 설령 저것이 환청이 아니라고 해도 저 녀석들이 날 가지고 노는 것이다(아니, 설령 그것이 사실이라고 해도 난 절대 믿지 않을 테다. 저런 근거없는 잡소리에 흔들릴 내가 아니다). 그렇게 암시하듯 수없이 중얼거리며 저녁 식사를 하기 위해 걸음을 빨리했다.

"눈이 많이 차분해졌구나."

"그런가요? 별로 달라진 것 같진 않은데……."

살짝 고개를 갸우뚱거리며 말하자 언제나처럼 미소 짓는 얼굴로 대꾸하는 카이츠 씨.

"아직 자신이 느끼지는 못할 테지."

"으음, 그런가요?"

뭐, 특별히 눈에 띄게 변한 건 없는 것이 사실이지만 그래도 어느 정도 몸이 가벼워진 것은 사실이었다.

기르디 녀석이 육체적인 강함을 추구한다면 카이츠는 무엇인가 정신적인 것을 추구한다고 할까? 조금은 그런 느낌이 들었다(지금은 확실히 뭐라 말할 수 없겠지만 역시 강하다는 것은 바라보는 관점에도 개인 차가 있는 것 같았다).

'벌써 꽤 시간이 흘렀군.'

어느새 이 숲에 온 지도 열흘 정도 지난 것 같다. 엉뚱한 곳에 텔레포트해서 고생할 때만 해도 식당으로 돌아가고 싶은 마음이 간절했는데 지금은 돌아간다고 해도 그만, 가지 못한다고 해도 그만인 듯하다.

"시아라는 아이는 언제 돌아온다고 했지?"

"아마도 내일인가… 그런 것 같군요."

이틀 전인가 시아 녀석이 한밤중에 내 방에 찾아와서 이렇게 말했던 것 같다.

'잠시 며칠간 다녀올 곳이 있어요. 위험한 곳은 아니니 걱정하지 마세요' 하고.

어디를 가는 것이라고 말도 않고 걱정하지 말라니? 물론 나도 같이 동행하려 했으나 예상외로 녀석이 화내며 반항한 덕분에 결국 말싸움까지 하게 되었다(녀석의 고집이 누구도 감당하지 못할 정도로 억세다는 건 오래전부터 알고 있었지만 그래도 '응, 그래. 잘 다녀와' 하고 순순히 보내줄 수는 없는 노릇이니 말이다).

결국 델리만에게 어느 정도 사정을 들은 후 녀석을 보내줄 수 있었다. 예전에 녀석에게 심한 말을 한 것도 사과하지 못했는데 다시 말싸움을 해서 사이가 더 벌어진 것 같아 조금 걱정이 되기도 했지만 '속이 깊은 아이니까 나중에 잘 말하면 괜찮아지겠지' 하고 중얼거릴 수밖에 없었다.

"휴~"

시아 녀석만 생각하면 왠지 모르게 가슴이 답답해지는 듯했다. 녀석이 무엇인가 평범하지 않다는 것은 예전부터 알고 있었지만 요즘 들어서 그 차이가 더 크게 느껴지는 것 같아서 말이다.

불안하고 초조했다. 나는 아무런 힘이 되어주지 못한다는 사실이 괴로웠다. 다정한 말 한마디 건네주지 못하는 나 자신이 한심했다.

'나 같은 존재는 죽어도 상관없다' 라는 말 따위를 하고 있는 시아 녀석이 정말 밉다. 설령 남들이 비겁하다고 욕할지라도 나 자신을 위해서 살아주었으면 하는 것이 내 진심이었다.

녀석과 나는 근본적인 가치관부터 다른 것 같다. 착하고 순수한 것도 좋지만 자신을 위해서 어느 정도 이기적으로 행동하는 것이 나는 더 바른 것이라 생각한다.

어느 정도 여유가 있다면 몰라도 자신의 앞가림조차 하지 못하면서 남을 도우려 한다는 것은 바보 짓이다.

'이래서 내가 친구를 사귀기 힘든 것일지도.'

뭐, 내 인생 남이 대신 살아주는 것도 아니니까 하고 싶은 것만 하고 살 순 없겠지만 그래도 수동적으로 남에게 맞춰서 사는 건 상상하기조차 끔찍하다.

"잘 되겠지."

나는 무엇인가 착잡한 기분에 한숨을 쉬며 작은 목소리로 중얼거렸다.

빠르게 시간이 흘러 시아 녀석이 돌아오고 다시 며칠이 지난 어느 날 아침 쌍둥이가 방문을 열고 들어와 '델리만님이 불러' 라고 귀찮다는 듯 내게 말했다.

사실 나와 시아를 돌봐주는 여자 엘프가 한 명 있는 듯했지만 말이다. 급한 볼일이 생겼을 때 나에게 말을 전해주는 임무는 쌍둥이의 몫이었다(간혹 이렇게 아침에 졸린 눈으로 전달 사항을 말하는 녀석들이 조금은 불쌍하기도 해서 나중에 이곳에 다시 오게 된다면 조그만 선물이라도 들고 와야겠다고 생각했다).

여하튼 그 노인네를 기다리게 할 수는 없으니 대충 옷을 갈아입고

털레털레 걸음을 움직였다.

간만에 몸을 움직인 까닭에 한 걸음 움직일 때마다 온몸이 삐걱거리며 성화였다. 하지만 기분만은 상쾌했다.

사실 어제부터 조금이지만 카이츠에게 검술을 배울 수 있었다. 그냥 기본적인 동작일 뿐이지만 가만히 앉아 있는 것보다는 천국이라고 할 만큼 좋았다.

"음, 왔군."

노크를 한 후 문을 열고 들어가자 델리만이 보던 책을 한쪽으로 치우더니 날 바라보며 주름살 가득한 입을 열었다.

"생활하는 데 불편함은 없는가?"

"네, 괜찮습니다."

내 애로 사항을 알기 위해 부른 것은 아닐 테고 이 늙은이가 성격답지 않게 얼어죽을 안부부터 묻는다. 뭐, 인사치레지만 나를 걱정해 주는 것이니 고맙게 여겨야겠지만 말이다. 여하튼 그 늙은이는 내가 그런 생각을 하든 말든 헛기침을 하며 뜸을 들이더니 말했다.

"다시 그곳으로 돌아가도 좋다."

"네?"

그곳이라면 수도에 있는 식당으로 돌아가도 된다는 이야기인가? 방학 내내 이 숲에서 지내는 것으로 마음속으론 거의 확정하다시피 하고 있었기에 난 반문했다.

"싫은가?"

"아뇨. 이렇게 일찍 보내줄 것이라 생각지 못해서……."

"볼일도 다 끝난 것 같은데 더 붙잡아봤자 뭐에다 쓰겠나?"

하긴 나 같은 녀석 더 오래 잡아둬 봤자 별 쓸모 없는 것이 사실이지. 힘이 센 것도 아니고 특별히 쓸모있는 일을 할 줄 아는 것도 아니니 말이다(조금 자학적인 것도 사실이지만 적어도 난 자신의 능력을 과대평가할 만큼 바보는 아니다).

"그럼 오늘 돌아가는 것입니까?"

"마음대로 하게. 언제든 돌아가고 싶으면 내게 찾아오면 되니까."

귀찮다는 듯 대충 대답하고는 한쪽에 치워두었던 책을 집어 드는 델리만. 더 이상의 대화는 의미가 없는 것 같아 문을 열고 방을 나왔다.

'참 다사다난했군.'

그리 짧지 않은 시간 동안 여러 가지 경험을 했다. 지금 돌이켜 보면 씁쓸한 웃음만 나오지만 당시에는 참 심각했던 일도 많았다.

다크 엘프 베르니아.

평생 동안 살며 그렇게 화려한 검술은 보지 못했다. 느린 것 같지만 빠르고 섬세하며 끊이지 않는 위력적인 공격들.

비록 지성이 없는 존재지만 와이번은 하찮은 몬스터들과는 비교할 수 없을 정도로 강하다. 가죽은 검이 퉁겨서 나올 정도로 단단하고 움직이는 것은 거대한 몸집과는 달리 민첩하고 유연하다. 나 같은 녀석은 수십 명 있어봤자 잡기는커녕 오히려 목숨이 위태로울 것이다.

아마 평생 그런 그녀의 검술을 동경하며 살지도 모를 것 같았다. 나의 한계가 어느 정도까지 될지는 아직 잘 모르겠지만 확실히 그런 강함은 노력만 가지고 되는 것이 아니라는 것을 누구보다 더 잘 알고 있었으니.

베르니아, 카이츠, 기르디……

무한에 가까운 삶을 살며 세상을 여행하고 끊임없는 지식을 추구하는 종족이라는 엘프. 성격도 다르고 추구하는 것도 다르지만 그들은 인간이 아닌 엘프라는 종족이었다.

　대륙에서 그 엘프들이 제일 많이 모여 산다는 이곳 엘프들의 도시 에르쥬나에서 만난 귀여운 쌍둥이 자매 세레스, 티레스. 그 아이들과의 어이없는 만남에서부터 조금은 괴상한 카이츠의 검술 훈련에 익숙해지려 노력한 것, 쌍둥이의 언니라고 한 에린이란 엘프 소녀와의 만남도 그렇고 확실히 많은 일들이 있었던 듯하다.

　'적어도 오지 않는 것보단 나은 건가?'

　식당에서 썩는 것보다는 나은 선택이었겠지. 경험은 무엇으로도 바꾸지 못할 값어치를 가지고 있으니 말이다.

　중얼거리며 여러 가지 잡생각에 빠져 있던 내가 걸음을 멈추고 시선을 한곳에 고정시켰다.

　"……."

　그곳에 그가 서 있었다. 언제나처럼 보는 이를 편하게 하는 미소를 지으며 날 바라보는 그의 시선은 똑바로 내 눈을 직시하고 있었다.

　"오늘 돌아가겠습니다."

　미련을 두고 싶지 않았다. 너무나 부족하기에 아직 배우고 싶은 것 투성이지만 식당으로 돌아가고 싶은 마음이 더 강했기에.

　"그런가?"

　"네. 그동안 지도, 감사했습니다."

　"재미없는 일 하느라 수고했군."

　고개를 꾸벅 숙이며 인사하자 쓴웃음을 지으며 다시 입을 여는 카이츠 씨.

　"기르디에게도 안부 전해주게."

“네.”

마음속에 간직해 두었던 말을 하기 위해서 짧게 대답하고 잠시 숨을 골랐다.

“부탁이 있습니다.”

괘념치 않고 말해 보라는 듯한 그의 표정에 자신감을 얻고 다시 입을 열었다.

“카이츠님의 실력을 보고 싶습니다.”

“나의 실력?”

“네.”

조금 곤란하다는 듯 어색한 웃음을 지으며 고개를 돌리는 카이츠. 거절한다고 해도 크게 섭섭한 감정은 들지 않을 테지만 그래도 이왕이면 단 한 번이라도 그의 진정한 실력을 머리 속에 기억하고 싶었다.

잠시 동안의 정적을 깨고 카이츠가 다시 입을 열었다.

“보잘것없는 것이긴 하지만… 원한다면 어쩔 수 없지.”

춤이라도 추고 싶을 정도로 기뻤다. 하지만 내색하지 않고 조용히 웃음 지었다.

사실 카이츠를 처음 보았을 때부터 원하고 있던 일이기에 말이다(내가 의심이 많은 성격이라서 그런지 몰라도 강한 누군가를 보면 눈으로 그 실력을 보기 전까지는 신용할 마음이 생기지 않았다).

“그런데 어떻게 보여주면 좋을까?”

그의 말에 내 표정이 살짝 굳어지는 것은 어쩔 수 없는 일이었다. 마땅히 상대해 줄 사람도 없는데 마법도 아닌 검술 실력을 어떻게 다른 자에게 보여줄 수 있을까? 내가 생각해도 참 난감했다.

“으음… 델리만님께 부탁하면 되겠군.”

"델리만님께?"

검은커녕 지팡이도 제대로 못 들 것 같은 그 늙은이에게 무슨 부탁을 한단 말인가? 델리만이 다른 누군가를 주선해 준다는 뜻인가?

"돌아갈 준비는 끝마쳤는가?"

"아니요. 이제 슬슬 해볼 참이었습니다."

"서두르는 게 좋을 거야."

최소한 날이 어두워질 때까지는 준비를 끝마쳐야겠지. 뭐, 준비라고 해봤자 옷가지 몇 개 보따리에 싸는 것이 전부이지만 말이다.

"난 델리만님의 방에서 기다리고 있을 테니 걱정하지 말고 돌아갈 준비부터 하게."

"네, 그럼."

일이 다 결정난 이상 지체하는 것은 바보 짓이란 생각이 들었기에 그의 말이 떨어지기가 무섭게 대충 인사를 하고 걸음을 옮겼다.

축축하게 젖은 눈망울을 하고 내 손을 부여잡는 세레스 녀석. 그리 긴 시간은 아니었지만 새삼 정이 든 것은 나도 마찬가지였기에 섭섭한 감정이 마음을 아프게 해왔다.

"언제 다시 올 거야?"

'영원히 못 올지도 몰라' 라고 대답할 수는 없는 노릇이었다. 설령 그것이 진실이라고 할지언정 말이다. 무책임하다고 비난할지라도 거짓말을 하는 것이 내게도 쌍둥이에게도 좋은 선택 같았다.

"글쎄? 심심하면 일주일 후에라도 놀러 올지 모르지."

"거짓말."

"너무 그렇게 딱 잘라 말할 것은 없잖아?"

푸념을 하며 '바보' 라고 중얼거리는 티레스 녀석의 머리를 쓰다듬으며 싱거운 웃음을 감추지 못하는 나였다.

지루하기 짝이 없는 이 숲에서 유일하게 이야기 상대가 되어주었던 쌍둥이 자매. 내가 할아버지가 되어서 한가롭게 흔들의자에 앉아 휴식을 취하고 있을 때 수염을 잡아뜯으며 '왜 안 온 거야? 바보!' 라는 말을 하고도 남을 녀석들이다(적어도 그런 꼴을 보지 않으려면 인형이라도 들고 언제 다시 찾아와야겠지. 아니, 선물이 마음에 들지 않는다고 또 뭐라고 화낼지도 모르는 노릇이니 먼저 아이린 씨에게 물어 엘프 아이들의 취향을 조사해 보는 것이 좋겠다).

"델리만님, 부탁합니다."

중얼거리며 잡생각에 빠진 나를 깨우는 듯 카이츠가 입을 열었다. 조금은 못마땅한 표정을 지으며 무엇인가 하기 싫다는 기색을 역력히 드러내는 델리만이었지만 눈썹 하나 까딱하지 않고 미소 짓는 얼굴로 주시하는 카이츠에게는 결국 포기하는 수밖에 없을 듯했다.

"쯧."

이내 혀를 차며 델리만이 주문을 외우기 시작했다. 평생 동안 보지도 듣지도 못한 엄청난 속도로 캐스팅을 끝내고 나와 쌍둥이 녀석에게 향하는 그 마법은 이름도 능력도 모를 정체 불명의 것이었지만 왠지 모를 심각한 분위기에 질문은커녕 멍하니 바라보고 있을 수밖에 없었다.

"예쁘다."

티레스가 중얼거리는 말대로 빛은 아름다웠다. 춤추는 듯 화려하고 불꽃처럼 용솟음치는 그 눈부신 빛은 나와 쌍둥이, 그리고 시아 녀석의 주위를 끊임없이 맴돌았다. 어떤 용도로 쓰인 마법인지 정확하게 알

수는 없었지만 형태나 마나의 움직임으로 보아 결계나 보호 마법의 일
종인 것 같았다.

놀랄 사이도 없이 다시 연이어 주문을 캐스팅하는 델리만. 중간에
한두 단어 정도 알고 있는 고대어가 있기는 했지만 속도가 워낙 빠르
고 발음이 부정확한 탓에 해석은 불가능했다.

"뒤로 물러서라!"

카이츠답지 않게 과격한 목소리였다. 나와 쌍둥이는 그 박력에 놀라
주춤거리며 뒷걸음질할 수밖에 없었다.

드디어 캐스팅이 끝나고 마법이 완성되자 이번에는 허공에 마법진
이 그려졌다. 보는 사람의 혼을 앗아갈 듯한 붉은색 물결의 배열은 점
점 정확한 형태를 그리며 하나의 마법을 완성시키는 '문' 을 제공했다.

마법진의 밑바닥에서 생성된 어둠. 비명을 지를 여유조차 주지 않고
그 밑에서 무엇이 기어나오고 있었다.

코를 찌르는 역겨운 냄새에 저절로 헛구역질이 나왔다. 불안해하는
쌍둥이의 손을 잡으며 난 정신을 집중했다. 앞으로 일어날 일을 조금
이라도 정확하게 기억하기 위해서.

크아아아!!

끝없는 어둠, 절망과 고통, 그리고 절대적인 악의 피조물의 고막을
찢어버릴 것 같은 비명은 모든 것을 파괴하겠다는 욕망이 담겨져 있는
듯하다.

좁은 문을 어떻게든 넓히기 위해 끔찍한 비명을 지르며 허공을 휘젓
는 그것의 검은 머리가 시야 가득 들어오자 델리만이 중얼거렸다.

"제법 강한 녀석 같은데 할 수 있겠나?"

"괜찮습니다."

"놀고만 있지는 않았나 보군."

카이츠가 왜 아무도 없는 숲의 공터로 우리를 안내한 것인지 그 이유를 알 수 있었다. 좀 전에 카이츠가 델리만에게 부탁하면 된다고 말했던 까닭도.

'저런 것이라니, 너무하잖아요.'

바보 같은 푸념이었지만 확실히 저런 것은 조금 지나친 감이 없지 않았다. 아직 정확한 모습은 보지 못했지만 일단 저 엄청난 박력만으로도 평범한 사람은 손조차 대기 힘들 것 같은데 말이다.

델리만이 그리 공들이지 않고 주문을 사용하긴 했지만 피부로 느껴지는 이 엄청난 마력의 흐름은 저 괴물의 강함을 여실히 보여주는 증거였다. 사실 엄청난 마력을 들여서 사용한 소환 주문에 약한 몬스터가 나온다는 것은 이치에도 맞지 않았다.

"젠장."

각오는 했지만 조금씩 팔다리가 떨려오는 것은 어쩔 수 없었다(그래도 난 조금 나은 편이다. 쌍둥이 녀석들은 거의 기절할 것같이 새하얗게 질려 있었으니).

드디어 녀석이 거대한 몸의 상체를 완전히 드러내자 카이츠가 조용히 중얼거렸다.

"비렌쥬(Vyrenzu)."

새하얗게 빛으로 공중을 수놓으며 카이츠의 눈앞에서 빠르게 형성화되기 시작하는 하나의 검. 악마와도 같은 그 검고 흉측한 무엇이 두 발로 대지를 내딛자 카이츠는 조용히 팔을 뻗어 검을 잡았다.

크아아아!!

자유를 만끽하는 듯 두 팔을 하늘 높이 쳐올리며 절규하는 그 괴물을 아무런 동요 없이 바라보는 카이츠.

길고도 짧은 시간이 지나고 난 후 괴물은 자신의 눈앞에 아무런 거리낌 없이 당당하게 서 있는 카이츠에게 눈을 돌렸다.

"엘프? 숲의 종족이 왜 나를 부른 것이지?"

목소리로 전해지는 음성이 아니라 머리 속으로 직접 울려 퍼지는 괴물의 목소리에 나는 크게 당황했다. 차마 설명할 수 없을 정도로 흉측한 모습의 괴물이 지성을 가지고 있을 줄은 상상조차 하지 못했기에……

"소원을 말해 봐라, 엘프."

미소 짓는 것같이 얼굴을 일그러뜨리며 괴물이 말하자 카이츠가 짧게 대답했다.

"죽음."

카이츠의 말에 흥미롭다는 듯 거대한 손으로 자신의 턱을 쓰다듬는 그 괴물의 모습은 책에서 종종 보던 악마와 비슷해 보였다. 세계를 지배하기 위해 갓난아기, 처녀로 제단을 쌓고 지옥의 악마를 소환하는 악마의 삽화. 현실과는 다른 것이라 믿었기에 별다른 감흥 없이 보던 책들이었지만 지금 이 순간만큼은 그 이상 표현할 다른 것을 찾기 힘들었다.

거대한 뿔과 꼬리. 두 발로 서서 노려보고 있긴 하지만 그것은 인간보다는 짐승의 모습과 더 비슷했다. 피처럼 새빨간 눈으로 카이츠와 델리만을 주시하는 그 모습은 여태껏 보지 못했던 두려움을 가슴속 깊이 느끼게 해주었다.

"나의 죽음."

그 악마조차 당황한 듯 거대한 몸을 주춤거릴 수밖에 없는 상황에 왠지 모르게 난 피식 웃음이 새어 나왔다.

"장난하자는 것인가?"

"와라."

정말 밑도 끝도 없이 단순하고 광오한 남자구나. 자신의 능력을 그만큼 믿고 있다는 뜻이긴 하겠지만.

"건방진 놈!"

어이가 없다는 듯 악마는 소리치며 눈앞에 보이는 나무를 송두리째 뽑아 들었다. 땅이 흔들려 균형조차 잡기 힘들었지만 카이츠는 아무렇지도 않다는 듯 미소 지으며 악마의 공격을 기다리고 있었다.

"일격에 끝낼 것이다."

어느새 내 옆으로 다가온 델리만이 그렇게 중얼거렸다.

쾅!!

악마가 온 힘을 다해 카이츠가 있는 곳을 향해서 위에서 아래로 '몽둥이'를 내려치자 엄청난 굉음과 함께 흙먼지가 사방으로 튀어 올랐다. 거대한 몸집에 비해 상상 이상으로 빠른 공격이다. 아무리 대단한 자라고 해도 저런 걸 정통으로 맞는다면 목숨을 부지하기 힘들 듯했다. 카이츠의 실력을 불신하는 것은 아니지만 새삼 걱정되는 건 어쩔 수 없었다.

수북이 허공을 수놓던 먼지가 가라앉으며 시야가 확보되자 자연스레 안도의 한숨이 새어 나왔다. 어느새 상대방의 등 뒤로 이동한 것인지 카이츠는 미소 짓는 얼굴로 악마의 등 뒤에 서 있었다.

악마는 자신의 공격이 수포로 돌아가자 예상치 못했다는 듯 가뜩이나 못생긴 얼굴을 한껏 더 구기며 재차 몽둥이를 옆으로 휘둘렀다.

그 몽둥이가 막 몸에 적중할 찰나 다시 유령처럼 시야에서 사라지는 카이츠. 악마는 어이가 없다는 듯 주위를 둘러보기 시작했다.

"끝이다!"

마치 밤하늘에 떨어지는 유성같이 제대로 보이지도 않는 빠르기로 악마를 향해 떨어지는 카이츠. 공격이 제대로 적중한 것인지 확인할 사이도 없이 악마의 몸에서 분수처럼 허공을 수놓는 악마의 피는 붉고 질펀하게 주위의 땅을 물들이고 있었다.

크으으!

비록 흉측한 녀석이지만 새삼 동정심이 들었다. 아무 잘못도 없는데 괜히 소환 마법으로 불려 나와서 소중한 목숨을 빼앗기다니……. 뭐, 모두가 개죽음당하는 것보다는 그 편이 비교할 수 없을 정도로 나은 것이겠지만.

사실 조금 쉽게 결론이 나서 맥이 빠지기도 했다. 그만큼 저 카이츠 라는 엘프 사내가 강하다는 증거겠지만 말이다. 일단 저렇게 큰 몸집 의 악마를 일격에 베어버린다는 것이 얼마나 힘든지는 나 자신이 뼈저 리게 알고 있었으니까.

카이츠는 절규하며 괴로워하는 악마의 목을 내려쳐 완전히 목숨을 끊어버리고는 뭐라 작게 주문을 외워 자신의 검을 사라지게 했다.

"이 정도면 합격인가?"

살짝 쓴웃음을 지으며 날 바라보는 그 엘프 사내를 향해 땅이 꺼져 라 한숨을 쉬며 고개를 끄덕였다.

"그동안 감사했습니다."

어색한 웃음으로 고개를 꾸벅 숙이며 인사하자 델리만이 코웃음 치 며 대꾸했다.

“알았으니 빨리 준비나 해.”

마지막까지 저렇게 퉁명스럽게 말하는 것이 조금 못마땅하기도 했지만 저 늙은이 성질이 원래 저랬으니 새삼스럽게 뭐라고 한마디 할 수도 없었다. 방금 전의 충격이 가시지 않은 듯 정신을 차리지 못하고 멍하니 날 바라보는 쌍둥이의 머리를 쓰다듬어 주고는 대충 가져가야 할 것을 챙기기 시작했다. 잊어먹고 놔두고 간다고 해도 크게 곤란할 것은 없었지만 말이다.

대충 모든 준비가 끝나자 델리만이 다시 주문을 캐스팅하기 시작했다.

전에 스티브라고 했던 인간은 많은 공을 들여서 텔레포트 마법을 완성시킨 것 같은데 그것과는 비교도 할 수 없는 빠른 속도로 어느새 마법을 완성하는 델리만을 보니 새삼 마법사에게도 격이란 것이 있다는 생각이 들었다.

빛의 기둥에 휩싸여 나와 시아 녀석은 그렇게 엘프의 숲을 벗어나 어디론가 이동되었다.

눈 깜짝할 겨를도 없이 ‘엘프의 눈물’ 문 앞으로 이동된 나와 시아 녀석. 갑자기 나타난 나와 시아 녀석을 턱이 빠진 듯 입을 벌리며 바라보는 주위 사람들의 모습이 우스꽝스러워 실소를 감출 수 없었다.

“다녀왔습니다!”

문을 열고 들어가자 제일 먼저 보이는 것은 기르디 녀석이 대걸레로 식당을 청소하는 장면이었다.

“…….”

“…….”

나와 시아 녀석이 없으니 어찌 보면 당연하다고 말할 수 있겠지만 그래도 새삼 웃음이 터져 나오는 것을 막을 수 없었다. 엘프들의 숲을 대표하는 검사가 식당에서 대걸레질하는 모습이라니!

그렇게 몇 초간의 정적 후에 대걸레를 던지며 중얼거리는 기르디 녀석.

"당장 훈련 시작이다."

조금 뜨끔하긴 했지만 이런 사소한 것을 가지고 심하게 뭐라 화를 낼 엘프는 아니었으니까 어색하게 웃고는 '네' 라고 대답했다.

"어서 와!"

재빨리 계단을 내려와 웃는 얼굴로 나와 시아를 반기는 아이린 씨, 뒤따라 쪼르르 내려와 시아 녀석의 품으로 파고드는 셀브렛 녀석, 무감정한 표정으로 조용히 뒤에서 날 바라보는 자룬 왕자의 모습…….

그렇게 오랫동안 보지 못했던 것은 아니지만 그래도 미운 정이 무서운 법이라고 새삼 반가운 감정을 감출 수 없었다.

"다녀왔습니다."

오늘부터 다시 일상 생활로 복귀, 소중한 방학의 절반을 보내야 했지만 후회보다는 아쉬움의 감정이 더 강했다. 하지만 나는 아직 어리고 지난 날보다는 살아야 할 날이 많으니까 언젠가 다시 만날 기회가 있을 것이라고 기대해 본다.

미소 짓는 얼굴로 천천히 방을 향해 걸음을 움직이며 그렇게 생각했다.

*　　　*　　　*

그날은 비가 내리고 있었다. 어느 이름 모를 사내의 목에서 분수처럼 뿜어져 나와 지천을 적시는 붉은 피와 비의 혼합된 무엇은 소년의 온몸을 타고 바닥으로 흘러내리고 있었다. 주위에 쓰러진 수많은 시체에서 풍겨오는 역겨운 냄새와 어우러져 숨조차 쉬게 하지 못할 정도였지만 내색 하나 하지 않고 자신의 아버지라고 불렀던 시체를 멍하니 바라보는 소년이었다.

'왜 내가 이런 일을 당해야 하는 것이지? 라고 자문할 수 있을 정도의 정신조차 남아 있지 않은 소년에게 눈앞에서 목이 뚫리고 피를 토하며 죽어가는 지인들의 모습은 아무런 감흥조차 주지 못했다.

보슬보슬 작게 내리는 빗속에서조차 저택이라고 불리었던 곳에서 뿜어져 나오는 불길은 사방을 대낮처럼 밝히기에 부족함이 없었다. 그런 소년의 생기 잃은 눈동자를 바라보며 한 소녀가 다가왔다. 활활 타오르는 괴물 같은 불길의 힘에 저택의 기둥이 무너져 내리고 한참이 지나도록 멍하니 주저앉아 있는 소년에게 아무런 말조차 하지 않는 소녀.

그런 소녀의 얼굴은 섬뜩하게 아름다웠다. 비록 달라붙은 검은 전투복에 붉은 피가 흘러내리고 있었지만 그 단정한 모습은 세상의 무엇과도 비교할 수 없을 정도였다.

"…악마(惡魔)."

고개를 숙이고 소년이 입을 열었다. 아무런 감정조차 담겨져 있지 않은 말이었지만 소녀는 살짝 눈을 찌푸리며 그의 말에 동요했다.

"자신의 주인을 죽인 것도 모자라 수없이 많은 죄없는 사람들의 목을 자르는 마녀(魔女)."

언제부터인지 작은 비는 폭풍이 되어 저택의 거대한 불길을 잠재우고 있었다. 그 모습을 멍하니 바라보더니 소년은 천천히 소리 내어 웃기 시작했다.

"왜 이렇게 해야 하는 것인지 사정 따위는 알고 싶지 않아. 중요한 건 평생 네가 저주받을 것이란 거야."

한참이 지나도록 그렇게 미친 듯 웃음을 터뜨리던 소년은 조용히 서 있는 그녀를 향해 중얼거렸다.

"어서 나를 죽여라."

그런 소년의 말이 끝나자마자 천천히 소녀는 팔을 들었다. 마법의 빛으로 붉게 빛나는 손은 무엇이든 파괴할 수 있는 힘을 가지고 있다는 것을 소년은 누구보다도 잘 알고 있었다.

소년은 눈을 감았다. 그동안 별 것 아닌 일에도 싱겁게 울고 웃으며 꽤 나쁘지 않은 삶을 산 것도 같아 별다른 후회는 없었다. 아니, 오히려 그녀의 손에 목숨을 빼앗기는 것이 다행일지도 모른다는 생각이 들었다.

"……."

한참 동안 목이 잘려 나가는 자신의 모습을 상상하던 소년은 조용히 눈을 떴다. 새빨갛게 피가 굳은 땅과 시체들의 흉측한 모습을 제외하면 그 아무것도 존재하지 않은 그곳을 멍하니 바라보다 소년이 작게 중얼거렸다.

"…바보."

어느새 비는 그치고 검은 구름 사이로 붉은 해가 천천히 모습을 드러내고 있었다. 소년은 볼을 타고 흐르는 눈물을 추스르지도 않고 천천히 몸을 일으켜 자신이 가야 할 곳을 향해 걸음을 움직이기 시작했다.

땀에 흠뻑 젖어 딱딱하게 굳은 셔츠를 벗어 던지고 방금 전에 꾼 악몽의 내용을 생각해 보려 했지만 자세하게 기억하면 할수록 신기루처럼 사라지는 꿈의 기억들 때문에 머리만 아파왔다. 생긴 것은 모르지만 아름다운 소녀, 그 누구보다 사람의 생명을 소중히 했던 그녀가 왜 죄없는 수많은 사람들의 목숨을 해하고 있었던 것일까? 아니, 지금 나 자신은 어떻게 그녀가 생명을 소중하게 여기는지 알고 있는 것일까?

가슴이 답답했다. 오래전부터 간혹 비슷한 악몽을 꾼 것은 사실이지만 그 숲에서 그를 만나고 또 그녀를 만나면서부터 더욱 심해진 것 같았다. 무엇인가 억누르고 있었지만 그것이 지속될지는 장담할 수 없었다.

전에 겪던 고통이 줄어들기는 했지만 이런 악몽들이 나의 마음을 더 아파오게 했다. 무엇인가 계기가 주어지면, 또 소중한 그를 잃는다면…….

감당할 수 있을까?

가슴속에 숨어 있는 또 다른 그녀의 존재를, 그리고 언제부터인지 제어가 불가능한 자신의 또 다른 모습들을.

그러니 조만간 모두에게서 멀어져야 한다. 또다시 비극을 반복할 수는 없으니까. 나는 가면을 쓴 '괴물'에 불과하니까.

"약속은 지킬 수 없어요……."

조용히 중얼거리며 천천히 다시 이불 속으로 파고들었다. 바보같이 울고 싶진 않았지만 자연스레 울컥 베개를 적시며 쏟아지는 눈물을 도저히 감당하기 힘들었다.

◆ Chapter 3 ◆

저주받은 생일 파티

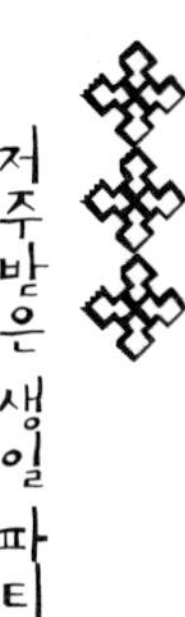

식당 청소를 끝내고 셀브렛 녀석과 함께 간식을 먹으며 간만의 여유를 즐기고 있던 도중이었다.

갑작스레 문이 열리며 식당으로 들어오는 낯익은 얼굴의 두 소녀. 그 소녀들의 정체가 머리 속에 인식되는 순간 나는 자연스레 표정이 굳어지며 할 말을 잃을 수밖에 없었다.

"호오, 꽤 여유있군?"

리체 녀석이 굉장히 화가 난 얼굴로 나에게 다가오며 중얼거렸다. 그 둘이 갑작스레 식당으로 찾아온 목적을 초능력자가 아닌 이상 알 리 없었지만 최소한 좋은 의미가 담긴 방문은 아닐 것이라 생각되자 자연스레 머리가 지끈거리기 시작했다.

"무슨 일이죠?"

가능한 한 아무렇지 않다는 듯 웃으며 물었지만 싸늘하게 굳은 두 소녀의 얼굴을 마주 바라보니 저절로 혀가 굳고 뒷골이 지끈거렸다. 리체 녀석은 거만하게 양손을 허리에 얹고는 날카롭게 미소 지으며 입을 열었다.

"이봐! 너 때문에 그동안 우리가 얼마나 고생했는지 아는 거야?"

"그 무슨 일인지 때문에 무단결석한 것, 그리고 방학 중 서클 활동 미참석 등등 자잘한 일까지 다 합하면 최악의 경우 퇴학의 위험도 있었지."

"그래, 덕분에 이런저런 수단 다 동원해야 했다고."

심각한 얼굴로 그렇게 중얼거리는 리체와 엘리 녀석의 말이 전부 사실인지 조금 의심되기도 했지만 여하튼 전부 다 거짓말은 아닐 것이라 생각해 미안하다는 듯 고개를 숙이며 입을 열었다.

"그랬군요. 정말 감사합니다."

"'감사합니다' 라는 말로 그냥 넘어갈 일이 아니지!"

"아무리 하나밖에 없는 소중한 남자 부원이라고 해도 사태가 워낙 심각했던 까닭에 합당한 벌을 내리기로 결정했어."

합당한 벌?! 갑작스런 엘리 녀석의 말에 저절로 얼굴에서 핏기가 사라지는 듯했다. 녀석들의 평소 행실로 보아 육체적인 것보다는 정신적인 고통을 줄 것이 분명한 일이었기 때문이다.

'말로 표현하기 끔찍한 이상한 일을 당하느니 얌전히 목숨을 끊는 편이 낫겠다' 라고 생각하는 나에게 생긋 웃는 얼굴로 엘리 녀석이 덧붙였다.

"일단 그 벌의 문제는 추후에 결정하기로 하고… 내일이 리체의 생일이라는 것은 알고 있겠지?"

자신의 생일도 제대로 기억하지 못하는 저런 녀석의 생일 따위를 기억하고 있을 리 없다. 그냥 솔직하게 '모릅니다' 라고 대답하자 예상외로 리체 녀석이 피식 웃음을 터뜨리며 말했다.

"그런 것은 몰라도 '알고 있었습니다' 라고 해야 하는 거야, 이 둔감한 녀석아."

"뭐, 그게 베리의 장점이지."

'모르는 것을 모른다고 하는 것이 뭐가 장점이라는 거냐?' 하며 그렇게 한마디 쏘아붙여 주고 싶었지만 가뜩이나 약점이 있는 마당에 그런 소리를 하면 그냥 생매장당할 것이 분명했기 때문에 초인적인 인내로 참는 수밖에 도리가 없었다.

"어쨌든 내일 저녁 7시쯤 학교 앞으로 나오도록. 생일 파티를 할 것 같으니 말이야."

귀찮다는 듯 그렇게 말하더니 등을 돌리고 식당을 빠져나가는 리체 녀석. 확실히 저 털털하고 사내 같은 녀석이 생일 파티 하는 것을 그렇게 즐길 리 없었다. 조금 못마땅해하는 걸 보면 무슨 사정이 있는 것 같은데……

"저 녀석 약혼자가 오거든."

"약혼자?!"

뭐, 남이 약혼을 하든 말든 나와는 관계없는 일이지만 그래도 새삼 그렇게 깜짝 놀라며 반문할 수밖에 없었다. 그런 나를 바라보며 조금은 슬픈 미소를 지으며 엘리 녀석이 입을 열었다.

"켈시드 가문과 라니아스 가문의 사이가 예전부터 좋았던 것은 다 알고 있는 사실이니 놀라울 것은 아니지. 하지만 당사자의 의견 따윈 들어보지도 않고 멋대로 정한 것이라서……"

"……"

저 리체 녀석이 정략 약혼이라······. 어떻게 생각하면 조금 웃긴 이야기이기도 하지만 당사자의 고통을 생각해서라도 그러는 것은 실례가 될 테니 말이다. 조금은 심각한 얼굴로 고개를 끄덕였다.

"꼭 결혼을 해야 하는 것은 아니지만 그래도 아버님의 체면이란 것이 있으니까 저 녀석답지 않게 꽤 고민하고 있는 것 같아."

얼어죽을 가문의 명예. 이렇고 저렇고 해도 자신의 가문이 인생을 대신 살아주는 것도 아닌데 말이다. 뭐, 내가 귀족이 아니라서 그런지 몰라도 가문의 명예든 나발이든 일단 자신의 행복이 제일 소중하다고 생각하고 있었다.

"그럼 이만."

그렇게 말하고 밖을 향해 천천히 걸음을 옮기는 엘리 녀석. 나는 왠지 모를 복잡한 기분에 멍하니 그 모습을 바라볼 수밖에 없었다.

"연애해 본 적 있나요?"

"어머? 갑자기 무슨 말이야?"

입을 가리며 깜짝 놀라더니 이내 그렇게 반문하는 아이린 씨의 얼굴을 바라보며 다시 입을 열었다.

"어떤 남자와 사귀어본 적 있냐고요."

내가 이런 질문할 성격이 아니었으니 놀라는 것은 당연할지도 모르겠지만 들고 있던 메뉴판을 손에서 놓치고 그것을 주우려다가 맨바닥에 넘어질 뻔할 정도로 당황해하는 아이린 씨가 조금은 이상해 보였다. 평소에는 심각한 상황이 와도 여유로운 말투와 행동으로 사람을 대했던 그녀가 이런 별것 아닌 질문에 저런 모습이라니······.

"없어."

메뉴판을 집어 들고 헛기침을 두어 번 하더니 그렇게 대답하는 아이린 씨. 내가 의심스럽다는 듯 살짝 눈을 찌푸리며 바라보자 볼을 긁적이며 다시 입을 열었다.

"능력이 안 되니까 어쩔 수 없는 거지. 게다가 지금은 연애할 상황도 아니고."

"……."

아이린 씨가 능력이 안 돼서 연애를 하지 못한다는 것만큼 웃기는 거짓말도 세상에 존재하지 않을 것이다. 내가 눈이 높아진 결정적인 이유를 제공한 당사자의 입에서 그런 소리가 나오다니…….

게다가 이 식당에 오는 젊은 남자 중 대부분이 아이린 씨의 팬인 듯했으니 말이다. 식당에서 일하고 며칠 지나지 않아서 '그녀에게 접근하지 마라!'라는 협박 편지가 내게 올 정도였으니까(물론 지금도 간혹 그런 메시지를 받고 있다).

"갑자기 왜 그런 말을 하는 거야? 어떤 소녀에게 고백이라도 받은 것?"

"…그럴 리가 없죠."

"그러면 왜?"

일일이 사연을 대답하는 것도 귀찮고 다시 입을 열어 질문했다.

"사랑하지 않고 결혼하는 것이 가능한 일일까요?"

내 질문에 잠시 머리를 긁적이며 곤란해하는 그녀의 얼굴이 새삼 왠지 모르게 귀엽다는 느낌이 들었다. 어른스럽다고 동경했던 아이린 씨였지만 연애에 관해서는 굉장히 순진한 반응을 보인 까닭에 말이다.

"살면서 사랑이란 감정을 만드는 경우도 있겠지만 불행한 결말이 더 많지 않을까?"

"그런가요?"

"포기한다는 것은… 무엇을 잃는다는 것이니까 말이야."

연애는커녕 여자에 대해 무엇 하나 잘 알지 못하는 내가 이런 일을 무엇이라 결론짓는 것도 우스운 일 같았다. 복잡한 감정을 털어내 버리는 듯 크게 한숨을 쉬며 다시 말했다.

"내일 저녁은 좀 쉴 것 같습니다. 아는 친구의 생일이라서."

"응. 오빠한테는 내가 잘 말할 테니까 신나게 놀고 와."

"마지막으로 좀 물어볼 것이 있는데……."

궁금하다는 듯 눈을 둥그렇게 뜬 그녀의 얼굴에 푹 고개를 숙이며 조그맣게 물었다.

"…여자의 생일 선물로는 무엇이 좋을까요?"

"푸훗! 혹시 그 생일이라는 친구가 여자야?"

"네. 전에 말했던 리체라는 녀석이죠."

무엇이 그렇게 웃긴지 입을 막으며 억지로 웃음을 참으려 노력하는 아이린 씨를 바보같이 상기된 표정으로 노려보았다.

한참 동안이나 웃더니 눈물이 그렁한 얼굴로 다시 답하는 아이린 씨.

"글쎄, 아무거나 줘도 괜찮지 않을까? 물론 특별하게 이상한 물건만 제외하고."

인상을 쓰며 생각하는 나에게 미소 짓는 얼굴로 그녀가 다시 말했다.

"특별히 돈이 많이 들지는 않아도 정성이 들어간 선물이라면 다 기쁜 법이니까."

"그런가요?"

정성이 들어간 선물이라고 해도 내가 무슨 세공 기술을 익힌 것도
아니고 특별히 무엇을 잘하는 것도 아니라 더 머리가 아파오는 것 같
았다.

"잘하는 것이라……."

그렇게 중얼거리며 대걸레질을 하기 위해 천천히 발걸음을 움직였
다.

초롱초롱 눈을 빛내며 나를 바라보는 셀브렛 녀석의 눈이 묘인족 특
유의 날카로움보다 기대감에 젖은 소녀의 그것과 비슷하다고 느껴졌
다. 아직 어린 나이에도 불구하고 놀아줄 상대가 없다 보니 자연스럽
게 나와 시아 녀석이 셀브렛의 어리광을 받아줄 수밖에 없게 된 것이
다. 묘인족이 장난기가 많고 심심한 것을 못 견디는 산만한 종족이란
것은 예전부터 알고 있었던 사실이지만 요즘 들어 이렇게 직접 경험해
보니 그 정도의 심각함을 뼈저리게 느낄 수 있었다.

아이린 씨는 '부탁해' 하는 한마디만 남기고 주방으로 사라졌고 시
아 녀석은 어디로 숨은 것인지 보이지 않는 까닭에 셀브렛 녀석의 관
리는 자연스레 나의 차지가 되었다.

"응? 왜 그렇게 돼야 하는 것인데?"

시아 녀석과 아이린 씨가 있었음에도 불구하고 임신과 출산에 대해
나에게 이런 끔찍한 질문을 퍼붓고 있는 셀브렛 녀석을 아무런 말 없
이 노려보는 나. 녀석이 묘인족치고 유달리 똑똑한 것도 사실이었고
인간으로 따지면 한참 사춘기를 겪을 시기이므로 내가 지금 식은땀을
흘리며 당황하는 것도 무리는 아니었다.

그런 내 눈을 능청스레 피하며 도저히 맨정신으로 대답할 수 없는

성격의 여러 가지 질문을 하는 셀브렛 녀석.

나는 그렇게 의미없는 심리전을 벌이며 정력을 낭비하다 한숨 쉬며 고개를 숙일 수밖에 없었다.

"그만, 그만. 다 알고 있으면서 그런 질문 하지 마."

"그렇지만 진짜로 모르는걸. 아이린 언니도 '어른이 되면 자연스레 알 수 있어' 라고 말했단 말이야."

"그게 정답이야. 자연스레 알게 되지."

"모르는 것을 어떻게 알 수 있게 되는데?"

입을 여는 것조차 귀찮게 느껴졌기 때문에 한껏 숙인 고개를 더 떨구며 침묵으로 일관하기로 작정했다. 뭐, 평소의 패턴대로라면 녀석이 이 다음 할 행동은 뻔했지만 그것이 끔찍한 질문에 답변하는 것보다는 나을 것이라 생각했기에 후회는 들지 않았다.

"쳇, 왜 다 대답을 해주지 않는 거야?"

예상대로 육탄 돌격으로 물고 늘어지는 셀브렛 녀석. 의자에 앉아서 한껏 고개를 숙이고 있는 내 등 뒤로 다가와 목을 조르며 공격해 왔다.

뭐, 가느다란 녀석의 팔에서 숨을 막히게 할 정도로 위력적인 조르기가 나올 리 만무한 까닭에 조용히 녀석의 체력이 떨어지길 기다리는 수밖에 없었다.

"너무해."

한참을 그렇게 용을 쓰다가 지친 숨을 고르며 내 등 뒤에서 축 늘어진 그 녀석이 조금은 가소롭기도 했다.

막 그런 녀석의 몰골을 비웃어주려고 등을 돌리려고 하는데 갑작스러운 엄청난 충격에 불에 데인 듯 뜨끔했다.

"무, 무슨 짓이야?"

"어라? 이렇게 하면 깜짝 놀란다는 것이 사실이었구나?"

귀 뒤에다 숨을 불어넣는 짓을 하면 놀라는 것이 당연한 거지. 그런데 도대체 누가 이런 이상한 짓을 알려준 거야?

"제니 언니가 알려줬어."

내가 다그칠 것이란 걸 알고 있었던 모양인지 의외로 순순히 악행의 출처를 밝히는 녀석의 눈빛에는 새로운 재미있는 사실을 알았다는 성취감이 가득했다.

짧은 갈색 숏 커트가 인상적인 제니라는 여자는 내가 이 식당에 오기 전부터 단골이었던 까닭에 섣불리 무엇이라 화내어 추궁할 수 없다는 것을 셀브렛 녀석은 잘 알고 있었다.

늘씬하고 단정한 외모와 걸맞지 않게 도적 길드의 수뇌부에 속해 있다고 들은 그녀는 애송이인 내가 함부로 접근할 수 없는 존재였다. 그 냉기 풀풀 날리는 기르디 녀석에게 실없는 농담을 보낼 수 있을 정도로 대단한 여자였으니까.

하지만 그렇다고 '네, 그렇습니까?' 하고 넘어갈 수는 없는 노릇이다. 비록 망신을 당한다고 해도 무엇이라 따끔하게 한마디 쏘아붙여 줘야 한다. 추후에도 이런 악행이 계속된다면 셀브렛 녀석에게 우습게 여겨지는 것은 순식간일 테니 말이다.

"그 제니라는 여자랑 가깝게 지내는 것 그리 안 좋을 것 같다."

"왜? 좋은 언니인데? 오늘은 나한테 자신을 '사부'라 부르라고 했어."

"사부라고?"

"응. 기술을 가르쳐 준대."

그 기술이 무엇인지 정확히 알 수는 없겠지만 최소한 좋은 성질의 것은 '절대' 아니라는 생각이 들었다.

하지만 뭐가 그리 좋은지 실없는 미소를 지으며 등 뒤에서 내 목을 껴안고 있는 녀석의 얼굴을 보니 열받아 화낼 마음도 사라졌기에 땅이 꺼져라 한숨을 쉬며 착잡한 기분을 달랠 수밖에 없었다.

"그런 것 배우지 마."

"왜?"

"나쁜 것이니까."

"뭐가 나쁜 건데?"

말하면 말할수록 허공에다 손을 휘젓는 것 같은 느낌이 강하게 들었다.

"됐다, 됐어."

않느니 죽지 하는 심정으로 그렇게 말한 나는 한숨을 쉬었다. 뭐, 저 녀석이 바보도 아니고 주위의 말대로라면 그 제니란 여자도 그리 나쁜 사람은 아닌 듯했으니 더 이상 생각해 봤자 머리만 아플 뿐 본질적인 문제의 해결은 되지 않는다는 것을 누구보다 잘 알고 있었으니 말이다. 그냥 포기하고 체념할 수밖에 없는 노릇이었다.

사실 누가 도적 길드의 수뇌부에 위치한 사람이다라는 것은 평범한 사람들이 알 수 있을 리 만무한 일이었지만 무언가 이상해도 단단히 이상한 이 식당은 그런 사실조차 평범한 것 중 하나로 만드는 힘을 가지고 있었다. 이번 경우만 해도 식당 종업원 중 누군가가 내게 아무렇지도 않다는 듯 귀띔을 해줘서 알 수 있었으니 말이다.

여하튼 화제를 전환한 것은 잘된 일이다. 셀브렛 녀석은 내 검은 머리카락을 가지고 자신의 손가락으로 이리저리 장난치느라 정신이 없었다.

"그러고 보니 머리가 좀 자랐군."

식당에 오고 한 번도 머리 손질을 하지 않은 까닭에 조금 지저분해진 것도 같아 그렇게 중얼거렸다. 아이린 씨가 손재주가 굉장한 듯했으니까 한번 맡겨보는 것도 좋을 듯하다. 셀브렛 녀석과 시아 녀석 머리도 프로와 비교해 손색이 없을 정도로 단정하게 잘라주는 것을 눈으로 확인했으니까 말이다.

"심심해."

머리카락으로 장난하는 것도 질린 모양인지 그렇게 중얼거리며 목 조르기 공격을 하는 셀브렛 녀석.

"더우니까 떨어져."

"싫어. 심심하단 말이야."

심심하면 책을 읽든 빈둥거리든 잠을 자든 자기가 알아서 할 일이지 왜 날 괴롭히는 것이냐고? 내가 저 녀석 전용 광대도 아닌데 말이다. 정말 내가 요새 성격이 좋아져서 망정이지 이 식당에 오기 전 그대로였으면 당장 내팽개치고 다른 일 하러 갔을 것이다.

"시아 언니는 요새 나랑 놀아주지도 않는다구."

처음에 비하면 하늘과 땅 차이로 활발해진 것이 보기 나쁜 편은 아니었고 나도 남자인 이상 귀여운 여자 아이가 달라붙는 것이 싫지 않았으니 대해와 같은 상냥함으로 웃어 넘겨주는 것이 좋겠지.

"어리광쟁이 같으니."

두 팔을 뻗어 녀석을 가슴에 안고는 한숨 쉬듯 그렇게 중얼거렸다.

"내일은 친구 생일이라서 저녁에 나가봐야 한다면서?"

내 품에 안긴 체 셀브렛 녀석이 꼼지락거리며 입을 열었다.

"그래."

"게다가 그 친구가 여자라면서?"

"그래."

"으음, 아이린 언니에게 그 말을 듣고 시아 언니가 잠시 당황하는 것 같았는데……. 뭐, 내 기분 탓이었을지도 모르겠지만."

설마 가뜩이나 어색해진 관계에 더 불을 지피는 계기가 된 것인가? 젠장, 더 이상 지체되기 전에 사과하는 것이 좋겠다. 생일 파티 끝나고 돌아와서 기회를 엿봐야지.

"후훗."

고민하는 내 얼굴을 바라보며 왠지 모를 미소를 짓는 셀브렛 녀석. 무슨 이상한 생각을 하고 있는 것인지 그 속마음은 잘 모르겠지만 여하튼 난 대충 녀석의 머리를 한번 쓰다듬어 주고 식당 일을 하기 위해 천천히 걸음을 움직였다.

"잘 놀다가 와!"

손을 흔들며 배웅하는 아이린 씨에게 억지로 미소를 지어주고는 무거운 발걸음을 서서히 움직였다. 가위에 눌린 악몽을 꾼 탓에 아침부터 온몸이 삐걱거리며 엉망진창인 것이 오늘 있을 생일 파티의 끔찍함을 암시하는 듯했다.

식당 일을 대충 한다고 기르디 녀석에게 욕 얻어먹고 휴식 시간에 왕자랑 대련하다 된통 깨지고 이래저래 잔뜩 안 좋은 일의 연속이었지만 약속을 했으니 이를 악물고 지키는 수밖에 도리가 없었다(게다가 지금의 내 입장을 생각하면 거부권도 없으니 말이다).

서서히 저물어가는 해를 보며 '제발 오늘 하루도 무사히' 라고 중얼거리는 나. 그 심정이란 것은 전사가 목숨을 건 마지막 사투를 벌이기 전과 비슷하다고 설명할 수 있겠다. 뭐, 조금 꾀병 부리는 것도 같았지만 말이다.

잘 정비된 길을 따라 억지 근성으로 걸음을 움직여 카이리온 기사 양성 학교 앞에 도착해 그 두 마녀가 오기를 도살장의 소마냥 기다리기 시작했다.

제일 좋은 것은 갑자기 무슨 특별한 사정이 생겨 생일 파티가 취소되거나 하는 것이겠지만 실제로 그런 일이 발생할 확률은 거의 없으니 말이다. 운이란 것을 기대하며 사는 인생만큼 바보 짓은 없다고 생각하고 있으니까.

'난 할 수 있어!'

그것이 어떤 고난과 역경이라도 하늘은 노력하며 갈구하는 인간을 돕는 법. 수동적인 사고방식보다는 적극적으로 행동하는 사고방식을 가지고 사는 것이 자신에게 더 득이 되겠지.

날이 서서히 어두워지기 시작했다. 천천히 약속 시간이 다가올수록 안색이 굳어지며 초조한 마음을 감출 수 없었다. 하지만 나는 평상심을 유지하기 위해 노력했다.

얼마나 시간이 흘렀을까. 기다리기에 지쳐 고개를 숙이고 멍하니 바닥을 바라보는 나에게 누군가 말을 건네왔다.

"생각보다 일찍 왔네?"

고개를 들어 바라보자 푸른색 드레스를 입은 엘리 녀석의 모습이 시야에 들어왔다. 오늘의 주인공이라고 할 수 있는 리체 녀석의 모습은 어디로 간 것이지 볼 수 없었기에 조금 궁금하기도 했지만 내색하지 않고 입을 열었다.

"별로……. 리체님은 다른 곳에 계신 겁니까?"

"응. 집에서 기다리고 있을 거야."

"그렇군요. 그럼 우리도 출발할까요?"

살짝 고개를 끄덕이며 걸음을 움직이는 그녀. 나도 그런 그녀의 뒤를 좇아 서서히 걸음을 움직이기 시작했다.

학교에서 약 20분 정도 걸어서 나온 대단한 저택의 문 앞에서 나는 입을 벌리며 놀라워할 수밖에 없었다. 그녀가 대단한 귀족의 딸이라는 것은 예전부터 알고 있는 사실이었지만 말이다.

거대한 쇠창살의 문을 열고 들어가고도 한참을 더 걸어야만 저택의 안으로 들어갈 수 있었다.

'젠장.'

아무리 마음을 굳게 먹으려 해도 새삼 위축감이 들 수밖에 없는 건 거의 불가항력에 가까운 사실이었다. 파티를 준비하기 위해 분주히 움직이는 하인들의 모습을 멍하니 바라보고 있자 어느새 옆으로 다가온 엘리가 살짝 내 등을 치며 말했다.

"뭘 그렇게 멍하니 보고 있어? 리체가 방에서 기다리고 있는 것 같은데 서둘러 움직여야지. 그 녀석 지금 가뜩이나 기분 나쁜데 신경 건드려 봤자 좋을 게 없다고."

"네."

화들짝 놀라서 정신을 차리고는 앞서 움직이는 그녀를 좇아 천천히 걸음을 옮기기 시작했다. 푹신한 카페트가 깔린 화려한 계단을 걸어 올라가 저택의 3층에 도착, 길고도 긴 복도를 지나 드디어 한 방문 앞에 도착하자 엘리가 걸음을 멈추고 나를 바라보았다.

"다 왔어."

그녀가 다시 고개를 돌리고 살짝 문을 노크하자 곧 안쪽에서 기별이 왔다.

"들어와요."

녀석답지 않게 조금은 침울한 기색의 어조였다. 문을 열고 방 안으로 들어가자 예상한 대로 굉장한 크기의 방이 시야에 들어왔다.

시아와 셀브렛 녀석이 자는 방 말고는 처음으로 들어와 보는 여자아이의 방. 별다른 감흥은 느낄 수 없었지만 묘하게 코를 자극하는 향기로운 냄새가 나는 것도 같았다(엘프의 숲 쌍둥이는 여자라고 부르기에는 너무나 어리니까).

"너희들이구나?"

힘없이 한숨 쉬며 안심하는 듯 고개를 떨구는 리체 녀석. 파티의 주인공답게 화려한 장신구와 보석으로 치장한 붉은색 드레스를 입고 있는 그녀의 얼굴은 평소의 왈가닥스러운 이미지와는 하늘과 땅 차이로 여자답게 느껴졌다. 뭐, 이질감이 느껴지지 않은 것은 아니지만 말이다.

"으으! 짜증나! 이런 옷… 불편해 죽겠어!"

갑작스레 고개를 들어 올리고 신경질적으로 외치며 다가오는 리체 녀석. 그런 그녀를 위로해 주려는 듯 엘리가 차분한 어조로 말했다.

"조금만 더 힘내. 계획을 성사시키려면 이 정도는 감수해야 된다는 걸 너도 잘 알고 있잖아."

"그 정도쯤은 나도 잘 알고 있다고."

대충 어떻게 된 것인지 충분히 사정은 알고 있는 까닭에 녀석이 이렇게 화를 내는 것도 무리는 아니라고 생각되었다. 아니, 평소의 그 터프한 모습을 보면 이 정도에 그치는 것이 오히려 이상한 것이겠지.

"베리."

리체 녀석이 고개를 돌려 진지한 얼굴로 나를 주시했다. 갑작스레 등을 타고 흐르는 한줄기 식은땀에 질겁하며 물었다.

"무슨 일이시죠?"

"너에게 부탁할 것이 있어."

"한 사람의 인생을 좌우할 정도로 중대한 일이야."

진지한 눈으로 맞장구치는 엘리 녀석의 말에 오만 가지 불길한 예감이 떠올라 머리 속을 어지럽게 했다. 식당을 나올 때부터 충분히 각오하긴 했지만 그래도 일말의 희망은 간직하고 있었던 까닭에 놀라움의 정도는 클 수밖에 없었다.

그렇게 내가 아무런 말조차 하지 못하고 있자 리체 녀석이 갑작스레 내 손을 마주 잡으며 입을 열었다.

"허락한 것으로 알겠어."

'내가 언제 허락을 했다고 그래? 멋대로, 마음대로 그렇게 정하지 말라고, 이 악녀야!' 라고 소리 지르고 싶어도 상황이 상황인 까닭에 힘 없이 고개를 떨굴 수밖에 없었다.

아무런 목적도 없이 리체 녀석이 나를 이곳으로 단순히 친목 도모를 위해 초청했을 거라고는 애초부터 추호도 생각하지 않았다. 무슨 꿍꿍이인지는 조금도 알 수 없지만, 저 두 녀석과 얽히면 대부분 마이너스적인 일이 발생한다는 것은 말해 주지 않아도 분명 틀림없는 일이었다. 보통이라면 당연히 거절하는 것이 정석이겠지만 정상적인 학교 생활을 보내기 위해서라도 저 두 녀석을 적으로 돌리는 것은 절대 막아야 할 일이었다.

뭐, 호랑이 굴에 아무렇지 않게 맨발로 들어온 내게 일차적인 잘못

이 있는 것이겠지.

"좋아, 그럼 작전을 시작해 볼까?"

재미있다는 듯 미소 짓는 얼굴로 외치는 리체 녀석의 얼굴은 끔찍한 계획을 실행할 때 특유의 음흉함이 가득 담겨 있었다.

'악몽의 시작인가?'

제발 무사히 살아서 식당으로 돌아갔으면 소원이 없겠다. 갑작스레 '무엇인가'를 준비하기 위해 눈앞에서 분주히 움직이는 두 마녀를 멍하니 바라보며 조용히 마음속으로 빌었다.

수십 명의 사람들이 웃고 떠들며 저마다 파티를 즐기고 있었다. 아는 사람이 한 명도 없는 나는 구석에서 그 광경을 멍하니 지켜보며 음식을 먹고 있었다.

평생 듣지도 보지도 못한 고급 음식과 마실 것들이 그래도 아픈 마음을 조금 달래주는 것 같았다. 이 기회가 아니면 이런 것들을 언제 먹어보겠나 하는 서민 근성이랄까? 아니면 생을 마감할 때 사형수에게 마지막으로 주는 최후의 만찬이랄까? 할 일도 없고 말 걸어주는 사람도 없으니 이런 거라도 먹으며 힘을 내는 수밖에……

리체 녀석은 축하의 말을 건네는 사람들에게 가식적인 웃음을 지으며 화답하고 있었다. 그런 그녀 옆에서 크게 떠들며 웃는 중년인이 하나 있었는데 그가 바로 리체의 아버지인 듯했다. 생김새는 조금 달라도 특유의 분위기 같은 것이 굉장히 흡사하게 느껴졌다. 뭐, 내 예감이 100% 정확한 것은 아니지만 말이다.

배도 부르고 멍하니 바라보고 있는 것도 지겨워서 슬슬 짜증이 날 무렵 리체 녀석의 아버지인 듯한 중년인 옆에 내 또래의 한 소년이 다가와 뭐라 웃으며 말을 건네는 광경이 시야에 들어왔다.

자세히 보지 못해 뭐라 단정할 수는 없겠지만 꽤나 단정하게 생긴 금발의 소년이었다.

'저 녀석이 바로 그 약혼자라는 녀석인가?

실실거리는 인상 좋은 얼굴로 뭐라 주위 사람들에게 말하는 꼬락서니가 리체 녀석의 취향과는 상당히 동떨어진 타입 같았지만 내가 상관할 일이 아니니까 신경 끄고 음식이나 먹는 편이 낫겠지.

그렇게 결론짓고는 한참 음식을 먹고 있는데 갑작스레 저택을 뒤흔들 정도로 큰 소리가 고막을 때렸다.

"뭐야!! 무슨 소리 하는 거야?!"

분위기 좋게 뜨거운 열기로 달구어져 있던 파티에 찬물을 들이부은 듯하다. 조용히 수군덕거리는 사람들 사이로 리체 녀석이 중년인을 바라보며 날카롭게 외치는 광경이 보였다.

"말 그대로 저는 다른 남자와 사귀고 있어요!"

어이가 없다는 듯 한 손으로 이마를 짚으며 중얼거리는 리체의 아버지인 듯한 남자.

"너 지금 제정신으로 하는 소리냐?"

"충분히 제정신으로 말씀드리고 있습니다."

"뭐, 뭐야?!"

빨갛게 달아오른 얼굴이 저 리체 아버지의 심정을 대변해 주는 듯했다. 아닌 밤중에 홍두깨라고, 재미있게 웃고 즐기는 가운데 딸이란 녀석이 저런 폭탄 선언을 해버리니 당황하는 것은 당연한 일이겠지.

"진정하세요."

엘리가 어느새 그런 리체의 아버지 옆으로 다가와 침울한 표정으로

말했다. 리체의 아버지는 그런 엘리에게 괜찮다는 듯 쓴웃음을 짓고는
침통한 표정으로 다시 입을 열었다.

"도대체 그게 무슨 소리냐? 물론 네가 이 약혼을 탐탁지 않게 여기
는 것도 무리는 아니겠지만 말이다, 정이란 것은 살아가면서 천천히 만
드는 게……."

아버지의 말을 끊으려는 듯 날카로운 어조로 리체가 입을 열었다.

"아버지! 저는 그 남자를 목숨보다 더 소중하게 여기고 있어요! 그
남자도 물론… 저를 소중히 여기고 있고요! 우리들은 사랑하고 있다구
요!"

"으으음……."

다시 머리를 감싸 쥐며 괴로워하는 리체의 아버지. 어느새 사람들은
파티장을 빠져나가 남아 있는 사람은 손에 꼽을 정도로 줄어 있었다.
얼마의 시간이 흐르고 마지못해 리체의 아버지는 고개를 들어 올리고
리체를 바라보며 물었다.

"도대체 그 사랑한다는 사람이 누구냐?"

"그건……."

리체와 사귄다는 남학생은 없는 것으로 알고 있는데 이런 정보에 어
두워서 나만 모르고 있었나?

"……."

한참이 지나도록 고개를 숙인 채 아무런 말도 하지 않는 리체 녀석
이 조금은 안쓰럽기도 했다.

'거짓말을 하려면 머리를 써야지 저렇게 뻔히 들통날 거짓말을 하다
니, 저 녀석답지 않군.'

내가 그렇게 생각하고 있던 바로 그때였다.

"그건… 바로 저 남자예요!"

눈물이 그렁한 눈으로 날 바라보는 리체 녀석. 긍정한다는 듯 고개를 끄덕이고 침울한 표정으로 리체의 아버지를 바라보는 엘리 녀석. 그리고 뒤이어서 죽일 듯이 날 쏘아보는 리체의 아버지.

"에엥?"

거짓말이겠지. 이건 연극일 거야. 모두들 날 놀리기 위해 연기하고 있는 것이 틀림없어.

"저놈이?"

"네, 제가 사랑한다고 말한 바로 그 남자입니다."

창백하게 굳어 있는 리체 아버지의 표정과 거짓 눈물을 흘리며 소리 내어 흐느끼는 리체 녀석. 끔찍한 악몽을 꾸는 것 같은 그 모든 광경에 나는 아무런 행동조차 하지 못했다.

"내 검을 가져와라!"

그 정적을 깨고 리체의 아버지는 옆에 서 있는 하인에게 일갈했다.

"아버지!"

"고정하세요, 아저씨!"

각기 오른쪽 팔과 왼쪽 팔을 붙들고 늘어지는 리체와 엘리 녀석. 난 영문을 알지 못하고 멍하니 그 광경을 바라보고 있을 뿐이었다.

"너, 이놈!!"

팔에 달라붙은 두 소녀를 엄청난 힘으로 뿌리치고 하인이 건네준 롱소드를 받아 들며 그는 나에게 달려왔다.

"내가 오늘 너를 갈아 마시지 않으면 성을 갈겠다!"

연극이든 나발이든 살기 위해서 나는 뛰어야 했다.

“이 미꾸라지 같은 놈!!”

한참을 그렇게 전력으로 뛴 까닭에 나는 물론이고 그도 상당히 지쳐 있었다. ‘이건 오해입니다’ 라고 말하기 위해 내가 고개를 돌려 그를 바라보는 그 순간,

고기를 써는 나이프가 맹렬한 기세로 볼을 스치며 지나가 내 옆에 있는 나무 벽에 푸르르 하고 박혀들었다. 잠시 주춤하자 검을 뽑아 들고 다시 맹렬한 기세로 그는 내게 달려왔다.

퍽!

둔탁한 타격음과 함께 쓰러지는 것은 내가 아니라 그였다. 어디에서 구해온 것인지 리체 녀석이 몽둥이로 자신의 아버지 뒤통수를 내려친 것이었다.

“휴~ 정말 못 말리겠다니까!”

도대체 누가 할 말이냐? 생각은 하고 이런 빌어먹을 일을 한 거냐? 기절해 있는 녀석의 아버지가 왠지 나보다 더 불쌍해 보였다.

“……”

내가 아무 말도 하지 않고 조용히 노려보자 녀석이 헤헤 하고 비굴한 웃음을 지으며 입을 열었다.

“너무 그렇게 노려보지 말라고. 무서워 죽겠어.”

“전 죽을 뻔했습니다.”

“그건 진심으로 사과할게. 하지만 나도 아버지가 이렇게까지 흥분하실 줄은 몰랐어.”

양손을 합장하고 미안하다는 듯 나에게 어색한 미소를 짓고 있는 꼬락서니를 보니 한숨밖에 나오질 않았다. 잠시 동안 테이블에 걸터앉아 숨을 고르며 천천히 입을 열었다.

"실망… 입니다. 전 그래도……."

'당신을 친구로 여기고 있었습니다' 라는 말은 차마 입 밖으로 내지 못했다.

"미안해."

조용히 주머니 속에 간직해 두었던 생일 선물을 던져 주고 난 천천히 밖으로 향했다. 더 이상 그곳에 있어봤자 변명 정도밖에 듣지 못할 것 같았기에 미련 같은 감정은 들지 않았다.

식당 문을 열고 들어가자 늦은 저녁임에도 불구하고 손님들이 가득 들어차 있는 것이 눈에 들어왔다. 내가 빠진 까닭에 종업원들이 평소보다 더 분주히 일을 하고 있는 것 같아 미안한 감정이 들었다. 그 와중에 셀브렛 녀석이 날 발견하고 사람들을 헤치며 다가왔다.

"생각보다 빨리 왔네? 근데 볼은 왜 그래?"

아까 리체의 아버지가 던진 나이프에 살짝 긁힌 모양인지 볼에서 피가 흐르고 있었다. 무엇이라 변명할까 잠시 고민하다 어색한 웃음을 지으며 말했다.

"가다가 넘어져서 살짝 긁혔어."

"흐응, 그래?"

수상하다는 표정으로 내게 접근하는 셀브렛 녀석. 발뒤꿈치를 들고 똑바로 내 눈을 마주 바라보는 녀석이 오늘따라 조금 이상해 보이기도 했지만 내색하지 않고 입을 열었다.

"왜 그리 뚫어지게 보는 거야?"

더 더욱 접근해서 거의 입술이 마주 닿을 정도로 다가오더니 녀석은 살짝 혀를 내밀고 볼에 있는 상처 부위를 핥았다. 멍하게 보고 있다가 순식간에 그런 일을 당하니 화들짝 놀라 뒷걸음질치며 달아날 수밖에 없었다.

"무, 무슨 짓을 하는 거야?"

이쪽을 바라보고 있던 손님들이 내 바보 같은 행동을 소리 내며 비웃기 시작했다. 그중에서 제일 눈에 띄게 크게 비웃는 사람 한 명이 있었는데 그녀가 바로 도적 길드의 높은 위치에 속해 있다는 제니라는 여자였다.

'저게 내 제자라고' 하며 주위의 사람들에게 소리 내어 웃으며 자랑하는 모습을 보니 주체할 수 없는 분노가 머리를 아프게 해왔지만 오늘은 그냥 넘어가기로 마음먹고 조용히 사람들을 헤치며 내 방을 향해 걸음을 움직였다.

대충 불편한 옷을 벗어 던지고 침대로 곧장 쓰러지듯이 누웠다. 볼을 만져 보자 신기하게도 피는 더 이상 흐르지 않는 듯했다.

"휴~"

진짜 이렇게 저주스러운 날은 손에 꼽을 정도다. 그것도 하필 생일이라는 축하할 만한 날에 이런 빌어먹을 일이라니……

화도 나고 한편으로는 조금 우울한 기분이 들기도 했다. 그래도 그럭저럭 학교에 잘 적응하게 만들어준 녀석들이 싫지는 않았는데……

축제의 일도 그렇고 평민이라고 색안경 끼고 거만하게 구는 녀석들은 절대 아닌 듯해서 말이다.

뭐, 내가 너무 녀석들을 좋게만 생각한 것 같기도 하다. 전에 대해주었던 것도 다 가식이었나 하는 생각도 자연스레 들고 말이다.

더 이상 생각하면 할수록 머리만 아파오는 것 같았다. 멍하니 천장을 바라보고 있다가 똑똑 하고 문 두드리는 소리가 들려 피곤한 몸을 일으키며 말했다.

"들어오세요."

문이 열리자 시아 녀석이 근심스러운 표정으로 약병을 들고 나를 바라보고 있었다. 잠시 주춤거리며 당황하다 이내 다부진 표정으로 내게 다가오는 모습이 왠지 모르게 귀엽게 느껴졌다.

"상처… 보여주세요."

"이제 괜찮은데……."

단호히 고개를 옆으로 젓더니 내게 접근하는 시아 녀석. 별말없이 가만히 바라보고 있자 뚜껑을 열고 검지손가락에 약을 묻혀 상처 부위를 문지르기 시작했다.

조금 쓰라리기도 했지만 내색하지 않고 약을 바르는 녀석을 향해 말했다.

"할 말이 있는데……."

"말씀하세요."

약을 다 바르고 무표정한 얼굴로 날 가만히 주시하는 녀석을 보니 새삼 무엇이라 말하기도 쑥스러웠다.

"…저기……."

바보같이 살짝 얼굴을 붉히고 힘겹게 입을 여는 내가 안쓰러웠는지 녀석은 부담 갖지 말라는 듯 미소를 지으며 내 바로 옆 침대 한구석에 걸터앉았다. 그런 녀석을 우물쭈물 머뭇거리며 바라보다 입을 열었다.

"몸은 아프지 않아?"

"네, 괜찮아요."

"다행이네."

그러고 보니 숲에 다녀온 뒤로 녀석과 제대로 대화한 적이 한 번도 없는 것 같았다. 셀브렛 녀석이라면 몰라도 시아 녀석은 형식적인 인사나 짧은 대화 같은 것이 전부였으니 말이다.

"내가 하고 싶은 말은……."

고개를 약간 갸웃거리며 눈을 동그랗게 뜬 채 나를 바라보는 모습이 더욱 말을 하기 힘들게 하는 듯했다(고개를 돌려 녀석의 눈을 회피하고 간신히 난 입을 열 수 있었다).

"미안하다는 거야."

"무엇이?"

"여러 가지 일들……. 그 숲에서의 일도 그렇고 너에게 너무 사과할 것이 많은 거 같아."

어색한 침묵의 계속. 녀석의 대답을 듣기 위해서는 약간의 인내심이 필요했다.

"아니에요. 오빠는 아무것도 잘못한 게 없잖아요."

이미 예상한 반응이었다. 무슨 일이 생기면 언제나 자신의 탓으로만 여기고 맹목적으로 남을 배려하는 것. 고개를 돌려 녀석의 눈을 직시하며 나는 다시 입을 열었다.

"넌 정말 바보야."

그리고 정말 오래간만에 두 팔을 뻗어 녀석을 안았다. 조금 저항하는 것 같았지만 그래도 녀석이 내 힘을 이길 수는 없었다.

"……."

내가 자란 것인지 녀석이 줄은 것인지 왠지 모르게 전보다 더 왜소해진 것 같다는 느낌이 들었다.

코를 자극하는 묘한 향기, 그리고 가슴에서 느껴지는 뜨거운 열기가 왠지 모르게 머리를 아프게 해오는 듯했다. 어느 정도 시간이 흐르고 천천히 품에서 녀석을 떼어내며 난 다시 입을 열었다.

"사과할게. 정말 미안해."

녀석은 고개를 숙인 채 아무런 말도 하지 않았다. 막상 입으로 말하고 나니 별거 아닌 것을 쓸데없이 오래 끈 것 같아 후회되기도 했다.

"정말 전 괜찮아요."

고개를 들어 올리고 녀석이 미소 짓는 얼굴로 말했다. 형식적인 미소 같기도 했지만 그래도 일단 웃는 얼굴을 보니 한결 마음이 놓였다.

'뭐, 그래도 하루 내내 나쁜 일만 연속이었던 것은 아니군.'

녀석은 꾸벅 고개를 숙이고 방에서 나갔다. 조금 더 쓸데없는 생각을 하다 피곤한 몸을 못 이기고 난 그렇게 잠이 들었다.

Chapter 4

초대받지 않은 손님

초대받지 않은 손님

한가로운 오후. 시아 녀석이 고양이 노엘의 등을 쓰다듬으며 놀고 있는 것을 멍하니 바라보고 있을 때였다.

바보같이 시간을 죽이는 그런 나를 향해 아이린 씨가 말했다.

"이것 좀 왕자님 방에 가져다 줄래?"

고개를 돌려보니 차와 과자가 든 쟁반이었다. 내가 왕자의 메이드도 아닌데 왜 그래야 하냐고 반문하고 싶었지만 아이린 씨의 노여움을 사 봤자 나만 손해인지라 묵묵히 고개를 끄덕이고 쟁반을 받아 들었다.

그러고 보니 왕자의 방에 들어가 보는 것도 굉장히 오래간만인 듯했다. 아니, 처음 이 식당에 머문다고 그가 선언한 뒤 방을 청소하기 위해 아이린 씨와 들락날락거린 것이 전부인 듯하다. 게다가 내 기억력이 워낙 슬라임 수준이라 방 구조가 어떻게 생겼는지조차 까먹은 것 같으니.

왠지 모를 신분의 벽 때문인지 그와 제대로 된 말을 해본 적도 거의 없었다. 대련을 시작할 때도 살짝 고개를 숙이며 인사만 하는 정도였다. 원래 라무안 국 사람들이 말이 없다는 것은 소문을 들어서 잘 알고 있었지만 말이다.

살짝 노크를 해도 인기척은 들리지 않았다. 그냥 돌아갈까 하다 용기를 내어 문을 열어 열어보니 한쪽 벽에 몸을 기대고 앉아 낮잠을 자고 있는 자룬 왕자의 모습이 눈에 들어왔다.

평소의 심각한 분위기와는 달리 저렇게 졸고 있는 왕자의 모습을 보니 어이가 없어 헛웃음이 나왔다.

남자인 내가 봐도 자룬 왕자는 멋있게 생겼다. 키도 늘씬하게 크고 체형도 균형이 잡혀 있어 마치 한 자루의 멋들어진 검을 연상케 할 정도다. 허리까지 내려오는 칠흑같이 검은 긴 머리카락과 하얀색 피부의 대조적인 모습은 처음 보는 사람의 가슴을 철렁 내려앉게 만들 정도로 단정했다.

뭐, 질투가 나지 않는 것은 아니지만 '이렇게 잘난 사람이 세상에 몇 명이나 되겠나' 라고 중얼거리며 위안을 삼는 것이 나다운 것이 될 테니 말이다.

여하튼 책상 위에 차와 과자를 내려놓고 막 방을 나가려고 할 찰나 나의 시선을 잡는 한 물건이 있었다.

그것은 어느 소녀의 초상화였다. 하얀 피부에 검은색 긴 생머리, 그리고 전체적인 분위기가 왕자와 상당히 흡사한 듯했다. 조금 어린 것이 흠이긴 하지만 조금 자라면 엄청난 미인이 될 것도 같았기에 빨려들 듯이 자연스레 내 시선이 고정되는 것도 무리는 아니었다.

"뭘 보는 거지?"

순간 내 어깨를 붙잡으며 누군가 말을 걸어왔다.

"헉!"

화들짝 놀라 마치 도둑질하다 들킨 도둑놈마냥 질겁하는 나. 왕자는 그런 바보 같은 내 모습을 포커페이스답게 무표정한 얼굴로 주시했다.

숙련된 검사이니 기척 없이 움직였겠지만 다른 사람 방에 와서 얼을 빼놓고 몰두해 버린 내가 바보겠지(그리고 그 몰두한 것이 다름 아닌 미소녀의 그림이었으니 말이다).

"그녀를 보고 있었나?"

거짓말할 건덕지도 없었기에 난 조용히 고개를 끄덕였다. 왕자는 잠시 그 초상화의 소녀를 바라보다 쓴웃음을 지으며 말했다.

"그녀는 나의 동생이다."

예상하지 않은 것은 아니지만 그래도 조금 놀라웠다. 적어도 왕자가 외아들은 아닐 것이라 생각했지만 여동생이 있다는 이야기는 한 번도 듣지 못했기에.

"두 형이 있고 아래로 두 여동생이 있지."

"그렇군요."

나도 남자인 이상 두 형보다는 두 여동생 쪽에 관심이 쏠리는 것은 어쩔 수 없었다. 게다가 저 초상화를 그린 화가가 엄청나게 미화하지 않은 것이라면 굉장히 단정하게 생긴 소녀일 것이라 짐작되었다.

대충 왕자에게 고개를 꾸벅 숙여 인사를 하고 천천히 방을 빠져나왔다. 왕자의 목소리를 들은 것도 상당히 오랜만인 듯했기에 기분이 조금 묘해진 것도 같았다.

그러고 보니 난 왕자에게 상당히 무관심했던 것 같다. 친해질 마음도 전혀 가지고 있지 않았던 것 같으니 말이다(아니, 반드시 뛰어넘어야 할 경쟁 상대로만 생각했으니까). 이유도 없이 안 좋은 마음만 품고 있었던 것 같기도 하다. 오늘 있었던 일만 해도 그에 대한 정보를 얻으려 노력했으면 얼마든지 미리 알 수 있었던 사실이다.

"잘 전해주고 왔어?"

의자에 앉아서 멍하니 생각하고 있는 나에게 아이린 씨가 다가와 그렇게 미소 짓는 얼굴로 물었다.

"네."

아이린 씨가 왕자와 나의 사이를 친밀하게 하기 위해 일부러 계획한 일은 아닐까? 뭐, 조금 비약적인 생각 같기도 했지만 말이다.

"왜 왕자가 이곳에서 지내고 있는지… 궁금하군요."

아무리 이 나라가 라무안 국과 사이가 좋은 편이라고는 하지만 웬만한 귀족도 아닌 일국의 왕자가 평범한 식당에서 머무는 이유가 솔직히 잘 이해되질 않았다(예전부터 조금 궁금하게 생각하고 있었지만 이제야 질문하는 걸 보아도 왕자에 대한 나의 무관심이 굉장히 크다는 걸 알 수 있다).

아이린 씨는 잠시 한숨을 쉬더니 이내 내 눈을 마주 바라보며 입을 열었다.

"예전에 한번 어떤 일을 계기로 류릭님과 기르디 오빠가 싸운 적이 있었어."

류릭님? 도대체 그가 누구기에 그 무식한 기르디 녀석이랑 싸웠다는 거지? 설명을 원하는 듯 궁금하다는 표정을 지으며 아이린 씨를 주시했다.

"류릭님이란 분이 바로 그 자룬 왕자님의 검술 스승이지. 아마 이 대륙에서 그보다 강한 인간은 찾기 힘들 거야."

자룬 왕자의 검술 스승? 기르디 녀석에는 미치지 못하지만 그래도 엄청난 실력을 가진 왕자의 스승이라면 어설픈 실력을 가지고 있다는 것은 말도 되지 않는 일이다.

왠지 모를 미소를 지으며 아이린 씨는 말을 이었다.

"비록 기르디 오빠가 순순히 패배를 시인해서 가볍게 끝난 싸움이었지만 말이야. 둘은 서로의 실력을 인정하고 또 친해지게 되었지."

단순히 친분만으로 이 식당에서 지낸다는 것은 좀 이치에 맞지 않는 일이다. 아무리 왕자의 실력이 뛰어나다고 해도 숙련된 암살자라면 당해내기가 힘들 테니 말이다.

"기르디 오빠에게 배움도 얻을 겸 해서 이 식당에 머무는 것일 거야. 이곳이라면 보안 문제도 어느 정도 신용할 수 있고 왕자가 다른 나라의 신세를 지는 것도 조금 그래서 말이지."

보안 문제를 신용할 수 있다니? 이 식당에 무엇이 있기에 보안 문제까지 해결할 수 있다는 말인가? 막 내가 아이린 씨에게 그 문제에 대해 질문하려는 순간이었다.

'철컥' 하는 소리와 함께 식당 문이 열리고 갑작스레 사람들이 빠르게 안으로 들이닥쳤다.

"어서 오세요."

아이린 씨는 특유의 업무용 미소를 지으며 꾸벅 고개를 숙이며 인사했다. 고개를 돌려 나도 그 선두에 서 있는 사람을 쳐다보았다. 갈색 로브로 온몸을 가리고 있어 정확한 생김새는 알 수 없었지만 체형으로 봐서는 어린 소녀 같았다.

"사람을 찾으러 왔다."

어떤 이유인지 긴장한 듯 가늘게 떨리는 목소리. 확실히 갈색 로브를 한 사람은 시아 정도 또래의 소녀였다(체형을 보고 목소리를 들은 후 나는 확신할 수 있었다).

"어떤 사람 말씀인가요?"

아이린 씨는 변함없이 상큼한 미소를 하고 그 선두에 서 있는 갈색 로브의 소녀에게 질문했다.

"……."

갈색 로브의 소녀는 잠시 아무 말도 없이 고개를 숙였다. 도대체 이 식당에 누구를 찾기 위해 온 것인가? 종업원과 몇몇 식객들을 제외하면 사람이라고는 쥐뿔도 없는 것 같은데 말이다.

상당히 고급 천으로 만든 것 같은 갈색 로브는 미약하지만 마법적인 기운도 흐르는 것 같아 아까부터 난 내심 놀라고 있었다. 저런 물건을 평범한 사람이 소유하고 있을 리는 만무하니까 말이다.

"그것은……."

이내 결심한 듯 그 소녀가 아이린 씨를 향해 고개를 들어 올리며 입을 열었다.

순간 계단에서 자룬 왕자가 내려와 내 쪽을 향해 다가왔다.

"무슨 일인가?"

작지만 왠지 모르게 힘이 느껴지는 규칙적인 발소리. 갈색 로브의 소녀는 막 입을 열어 사정을 설명하려다 왕자를 발견하고는 이내 반색을 하며 입을 다물었다.

왕자와 그 로브 소녀의 눈이 막 마주치는 순간, 마치 한 편의 연극처럼 소녀는 자신의 거추장스러운 로브를 벗어 던지고 왕자의 품으로 뛰어들었다.

그 소녀의 생김새가 다름 아닌 방금 전에 본 초상화의 주인과 똑같다는 것을 깨달은 순간 '실제로 보고 싶다' 라는 소망이 참 빨리도 이루어진 것 같아 난 쓴웃음을 지었다.

왕자의 품에 안겨 흐느끼는 소녀의 얼굴은 초상화의 그 아름다웠던 모습이 부족하다는 느낌이 들 정도로 단정한 것이었다(하얀색의 갸름한 얼굴과 허리까지 내려오는 흑색 장발. 그 대조적인 특징이 소녀의 단정함을 더욱 강조하는 듯했다).

눈물을 흘리며 재회를 반가워하는 공주와는 달리 왕자의 표정은 조금 굳어져 있었다. 뭐, 워낙 당혹스러워서 그럴 수도 있겠지만 좀 전에 초상화를 바라볼 때의 표정을 생각해 보아도 자룬 왕자는 공주를 그렇게 마음에 두고 있지는 않는 듯했다.

"……."

이질감 넘치는 두 남매의 포옹. 마치 헤어진 이산 가족이라도 만나는 것처럼 눈물 흘리며 감동하는 공주와는 달리 자룬의 표정은 곤란한 짐이라도 얻게 된 사람마냥 굳어져 있었으니까. 성급한 판단일지는 몰라도 두 사람의 사이에 무엇인가 사연이 있을지도 모른다는 예감이 들었다.

공주는 감정을 추스른 듯 자룬 왕자의 손을 마주 잡으며 말했다.

"보고 싶었어요."

빨갛게 눈자위가 상기된 채 이를 드러내며 웃는 공주. 남자라면 누구나 마음이 동할 정도로 귀여운 모습이었지만 왕자는 딱딱하게 굳은 얼굴로 그런 공주의 모습을 바라볼 뿐이었다.

"엘룬……."

저 공주도 겉보기와는 달리 엄청 행동력이 강한 타입인가 보다. 외유내강이랄까, 별다른 호위나 언급도 없이 아무렇지 않게 곧장 다른 나라까지 쫓아와서 저런 말을 하다니……. 보통 공주님이 다른 나라에 온다고 하면 이래저래 여러 사람이 수행하는 것이 필수 불가결할 텐데. 아무리 오빠를 소중히 여긴다고 해도 저건 좀 지나친 것 아닌가?

착잡한 눈빛으로 자룬 왕자가 공주를 향해 천천히 입을 열었다.

"도대체 어떻게 여기까지……?"

"죽어도 다시 돌아가지 않을 거예요."

왕자의 말을 끊고 날카로운 어조로 말하는 공주(활활 불타오르는 것같이 결의에 찬 그녀의 말에 왕자를 비롯한 모두는 질린 얼굴을 할 수밖에 없었다).

바늘 하나 떨어지는 소리마저 들릴 정도로 고요한 식당 분위기가 바뀌는 것은 순식간이었다. 다시 한 번 문이 열리고 기르디 녀석이 휘적휘적 걸어와 아이린 씨에게 질문한 것이다.

"무슨 일이야?"

아이린 씨는 아무 대답도 하지 않고 슬쩍 공주를 바라보았다. 기르디 녀석은 그 행동만으로도 충분히 이해한 것인지 아이린 씨에게서 시선을 돌려 공주를 향해 말했다.

"이곳은 여관도 아니고 놀이터도 아니다."

한 나라의 공주에게 이런 무례한 말을 하다니……. 화형당해도 할 말 없는 노릇이었지만 기르디 녀석은 아무렇지도 않다는 듯 불쾌한 표정을 짓고 있을 뿐이었다.

"어서 돌아가라. 더 이상 시끄러워지는 것은 이쪽에서 사양한다."

공주를 따라온 남자 중 한 사람이 기르디 녀석의 말을 듣고 얼굴을 붉히며 외쳤다.

"무례한 녀석!"

기르디 녀석은 그 중년 사내의 말을 무시하며 왕자를 향해 입을 열었다.

"네가 알아서 처리할 것이라 믿는다."

그리고는 휘적휘적 걸음을 옮겨 어디론가 사라졌다. 왕자는 기르디 녀석의 말에 자극을 받은 듯 아까보다 더 굳은 얼굴을 하고 눈앞에 서 있는 공주를 향해 입을 열었다.

"어서 돌아가도록. 나도 더 이상의 소란은 원치 않으니."

상황이 이렇게 돌아가니 공주는 눈물이 그렁한 얼굴로 외치며 고집을 부려댔다.

"싫어요! 아무리 그렇게 말씀하셔도… 돌아가지 않을 겁니다!"

"엘룬……."

고개를 옆으로 저으며 부정하는 그녀의 양팔을 잡으며 왕자는 더욱더 힘주어 말했다.

"부탁이니 제발 돌아가. 나도 더 이상 시끄러워지는 것은 원치 않으니까."

고개를 숙인 채 아무런 말도 하지 못하는 공주의 모습이 조금 안타까웠다. 하지만 이런 문제에 제삼자가 나서는 것도 우스운 꼴이었다.

"……."

왕자는 아무런 말도 하지 않고 잠시 공주를 노려보다 등을 돌려 자신의 방으로 걸음을 옮겼다(사실 이렇게밖에 말할 수 없는 왕자의 입장도 어느 정도 공감할 수 있었다. 태도를 명확히 하지 않으면 추후에 다시 이런 일이 일어나지 말라는 보장도 없으니까).

“흑흑…….”

소리 내어 흐느끼는 공주의 울음소리가 모두의 마음을 착잡하게 하는 듯했다.

“저 언니 왜 우는 거야?”

어느새 옆으로 다가온 셀브렛 녀석이 눈을 동그랗게 뜨고 내게 질문했다.

“슬프니까.”

“왜 슬픈 건데?”

“글쎄…….”

한 번도 다른 사람에게 연정을 품어보지 못한 내가 ‘사랑’이란 단어를 말할 자격이 있을까?

또 충분히 셀브렛 녀석을 납득시킬 만큼 훌륭한 대답을 하는 것도 불가능하니까. 이렇게 살짝 말끝을 흐리는 편이 좋겠지.

셀브렛 녀석은 조용히 이마에 검지를 대고 고민하더니 다시 나를 향해 입을 열었다.

“저 언니가 왕자님을 좋아하는 거지?”

“아마도…….”

“그런데 왕자님은 저 언니를 싫어해?”

“글쎄…….”

내가 계속 애매모호하게 대답하자 셀브렛 녀석이 눈을 찌푸리며 작게 투덜거렸다. 하지만 나도 모르는 사실을 남에게 뭐라 말할 수는 없었다.

아무렇게나 녀석의 머리를 쓰다듬고는 아이린 씨를 향해 말했다.

“이제 어떻게 하실 예정입니까?”

내 질문을 무시하고 심각한 눈으로 계속 공주를 바라보는 아이린 씨.

"이제 조금 있으면 날이 어두워질 텐데……."

"으음."

"하루 정도 머문다고 무슨 큰일이 생기진 않겠지요."

뭐, 이왕지사 일이 이렇게 되었으니 저런 매정한 말만 듣고 보낼 수는 없는 노릇이잖아? 그녀도 나름대로 큰 각오를 하고 여기까지 온 것 같은데 그 정성에 나름대로 보답을 해주어야 되지 않을까?

귀여운 소녀가 저렇게 슬프게 우는데 냉정하게 쫓아낼 수는 없는 노릇이니 말이다.

한참을 심각하게 생각하더니 아이린 씨는 어쩔 수 없다는 듯 한숨을 쉬며 공주를 향해 입을 열었다.

"오늘은 시간이 늦었으니까 하룻밤 묵어 가시는 것이 좋겠군요."

훌쩍이며 눈물을 흘리던 그녀가 고개를 들어 올려 아이린 씨를 주시했다. 눈물로 엉망이 된 얼굴이었지만 왠지 모르게 그 모습도 굉장히 귀엽다는 느낌이 들었다.

"내일 돌아가라고요?"

"네."

공주는 나름대로 열심히 머리를 굴리는 듯했지만 이내 어쩔 수 없다는 듯 말했다.

"네, 그렇게 하겠습니다."

왕자가 이미 당장 떠나라고 한 마당인지라 공주는 아이린 씨 말에 잠시 머뭇거렸다.

그러나 곧 공주는 아이린 씨의 안내를 받아 방으로 향했다. 그녀의 모습이 완전히 사라질 때까지 멍하니 그 광경을 지켜보는 나와 셀브렛 녀석이었다.

　내 목검을 가볍게 막아내는 기르디 녀석의 여유로운 모습은 언제 보아도 기분 나쁘고 짜증나는 것이었다.

　우연이라도 좋으니 제발 옷깃만이라도 스치라고 언제나처럼 소원했지만 되돌아오는 것은 심장을 멈출 정도로 날카로운 반격이다. 간신히 고개를 숙이고 일검을 피하자 연이어서 터져 나오는 무릎 공격. 양손을 십자가 형태로 교차해 충격을 최소화하려 했지만 팔이 부서질 것 같은 끔찍한 고통에는 어쩔 도리가 없었다.

　뒷걸음질치며 물러서자 가슴을 꿰뚫을 듯 날아오는 찌르기. 예전에는 옆으로 물러나서 피했지만 그 뒤이어서 오는 공격은 한 번도 막아내 보지 못했기에 이번에는 바닥에 납작 엎드려 공격을 피했다.

　목검인데도 불구하고 머리카락이 몇 올 잘려 나가는 그 무식한 찌르기의 위력에 순간 주춤했으나 더 이상 망설이면 죽도 밥도 안 될 것이라는 것을 충분히 알고 있었기에 허벅지를 향해 목검을 왼쪽에서 오른쪽으로 힘차게 그었다.

　퍽!

　그러나 그 공격마저 가볍게 피해내고 왼쪽 팔꿈치로 머리를 때리는 기르디 녀석의 무식한 공격. 눈앞에 별들이 반짝이는 것만 같은 충격에 난 잠시 멍해 있다가 피로에 못 이겨 그렇게 자리에 쓰러지듯 바닥에 드러누웠다.

　"너무 느려."

　당신이 너무 빠른 거야, 제길! 반박하고 싶어도 저런 괴물 같은 녀석에게는 씨알도 먹히지 않을 것이란 걸 충분히 알고 있었으니 피가 나올 정도로 입술을 깨물며 분을 삭이는 수밖에 도리가 없었다.

언제나 같은 패턴. 지겹다, 정말. 무엇인가 발전이 있어야 대련도 해볼 만하지 허구한 날 이렇게 왕자와 기르디 녀석에게 쥐어 터지니까 내 스트레스가 쌓이는 것도 무리가 아니다.

"그래도 조금 괜찮아지긴 했군. 예전 같으면 맨 처음 무릎 공격에 나가떨어졌을 거다."

무릎에 맞아서 쓰러지든 팔꿈치로 맞아서 쓰러지든 내가 보기에는 오십 보 백 보인 것 같은데…….

"카이츠 녀석이 무슨 수를 쓴 것인지는 몰라도……."

무슨 수는 개뿔의 무슨 수, 매일 이상한 명상만 했수다(저 기르디 녀석이 내가 뭐라고 말해 봤자 콧방귀도 안 뀔 것 같으니 그 일은 비밀로 하는 것이 좋을 듯하다. '거기 가서 놀기만 했다고?'라고 하며 더 과격하게 훈련시킬지도 모르는 일이니 말이다).

대충 땀을 닦고 물을 조금 마신 후 진정이 되자 마지막으로 왕자와의 대련이 시작되었다.

대충 고개를 까닥하는 것으로 가볍게 인사를 한 후 심호흡을 한 다음 될 수 있는 한 힘껏 목검을 휘둘렀다. 예상한 것처럼 교묘하게 흘리며 내 공격을 무마시키는 왕자(처음에는 이 흘리기에 당해서 나는 내 힘을 못 이기고 넘어진 적도 꽤 있었지만 이제는 어느 정도 익숙해진 터라 빠르게 목검을 회수하고 다음 공격을 준비했다).

왕자나 기르디 녀석이나 어느 정도 손속에 인정을 두어 날 상대하고 있었지만 그래도 한번 잘못 맞기라도 하면 진정한 죽음의 고통이 무엇인가를 느낄 정도로 괴로운 것이 사실이었기에 비록 실전은 아니지만 전부터 꽤 긴장하며 대련에 임하고 있었다.

잠시 다시 숨을 고르다 불현듯 기합을 내지르며 찌르기 공격을 감행했다. 하지만 예상한 듯 가볍게 흘려내더니 이내 반격하는 왕자. 내가 뒷걸음질치며 간신히 피해내자 연이어서 허벅지와 가슴을 향해 목검을 날려왔다.

제길, 또 그렇게 어이없게 쓰러질 수는 없다고! 나도 자존심이 있단 말이다!

허벅지로 오는 공격은 허리를 뒤틀어 피하고 가슴을 노리고 맹렬히 접근하는 공격은 아래에서 위로 목검을 휘둘러 간신히 막아낼 수 있었다.

얼마 시간이 흐르지도 않았지만 숨이 턱까지 차올라 가볍게 몸을 움직이는 것조차 힘들었다. 몇 번 더 용을 써서 검을 섞다가 이내 옆으로 날아오는 목검에 힘이 달려 결국 주저앉고 말았다.

"……."

말없이 지친 숨을 고르며 앉아서 쉬고 있는데 저 멀리서 미소 짓는 얼굴로 왕자를 바라보는 공주의 모습이 눈에 들어왔다. 조금 날카로운 인상이 상기된 표정과 매치되어 무엇인가 우습기도 했지만 비웃는 것이라 오해할까 두려워 내색하지는 않았다.

왕자는 오래전부터 눈치 채고 있었던 모양인지 씁쓸한 표정으로 바닥에 주저앉은 날 바라보고 있을 뿐이었다.

'이래저래 왕자도 참 고민이 많겠군.'

뭐, 나 같은 단순한 녀석이 아닌 이상 고민하는 것은 당연한 일이겠지. 솔직히 남매 사이만 아니라면 저런 미소녀를 마다할 남자가 어디 있을까? 아니, 남매 사이라고 해도 거부하지 않을 남자가 더 많을 듯하다.

　여하튼 이런 문제는 시간이 약인 것 같다. 철이 들면 자신의 감정이 무엇임을 확실히 알 수 있을 테니 말이다.

　근데 왜 공주는 자룬 왕자를 좋아하게 된 것일까? 단지 생긴 것에 반했다는 것은 말도 되지 않는 일이고 무뚝뚝한 그가 공주에게 유달리 관심을 보였을 리는 없으니 무엇인가 '계기'를 발판 삼아서 감정이 격해진 것일지도…….

　여하튼 당사자에게 직접 듣지 못한 이상 섣불리 단정 지어 생각할 일은 아닐 듯했다.

　저물어가는 해를 바라보며 멍하니 주저앉아 있는 나에게 기르디 녀석이 한심하다는 어조로 말했다.

　"어서 일어나. 이제 일할 시간이다."

　쉴 시간이라고는 눈곱만큼도 없구나. 뭐, 가만히 멍하게 있는 것보다는 그 편이 나은 것이겠지만 말이다(내가 워낙 반골 기질이 강해서 그런지 몰라도 저렇게 명령조로 말하면 더 하기 싫어졌다).

　조금 투덜거리며 늑장 부리다 눈앞에서 날카롭게 바라보는 기르디 녀석의 등쌀에 못 이겨 천천히 식당을 향해 걸음을 움직였다.

　남는 방이 없어서 특별히 오늘은 셀브렛 녀석과 아이린 씨가 같이 자기로 결정했다(시아 녀석도 아이린 씨의 방에서 잔다고 말했지만 공주가 '일부러 그렇게 격식 차릴 필요는 없어요. 그리고 전 시아 양과 같이 자는 쪽이 더 좋은데'라고 말하는 바람에 어쩔 수 없이 둘이 같은 방을 쓰게 된 것이다).

　어떻게 설득한 것인지 몰라도 기르디 녀석이 묵묵히 그 광경을 보고만 있는 까닭에 왕자도 함부로 공주에게 무엇이라 말할 수는 없는 처지가 되었다. 단지 조금 더 안색이 굳어진 정도. 뭐, 워낙 표정이 없는 타입이라 그렇게 느껴진 것일지도 모르겠지만……

식사를 마치고 셀브렛 녀석의 상대는 공주님이 해주기로 하고 나와 시아 녀석은 식당 일을 하기 위해 부지런히 걸음을 움직였다.

오늘도 어김없이 고된 일을 끝마치고 맥주를 마시기 위해 들른 땀내 나는 사내들과 식사를 하기 위해 온 손님들이 북적거리며 날 반기고 있었다. 질 나쁜 농담 속에서 평상심을 잃지 않는다는 것도 어떻게 보면 정신 수양의 일종이겠지(낙천적으로 생각하며 부지런히 음식과 메뉴판을 나르는 나였다).

그렇게 부질없이 시간은 흘러 하나둘 손님들이 각자의 목적지를 향해 걸음을 움직이고 어느덧 폐점 시간이 다가오자 수많은 사람들이 웃고 떠들며 식사하던 테이블도 눈에 뜨이게 한산해졌다. 막 피곤에 지쳐 의자에 조용히 앉아 있는데 어깨에서 느껴지는 부드러운 감촉에 고개를 올려다보니 시아 녀석의 미소 짓는 얼굴이 시야 한가득 들어왔다.

"피곤하죠?"

"응, 조금."

"오늘은 유별나게 손님이 많았던 것 같아요."

"그랬나? 뭐, 거기서 거기 같은데……."

조심스레 목뒤로 접근하더니 천천히 목과 어깨를 마사지하는 시아 녀석. 기분 좋은 느낌에 잠시 멍해 있자 녀석이 재차 내게 질문했다.

"이제 얼마 후면 개학이죠?"

"음, 일주일도 안 남은 것 같아."

뭐, 조금 늑장 부릴 수 있는 것이 좋기는 했지만 나 스스로가 나태해지는 것 같기도 해서 그리 마음에 들지 않는 나날의 연속이었다.

"저번 친구 생일 날 무슨 일 있었지요?"

"으응?! 아, 조금. 그렇게 큰일은 아니고."

"제게 말하기 곤란한 일인가 보네요?"

"그런 건 아니고……."

은근히 눈치가 빠른 아이란 말이야? 상대적으로 내가 둔감해서 그런 것일지도 모르지만 말이다.

"그게… 그러니까……."

볼을 붉적이며 천천히 그날 있었던 일을 말하기 시작했다. 시아 녀석은 궁금하다는 표정을 지으며 날 바라보다 이내 배를 잡고 웃기 시작했다.

이상한 오해를 하는 것보다는 이 편이 나을지도 모르겠지만 그래도 새삼 그날의 악몽을 생각해 보면 저절로 얼굴이 붉어졌기에 멋쩍은 웃음을 지으며 눈물까지 글썽이며 웃고 있는 녀석의 얼굴을 바라볼 뿐이었다.

"그런데 나도 물어볼 것이 있는데……."

"말씀하세요."

조금은 진지한 표정으로 웃는 얼굴의 녀석을 마주 바라보며 입을 열었다.

"그 숲에서 누구와 만난 것인지… 대충이라도 좋으니 알 수 없을까?"

천천히 딱딱하게 굳어져 가는 녀석의 표정이 무엇인가 내가 알면 안 되는 사실을 억지로 캐물은 것 같아서 나도 조금은 기분이 침울해지는 듯했다. 하지만 조금이라도 좋으니 그곳에서 누구와 만나고 또 어떤 일이 있었는지 알고 싶었다.

"한 사람… 아니, 굉장히 강한 한 존재와 만났다고 할까요?"

"그게 무슨 뜻?"

"말 그대로의 뜻이죠."

살짝 인상을 찡그리자 내 뒷목을 손가락으로 어루만지며 녀석이 다시 입을 열었다.

"저도 그분이 누군지는 잘 모르겠어요."

"음, 그럼 그건 그냥 넘어가고… 거기에서 무슨 일이 있었던 거지?"

"그분이 저에게 한 가지 제의를 하셨어요."

"무슨 제의?"

손의 움직임이 멈추고 잠시 아무런 말도 하지 못하는 시아 녀석.

"뭐, 그렇게 중요한 건 아닌 듯해요."

거짓말을 하려면 조금 더 요령있게 할 것이지. 뭐, 여하튼 더 이상 물어봤자 대답은커녕 감정만 상할 듯하니 이 선에서 내가 포기하는 것이 좋을 듯했다.

그렇게 멍하니 휴식을 취하고 있다가 최후까지 남아 있던 손님들이 식당 문을 열고 나가자 뒷정리를 하기 위해 천천히 의자에서 몸을 일으켰다.

잠이 오질 않았다. 창문 너머로 보이는 동그란 보름달 덕분인지 아니면 가슴속에 남아 있는 미련 때문인지……

멍하니 천장을 바라보는 것도 지친 나머지 신경질적으로 침대에서 몸을 일으키고는 방 한구석에 세워두었던 검을 빼 들었다.

혼이 빨려들어 갈 것만 같다고 할까? 마법이 걸려 있어서 그런 것인지 몰라도 이 검을 바라보고 있으면 기분이 이상하게 묘해진다.

"땀이라도 흘리면 잠이 오려나?"

아침에 빛 주문을 메모라이즈해 둔 것이 생각나 천천히 몸을 일으켜 뒤뜰을 향해 걸음을 움직였다.

한 치 앞도 보이지 않는 어둠 속이었지만 내 기억력이 그렇게 형편없는 것은 아닌 모양인지 넘어지지도 않고 의외로 잘 전진하고 있었다(마법 능력이 그렇게 뛰어나지 못해 주문의 지속 시간이 짧았기 때문에 뒤뜰에 도착하면 마법을 사용할 예정이었다).

엉거주춤 계단을 내려가 뒤뜰로 연결된 문을 열었다. 보름달이 유난히 환한 날이라서 그런지 몰라도 밤인데도 불구하고 사방은 그럭저럭 운신이 가능할 정도였다. 날씨도 여름치고는 시원한 편이라서 몸을 움직이기에 크게 불편하지 않았다.

주문이 완성되자 빛의 구슬이 하나 떠올라 사방을 밝게 비추었다.

천천히 심호흡을 하며 검을 움직이기 시작했다. 팔을 힘껏 움직일 때마다 은색의 곡선이 보이며 왠지 모를 성취감을 느끼게 해주었다. 그래도 조금씩 내 실력이 늘고 있다는 기분이 들어서 말이다(예전에는 왕자나 기르디 녀석이 가볍게 휘두른 일격에도 쓰러지곤 했는데 요즘에는 어설프게나마 조금 버티고 있으니 그래도 내 실력이 늘긴 늘었는가 보다).

멍하니 한참 동안 검을 휘두르고 있을 때였다. 뒤에서 누군가 바라보고 있다는 기분이 들어 몸을 돌려보니 멀리서 무표정한 얼굴로 날 바라보는 왕자의 모습이 시야에 들어왔다.

왠지 그가 어설픈 내 연습을 바라보고 있었다는 것이 새삼 부끄럽게 느껴졌다. 나와 비슷한 나이임에도 불구하고 엄청난 실력을 가지고 있는 왕자에게 콤플렉스 같은 것을 가지고 있었으니까.

검술을 제외하더라도 그는 모든 분야에서 나와 비교할 수 없을 정도로 뛰어났다. 내 성격에 남을 동경하는 것은 불가능한 일이니 저렇게 뛰어난 인간을 보면 새삼 호승심이 들어서 말이다.

"마법인가?"

"네, 어설프지만 조금은 할 줄 압니다."

"대단하군."

"아뇨. 뭐, 그렇게 어려운 것은 아니니까……."

그렇게 어려운 것이 아니라니? 내가 몇 년 동안 노력해서 이루어낸 결과물을 지금 스스로 깎아내리고 있는 건가? 어쩌면 왕자에게 자랑하고 싶어서 이렇게 말한 것일지도 모르겠다. '나는 이런 것도 할 줄 안다'라는 어린아이 같은 짓 말이다.

하지만 한번 뱉은 말은 주워담을 수 없다. 뒷머리를 긁적이며 새삼 다시 부끄러워하고 있자 왕자가 다시 입을 열었다.

"그 검의 이름이 무엇이지?"

"이름이요?"

"응."

"저도 잘 모르겠습니다만……."

"아깝군. 꽤 좋아 보이는데 이름도 없다니……."

내 무책임한 성격에 그런 것을 바라다니……. 그냥 검이면 검이지 무슨 얼어죽을 이름인가? 이게 살아 있는 생명체도 아니고.

"그럼 지금이라도 짓지 그래?"

으윽! 내 작명 센스가 엉망이라는 것을 왕자는 아직 모르나 보지?

고양이 노엘 녀석의 경우만 해도 그렇다. 몇 개월 동안 이름도 안 짓고 그냥 '고양이'라고만 불렀다(뭐, 그게 답답해서 친구인 제프리 녀석이 대신 '노엘'이라고 지어주었지만).

"그럼 내가 지어줄까?"

한참 동안 끙끙거리며 고민하자 보다 못한 왕자가 그렇게 내게 물었다.

"부탁드립니다."

고개를 끄덕이며 말하자 왕자는 잠시 묘한 표정으로 생각에 빠져 들었다.

"스트룬이 어떨까?"

"스트룬이요?"

"응. 고대어로 행운을 뜻하지."

"뭐, 좋군요. 그걸로 하죠."

내가 살짝 고개를 끄덕이며 대답하자 이내 무엇인가 만족한 표정으로 왕자가 입을 열었다.

"그 검이 너에게 행운을 가져다 주길 기대하지."

행운이라……. 뭐, 그런 것에 너무 의지하면 안 좋은 것이겠지만 그렇다고 나쁜 의미를 담고 있는 단어는 아니니까 좋게 생각해야겠지. 스트룬이란 이름 자체도 부르기에 나쁜 편은 아닌 듯했으니 말이다.

고개를 숙이자 왕자의 칼이 포물선을 그리며 머리카락을 스치고 지나갔다. 멍하니 서 있다가는 그냥 목이 달아날 공격에 심장이 미친 듯 쿵닥거리기 시작했다.

왕자의 진검 승부 제안을 받아들인 것이 후회스럽기도 했지만 여하튼 남자가 한번 칼을 뽑았으면 무라도 썰어야 하는 법.

"하아앗!!"

순간 이를 악물고 검을 고쳐 잡은 뒤 다리 근육을 폭발적으로 움직여 왕자의 가슴을 향해 찌르기를 시도했다.

부웅—

그러나 날카로운 파공음과 함께 검은 애꿎은 밤하늘만 가를 뿐이었다.

등은 이미 땀으로 흠뻑 젖은 지 오래였다. 미친 듯이 뛰어오는 심장 소리, 그리고 이름도 모를 날벌레 소리……. 흰색의 빛을 뿌리며 나의 복부를 향해 쇄도해 오는 왕자의 모습과 그 모든 것이 어우러져 꽤 운치있는 광경이 된 것도 같지만 일단 살기 위해서는 허리를 뒤틀며 그 공격을 피해야 했다(진검은 스치기만 해도 매우 아프다는 것 정도는 바보인 나도 알고 있는 사실이었기 때문에 행동 하나하나가 더 신중할 수밖에 없었다).

왕자는 묘한 미소를 지은 채 날 상대하고 있었다. 강자의 여유로움이라고 보기에는 너무나 순수한 그런 미소. 여하튼 난 힘들어 죽겠는데 저런 얼굴을 하고 있다니 조금 배알이 뒤틀리기도 했다.

"좋아."

정말 즐겁다는 듯 저렇게 말하는 왕자에게 내가 무엇이라 말할 수 있겠는가?

"이제 슬슬 끝내기로 하지."

미소 짓던 표정이 점점 굳어지더니 살짝 심호흡을 하며 날 바라보는 왕자의 눈빛은 마치 늑대의 그것 같았다.

눈에 보이지도 않는 속도로 나를 향해 날아오는 왕자의 칼. 몸을 움직여 피해야겠다고 생각하기도 전에 칼은 내 어깨를 때리고 지나갔다.

"으윽—"

칼등으로 쳐서 피는 흐르지 않았지만 그래도 뼈가 부러질 듯한 통증에 난 신음성을 흘릴 수밖에 없었다.

왕자는 정중한 표정으로 칼을 칼집에 집어넣고는 천천히 나를 향해 말했다.

"역시 최근 들어 많이 좋아졌군."

"휴~ 그래도 맞으면 아픈 것은 똑같은 것 같군요."

"내 방에 좋은 약이 있는데 그걸 쓰는 것이 어떤가?"

"사양하지 않겠습니다."

조금 어색한 미소를 지으며 쓰러져 있는 날 바라보는 왕자. 뭐, 내 실력이 부족해서 이렇게 된 것인데 불평해 봤자 소용없는 노릇이다.

밤잠 없는 이름 모를 새소리에 귀 기울이며 잠시 휴식을 취하고 있을 때였다.

"엘룬 녀석은 말이지……."

무감정한 어조로 왕자는 입을 열었다. 잠시 멍해 있던 나는 고개를 돌려 그의 얼굴을 마주 바라보았다.

"어렸을 때는 아주 약골이었지. 지금도 물론 안 좋은 편이기는 하지만 말이야. 여하튼 두 형님도 있었지만 묘하게 날 잘 따르던 아이였어."

"……."

"한 번은 녀석이 지독한 독감에 걸려서 머리가 난로 위의 주전자보다 더 뜨거웠던 적이 있어. 두 형님도 나도 걱정되어 잠을 못 이루었었지. 내 방과 녀석의 방은 아주 가까운 편이어서 그날 밤 몰래 녀석의 방에 숨어들어 갔는데 내 얼굴을 보더니 정말 기쁘게 미소 짓더군."

"그렇군요."

"밤새도록 녀석의 손을 잡고 쓰러져 잠들었지. 뭐, 그 다음날 하녀가 발견하고 비명을 지른 것은 논외로 하기로 하고.”

왕자도 저런 어린 시절이 있었단 말인가? 하긴 뭐, 처음부터 완벽한 사람이 이 세상에 있을 리 없겠지만 말이다.

“그런데 녀석의 독감이 다 나았을 때는 내가 곧장 독감에 걸려 버린 거야.”

“자기 때문이라고 슬퍼했겠군요.”

“응. 정말 궁이 떠내려갈 정도로 펑펑 울었던 것 같아.”

내가 쿡쿡거리며 웃음을 터뜨리자 왕자도 희미하게 미소 지으며 다시 입을 열었다.

“나 같은 녀석이 뭐가 그리 좋아서 저렇게 난리를 치는 것인지 원.”

일단 여자의 관점으로 보아도 당신은 동경할 만한 대상이 될 수밖에 없는 것 같은데 말이야. 능력있고, 똑똑하고, 잘생기고, 강하고……. 무엇 하나 빠질 것 없는 남자니까.

“쓸데없이 말이 길었군. 이제 그만 자러 가야겠어.”

“주무시길…….”

“약은 내 방에 있으니까 부담 갖지 말고 언제라도 찾아오도록.”

“네.”

왕자가 사라지자 뒤뜰에는 정적이 가득했다. 잠시 밤하늘에 떠 있는 별을 바라보다 쏟아져 오는 졸음을 참지 못하고 나도 방을 향해 걸음을 움직이기 시작했다.

＊　　　＊　　　＊

“저주받은 녀석이야.”

“저 녀석만 보면 하루 내내 재수가 없어!”

“저 까마귀 같은 검은 머리 좀 봐.”

날카로운 인상과 융통성없는 성격 탓인지 몰라도 아이들은 날 굉장히 싫어했다. 지금 생각하면 어느 정도 내 잘못도 있다고 생각하지만 사실 그보다는 주위 사람들의 삐뚤어진 시선이 더 큰 문제였다.

지는 걸 싫어하는 것은 그때나 지금이나 마찬가지이다. 나보다 머리통 하나쯤은 더 큰 아이를 향해 나는 아무런 망설임 없이 이를 악물고 뛰쳐나갔다.

맞는 것은 두렵지 않았다. 가슴도 몸도 아픈 것은 이미 충분히 익숙했으니까. 그리고 피하는 것은 질리도록 해서 진저리가 날 정도였으니까. 불속을 향해 뛰어드는 나방처럼 그렇게 의미없이 달려나가 맞고 때리며 괴로워하고 또 즐거워했다.

“재수없어.”

엉망진창으로 두들겨 맞아 쓰러진 나를 향해 아이들은 기분 나쁘다는 듯 중얼거렸다. 당장이라도 일어나 비웃고 있는 아이들에게 주먹을 날려 버리고 싶었지만 손가락 하나 움직일 힘도 없을 정도로 내 몸은 이미 엉망이었다.

고통에 힘들어하는 것보다는 '다음에 열 배로 갚아주겠어' 라고 중얼거리는 것이 그때의 나였다. 그래서 동네의 아이들은 나를 두려워하거나 아니면 원수처럼 만나기만 하면 싸울 정도로 사이가 안 좋았다.

아파도 절대 난 울지 않았다. 독종이라고 불릴 만큼 집착도 강했다. 때문에 더 아이들에게 따돌림받는 것인지도 몰랐다.

“아이구! 이게 무슨 짓이야?”

동네 아주머니 서너 명이 다가와 그렇게 호들갑을 떨며 외쳤다. 아이들은 놀라 어딘가를 향해 도망가기 시작했고 순식간에 빈 공터에는 나와 그 아주머니들만이 남아 있게 되었다.

"쯧쯧, 불쌍하기도 하지."

무표정한 얼굴로 난 억지로 몸을 일으켜 그녀들을 등지며 천천히 집을 향해 걸음을 옮겼다. 그녀들의 눈빛에 동정보다는 혐오의 감정이 더 강하다는 것쯤은 예전부터 알고 있었으니까.

끈적한 피는 이마의 땀과 함께 녹아 흘러 턱을 지나 옷을 적셨다. 마치 술 취한 사람처럼 후들거리는 다리로 힘들게 한 걸음씩 움직이는 내 모습은 슬프기보다는 조금 우스꽝스러웠던 것 같다(고통을 억지로 참으며 분을 삭이고 또 자신의 무능력을 저주하는 그런 내 모습. 지금 생각해 보면 웃음밖에 나오질 않으니 말이다).

간신히 문을 열고 들어와 보니 익숙한 얼굴이 시야에 들어왔다.

그것은 나의 아버지였다. 슬픈 미소를 지으며 내 모습을 훑어보더니 그는 입을 열었다.

"생일 축하한다."

그날이 내 열두 번째의 생일이었던가? 잘 기억나지는 않지만 아마도 그런 듯했다. 그런 그의 품으로 뛰어들지도, 아픔에 괴로워 펑펑 눈물을 흘리지도 않았다. 단지 살짝 고개를 숙이는 것이 내가 한 행동의 전부였다.

몸 마디마디가 끊어질 듯 쑤시고 이마의 상처는 불에 데인 듯 뜨끔거렸지만 그렇게 '나는 아무렇지 않아요' 라고 말하는 듯 아버지를 등지고 억지로 방을 향해 발걸음을 움직였다.

그리고 방에 들어와서 참으로 오랜만에 눈물을 흘렸던 것 같다. 억지로 소매로 눈물을 훔치며 참으려 노력했지만 왠지 모르게 구멍 뚫린

컵마냥 눈에서 왈칵 눈물이 흘러나왔다.

아이들에게 맞아서 분한 것 때문이 아니었다.

상처가 아프고 견디기 힘들어서 그런 것도 아니었다.

'보고 싶었어요' 라는 말조차 제대로 하지 못하는 나 자신이 너무 저주스러워서, 단지 그 이유 하나 때문에 소매를 다 적실 정도로 눈물을 흘렸다.

그리고는 다음날 눈 뜨면 아버지에게 꼭 말할 것이라 중얼거리며 쓰러지듯 침대에 누워 잠이 들었다.

눈을 떴을 때 가슴에서 느껴지는 따뜻한 감촉에 놀라 정신을 차리고 내려다보니 셀브렛 녀석이 품에 안겨 곤히 잠들어 있었다.

어렸을 때의 꿈을 꾼 것은 상당히 오랜만인 것도 같다. 뭐, 기억하고 싶지 않은 과거 중 하나라 그다지 반갑지는 않았지만 말이다.

게다가 자다가 눈물이라도 흘린 모양인지 침대 시트도 약간 축축하게 젖어 있다. 스스로 생각해 봐도 참 꼴사나운 짓이라는 생각밖에는 들지 않았다.

"이봐! 일어나!"

왠지 모르게 답답한 기분에 화풀이하듯 셀브렛 녀석의 어깨를 흔들었다.

"우웅~ 싫어. 더 잘 거란 말야."

녀석은 신경질적인 비음을 내며 반쯤 뜬 눈으로 날 바라보더니 이내 다시 입을 열었다.

"졸려. 어제 그 공주님인지 뭔지 때문에 잠도 못 잤다고."

"그건 좋은데 왜 네가 내 침대에 누워 있는 거냐?"

"오빠 품은 따뜻하걸랑. 그래서 잠이 잘 와."

그 능글맞은 대답에 살짝 눈이 가늘어졌다. 하지만 이미 뻔뻔함의 극에 달한 셀브렛 녀석은 내가 화를 내든 말든 아무렇지도 않게 다시 이불을 덮고 눈을 감을 뿐이었다.

"어쭈?"

너무 자연스러운 그 모습에 어이가 없어 조금 심통이 나기 시작했다.

쫑긋 솟은 귀를 살짝 간질이자 녀석은 쿡쿡거리며 웃음을 터뜨리더니 다시 눈을 뜨고 내 얼굴을 바라보았다.

"여자의 예민한 곳을 건드리다니, 이 파렴치한……!"

"그런 말은 또 어디서 배웠어?"

"어떤 언니 엉덩이를 술 취한 손님이 만질 때."

"그런 말 또 쓰면 진짜 화낼 줄 알아."

"그럼 '변태'라고 할까?"

"오십 보 백 보잖아!"

으으! 무슨 만담가도 아니고 이게 정말 무슨 짓이냐? 저 녀석이랑 대화하다 보면 항상 손해 보는 것은 나라니까.

녀석은 이불을 가슴 가득 끌어안은 채 반쯤 울상 지은 표정으로 투덜거리기 시작했다.

"으으~ 졸려~ 졸려~ 제발 날 자게 내버려 둬."

그때였다. 막 내가 받아 쏘아주려고 하는 찰나에 천천히 방문이 열리더니 시아 녀석이 들어왔다. 녀석은 침대 한쪽에 이불을 가득 끌어안으며 울상 짓는 셀브렛 녀석을 보더니 조금 굳은 표정으로 물었다.

"왜 셀브렛이 베리 오빠 방에 있는 거죠?"

셀브렛 녀석은 눈물이 그렁한 얼굴로 시아 녀석을 보더니 날카로운 눈으로 다시 날 노려보며 말했다.

"시아 언니, 저 베리 오빠가 글쎄 나 잠 못 자게 막 괴롭혔어."

"그, 그게 무슨?"

"난 자고 싶은데 자꾸 이상한 데 만지고… 정말 변태야!"

타이밍 좋게 열린 방 안으로 차례차례 공주와 아이린 씨마저 들어오더니 이상한 눈으로 날 바라보기 시작했다.

"그러고 보니 밤중에 이 방에서 이상한 소리가 나기에… 설마 했는데……."

"저, 저도 그 소리 들었어요. 괴상한 신음 소리 말이죠?"

막 변명하기 위해 입을 열려는 순간 아이린 씨와 공주의 말에 천천히 굳어지는 내 몸. '잠결에 이상한 소리를 한 것을 오해예요' 라고 작은 소리로 중얼거렸지만 그녀들은 내 말은 듣지도 않고 연달아 내 가슴을 후벼 파는 말을 할 뿐이었다.

"요즘에 셀브렛 녀석과 베리가 묘하게 말을 많이 하는 것 같아 조금 이상하다 싶었는데……. 특히 저번에 베리 볼에다 셀브렛 녀석이 혀를 할짝이는 걸 보고 얼마나 놀랐는지……."

"정말 간지러워서 자고 싶어도 잠이 안 왔어."

"그, 그게 정말이야? 베리 오빠가?"

"응. 너무 간지러워서 조금 아팠어."

"너무해요!"

오, 오해라고! 분명히 간질인 것은 사실이지만 당신들이 생각하는 그런 곳이 아니란 말이야! 크아아악!!

특히 시아 녀석의 엄청나게 굳어져 있는 모습이 내 가슴을 더 아프

게 했다. 셀브렛 녀석의 거짓말을 다른 사람이라면 몰라도 시아 녀석
은 믿지 않을 거라 생각했는데 말이다. 녀석은 거의 원수 보듯 살벌한
표정으로 날 쏘아보고 있었다.

난 왜 이렇게 지독히도 운이 없는 것인지……. 진짜 신이라는 것이
있다면 한번 따지고 싶다. '내가 무슨 잘못을 했기에 이렇게 재수가 없
는 겁니까?' 라고 말이다.

마치 짐승보다 못한 존재를 노려보듯 날 쏘아보는 그녀들. 그리고
그 틈에 셀브렛 녀석이 혀를 내밀고 웃음 짓는 것이 결국 내 이성을 마
비시켰다.

"크아아악!!"

퍽 하는 강렬한 타격음. 이제껏 살아오면서 이렇게 아픈 주먹은 처
음인 것 같다.

정말 운이 없어도 지독히 없는 아침이다. 마지막으로 그렇게 생각하
며 셀브렛 녀석을 제외한 여자들의 주먹에 천천히 내 몸은 허물어지기
시작했다.

"아아, 그랬구나? 미리 말하지 그랬어? 난 또 무슨 이상한 짓을 한
줄 알고……. 호호호호!"

"말했다고요! 으으! 아파 죽겠네. 진짜 아침부터 재수없게 기절이나
하고."

"작게 말해서 못 들었어."

"날 욕하느라 정신이 없었던 거잖아요?'

아직도 저 멀리서 의심스러운 눈으로 날 바라보는 시아 녀석의 표정
이 안 그래도 답답한 가슴을 더 답답하게 만들었다. 자초지종을 다 설

명했는데 아직도 저런 얼굴이라니……. 정말 사람을 어떻게 보는 것인가? 평소 내가 어린 소녀들에게 괴상한 성적 호기심을 가지고 사는 그런 변태처럼 보였던 말인가?

이 원한은 평생 잊지 않으마, 셀브렛. 애석하게도 난 네가 생각하는 것처럼 좋은 남자가 아니란다(은혜는 삼 일 만에 잊어버리고 원한은 십 년이 지나도록 가슴에 품는 그런 졸장부 중에 졸장부, 그게 바로 나란 인간이다).

막 복수에 대한 세밀한 계획을 머리 속에 구상하고 있는데 공주가 사뿐한 걸음으로 다가와 나와 아이린 씨를 향해 입을 열었다.

"짧은 시간이었지만 즐거웠습니다. 나중에 또다시 볼 수 있기를……."

"벌써 돌아가시게요?"

"네. 저도 더 있고 싶지만 아무래도 일찍 돌아가는 편이 여러모로 좋을 듯해서……."

공주는 아이린 씨에게 눈을 돌려 싱긋 상큼한 웃음을 지으며 날 주시했다. 그 모습에 왠지 모르게 가슴이 뜨끔했지만 내색하지 않고 고개를 숙이며 인사했다.

"안녕히 가시길."

그녀는 살짝 고개를 끄덕거리는 것으로 답례를 대신했다.

공주는 잠시 동안 아무 말이 없었다. 왠지 모르게 표정이 굳어지며 고개를 숙이는 것이 아무래도 이별 인사도 없는 왕자를 그리워하는 듯했다.

이대로 그냥 돌려보낼 수는 없는 노릇이라고 생각했다. 그래서 난 그런 공주를 향해 빠르게 입을 열었다.

"가기 전에 잠시만 기다려 주실 수 없겠습니까?"

“네?”

궁금해하는 듯 눈을 동그랗게 뜬 그녀를 등지고 난 빠르게 왕자의 방을 향해 뛰었다.

숨도 쉬지 않고 한걸음에 계단을 올라 노크도 하지 않고 문을 열고 들어가 무표정한 얼굴로 날 주시하는 왕자를 향해 입을 열었다.

“엘룬 공주님이 지금 가시는 모양입니다.”

“알고 있네.”

“보지 않으실 겁니까?”

왕자는 아무런 대답이 없었다. 그냥 창문 너머 거리를 떠도는 시민들을 바라볼 뿐이었다.

그런 왕자의 모습에 참지 못하고 난 울컥하는 기분에 쉴 새 없이 입을 움직이기 시작했다. 비록 목이 떨어져 나간다고 해도 이 말은 꼭 해야 한다고 생각했다.

“제가 어릴 적이었습니다. 어머니는 일찍 돌아가시고 아버지는 절 먹여 살리기 위해 멀리 일을 나가셔야 했습니다. 그래서 전 언제나 외톨이였죠. 놀아줄 친구도 하나 없고 안아줄 사람도 하나 없었습니다…….”

왕자는 고개를 돌려 내 눈을 주시했다. 무표정했던 그의 얼굴이 조금은 심각하게 굳어져 있었다. 하지만 난 상관하지 않고 다시 수다스레 입을 열었다.

“그런데 어느 날이었습니다. 그날은 제 열두 번째 생일이었습니다. 그때 저는 동네 아이들에게 흠씬 얻어맞아 걸음을 움직이기 힘들 정도로 엉망진창이었죠. 언제나처럼 쓸쓸한 집 문을 열었을 때 아버지가 작은 선물을 들고 날 바라보고 계셨습니다. 하지만 전 고개를 숙이고 그를 무시한 채 방으로 들어갔지요."

"아버지를 싫어한 모양이지?"

"아니오. 지금도 그때도 절대로 그렇지 않습니다."

왠지 얼굴이 화끈거려 참기 힘들었다. 하지만 이 말만은 그에게 반드시 전하고 싶었다.

"지금도 그때의 어린 나를… 아버지를 무시하고 방으로 들어간 나 자신이 정말 싫어서 참을 수 없을 지경입니다."

"그런가?"

"한번 지나간 일은 절대 되돌릴 수 없으니까요."

그리고 천천히 그를 등지고 걸음을 옮겼다.

계단을 내려가 공주를 보았을 때 왕자와 내가 함께 내려오길 일말의 희망을 가지고 기다리고 있는 그녀의 표정을 읽을 수 있었다. 결국 울음을 터뜨릴 듯 변하는 것이 내 가슴을 아프게 했다.

하지만 난 왕자를 믿었다. 그는 강한 사람이라는 것을. 영원히 후회할 사람이 아니라는 것을 알고 있었으니까…….

"엘룬."

왕자는 소리없이 내 뒤로 다가와 고개를 숙이고 흐느끼기 시작하는 공주를 향해 입을 열었다.

"나의 감정은 어렸을 때와 변함없이 널 사랑하고 있다는 것… 알아주길 바란다."

"오, 오라버니……."

"잘 가거라."

뭐, 이렇게 될 것을 알고 있었으니까. 왕자도 굉장히 정이 많은 사람이라는 건 예전부터 눈치 챘던 사실이니…….

하지만 왕자의 품에 안겨 눈물을 흘리는 공주의 모습에 왠지 모를 미소가 입가에 머무는 것은 어쩔 수 없었다. 그것은 남매가 아니라면 정말 잘 어울리는 그 둘의 어색한 포옹 신이 유머러스했기 때문만은 아니었다.

'나도 지금은 말할 수 있을까?

할 수 없다면 할 수 있게 만드는 것이 더 중요하다.

비록 한없이 보잘것없는 나였지만 눈앞에 닥친 상황에 등 돌리기보다는 맞서싸울 수 있는 강함을 가질 수 있기를…….

미소 짓는 얼굴로 둘을 바라보는 시아 녀석의 얼굴을 보며 그렇게 난 생각했다.

◆ Chapter 5 ◆

폭풍의 전학생

“다녀오겠습니다.”

짧았던 방학도 빠르게 끝나 버리고 드디어 개학식이다. 케케묵은 옷장 속에 구겨 박아두었던 교복도 깔끔하게 빨아서 걸쳐 입고 어색한 미소를 지으며 인사하고 천천히 난 걸음을 움직였다. 무더운 여름의 날씨가 조금 걸음을 무디게 했지만 그것이 내 설레임의 감정에 영향을 끼칠 순 없었다.

처음 입학식에 갔던 것보다는 덜하지만 얼굴도 상기되어 있었다.

이론적인 공부 말고 이제부터 체계적으로 검술이나 마법에 대해 배울 수 있었던 것이다. 그것도 굉장히 뛰어난 실력을 가지고 있는 선생님들에게.

물론 정해진 점수를 받지 못하면 한 단계도 위로 진급할 수 없다는 것이 조금 마음에 걸리기는 했다(일단 보는 눈도 있고 나 스스로 만족할 만한 성적을 거두려면 남보다 배는 더 노력해야만 했다. 신체 조건이나 재능이 뛰어난 것도 아니고 그렇다고 해서 머리가 좋은 것도 아니었으니 말이다).

정든 고향을 떠날 때부터 굳게 다짐했듯이 어떤 일이 벌어진다고 해도 견뎌내고 난 졸업해야만 했다.

방학 동안 있었던 리체나 엘리 녀석의 문제가 조금 마음에 걸리긴 했다. 뭐, 녀석들 성격에 날 따돌리거나 하는 유치한 짓은 하지 않겠지만 그래도 사이가 조금 껄끄러워질 것은 불 보듯 뻔한 일이었기 때문이다.

작게 한숨을 한번 내쉬고 교문을 지나 교실을 향해 걸음을 움직이기 시작했다. 도중에 안면이 있는 얼굴들이 드문드문 보여 고개를 숙이며 인사했다. 평민인 내가 너무 도도하게 보이면 안 좋은 인상을 줄 수도 있다는 차원에서 예전부터 한 행동이었지만 같은 또래의 아이들에게 고개를 숙이는 것이 내킬 리는 없었다. 하지만 자존심이 밥을 먹여주진 않으니 말이다.

문을 열고 들어가자 익숙한 얼굴들의 시선이 내게 집중되는 것이 느껴졌다.

대충 고개를 숙이고 내 자리를 향해 발걸음을 옮겼다. 아이들은 아무렇지도 않다는 듯 다시 서로 왁자지껄 어떻게 방학을 지냈느냐며 떠들어대기 시작했다.

"어이, 잘 지냈냐?"

반에서 그럭저럭 친하게 지내던 클리포 녀석이 내게 다가와 물었다.

그렇게 유명하지 않은 귀족의 둘째 아들이라고 들었던 이 녀석은 넉살 좋고 얼굴도 단정하게 생긴 편이어서 반 아이들에게 인기가 많은 편이었다.

"그럭저럭 지냈습니다."

"재미없는 녀석, 여자 친구라도 사귀고 좀 그래야지."

"관심없습니다."

"으윽! 그렇게 귀여운 동생을 가지고 있어서 그런가?"

"별로……."

그 재수없는 학생회장 코인 녀석이 '베리의 동생은 엄청 귀여운 여자 아이다' 라고 전교에 소문을 퍼뜨린 까닭에 내 입장이 조금 곤란해진 것이 사실이었다(게다가 실제로 그런 소문이 돌 정도로 귀여운 아이였으니까).

뭐, 그 소문 덕에 반 아이들과 사이가 조금 좋아진 것은 다행이었지만 그래도 그 수다스럽고 경박한 코인 녀석에게 내가 반감을 가지는 것은 당연한 일이다.

'피눈물 흘릴 날이 올 거다.'

막 그 저주스러운 학생회장을 떠올리는 바람에 내 얼굴이 굳어지자 클리포는 능글맞게 다가와 어깨를 두르며 다시 입을 열었다.

"리체 녀석, 방학 중에 본 적 있어?"

"끝날 무렵에 한 번……."

"저번에 우연히 거리에서 만났을 때 그 녀석이 굉장히 씩씩거리며 화내던데 무슨 일이 있었던 거야?"

"이제는 괜찮습니다."

뭐, 그런 황당한 일에 날 끌어들였으니 방학 중 서클 활동 미참석은 그냥 넘어가 주겠지 하는 것이 내 생각이었다. 정말 그녀들이 인간으로서 양심이 있으면 당연히 그래야 할 일이었으니 말이다.

"아, 호랑이도 제 말 하면 온다더니 저기 오는군."

클리포의 시선에 따라 고개를 돌려 바라보니 리체 녀석과 엘리가 사이좋게 어깨를 맞대고 자기 자리를 향해 걸음을 움직이고 있었다.

그날의 죽을 뻔한 사건이 머리 속에 떠오르자 저절로 등에서 땀이 나고 머리 속이 혼란스러워졌다. 아직도 저 둘을 보면 두 주먹이 부들거릴 정도로 화가 치밀었지만 내 처지를 생각해 무시하고 참아낼 수밖에 없었다.

리체 녀석은 자기 자리에 앉아 내 얼굴을 마주 바라보더니 웃는 얼굴로 양손을 흔들며 인사했다. 새삼 무슨 일 있었냐는 듯 날 대하는 모습에 불같은 분노가 솟아올랐지만 보는 눈도 많고 해서 고개를 돌려 아무런 대꾸도 하지 않았다.

잠시 후 에이딘 선생이 교실로 들어오자 교실은 쥐 죽은 듯 조용해졌다. 선생은 특유의 넉살 좋은 미소를 지으며 아이들을 향해 입을 열었다.

"방학은 어떻게 잘 보냈는지 궁금하군요. 이젠 놀 기회도 없이 바빠질 테니 모두들 각오 단단히 하고 있겠죠?"

몇몇 아이들은 인상을 찡그리며 '아니오' 라고 작은 소리로 중얼거렸다. 선생은 '하하' 하는 싱거운 웃음을 지으며 뒷머리를 긁적이더니 이내 다시 모두를 향해 말했다.

"졸업하기 위해서는 열심히 노력해야 한다는 걸 다 아시리라 믿습니다. 아아, 그리고 오늘부터 여러분과 함께 공부할 새 친구가 문밖에서 기다리고 있습니다. 그것도 한 명도 아니고 두 명이죠."

전학생? 이 학교는 도중에 편입하기가 굉장히 어렵다고 들었다. 자룬 왕자의 경우는 특별한 것이니 넘어간다고 해도 학기 초도 아니고 이 무렵에 전학을 오다니…….

새삼 눈을 동그랗게 뜨고 앞을 바라보자 그런 내 궁금증을 해소하려는 듯 타이밍 좋게 문이 열리며 소년, 소녀가 교실 안으로 들어왔다.

"하하! 여러분! 안녕들 하신가?"

같은 또래라고 하기에는 지나치게 몸집이 커 보이는 소년이었다. 삐쭉 솟은 머리를 제대로 손질하지도 않고 갈색 피부에 유들거리는 모습이 왠지 모르게 사람들의 웃음을 자아내게 하는 인상이었다.

그 덩치 좋은 녀석은 '하하' 하고 사람 좋아 보이는 웃음을 짓더니 부끄럽지도 않은 듯 큰 소리로 반 아이들에게 떠들기 시작했다.

"내 이름은 칼루인. 그냥 편하게 카루라고 불러도 좋다네. 아, 전학 온 기념으로 노래 한 곡 불러도 되겠습니까?"

에이딘 선생이 허락을 하기도 전에 그 카루라고 불러 달라던 녀석은 큰 목청으로 노래를 부르기 시작했다.

'뭐 저런 또라이가 다 있어?'

아마 반 아이들 모두가 나와 비슷한 생각을 하는 듯했다(갑자기 다짜고짜 교단 앞으로 올라오더니 노래를 부르는 녀석이 이 세상에 존재하리라고는 생각조차 못했기 때문이다).

하지만 예상외로 녀석의 목소리는 솜씨 좋은 음유시인같이 깨끗하고 호소력이 있었다. 멍하니 바라보던 아이들도 그 익숙한 멜로디에 저절로 흥얼거리기 시작할 정도였으니 말이다.

"노래를 잘하는 바보일 뿐인가?"

내 혼잣말에 주위의 아이들은 동감한다는 듯 고개를 끄덕였다.

"아, 됐네. 이제 그만 해도 좋아."

시간이 너무 지체되자 에이딘 선생이 쓴웃음을 지으며 카루라고 하는 녀석의 노래를 끊었다(녀석은 입맛을 다시며 '이제 클라이맥스 부분인데 라고 작게 중얼거려 아이들을 더 질리게 했다).

카루 녀석의 노래가 끝나자 자연스레 아이들의 시선은 다른 전학생에게 쏠렸다.

여자 아이치고는 꽤 커 보이는 키를 가진 금발의 웨이브진 머리의 소녀. 조금 쌀쌀한 분위기를 풍긴다는 것이 흠이긴 했지만 남학생들의 입이 벌어질 만큼 단정한 외모의 소녀였다.

"펠시. 잘 부탁해."

자신의 이름은 펠시고 앞으로 잘 부탁한다는 뜻인가? 아니, 세상에 나보다 썰렁한 사람이 이 세상에 있었다니……. 자기소개에 있어서 만큼은 내가 제일 짧을 것이라 자만하고 있었건만 세상은 넓고 강자는 많다더니 그 말이 정녕 사실이었던 말인가(자룬 왕자의 경우는 예외로 하기로 하자)?

아이들의 시선에 무시하듯 소녀는 고개를 창가 쪽으로 돌렸다.

"베리의 옆 자리가 비었구나. 펠시는 저기 앉으렴."

으윽! 아무와도 같이 앉지 않기 위해 그렇게 심혈을 기울였건만 저 에이딘 선생이 내 계획을 망치는구나.

"네."

몇몇 남학생들은 선망의 눈초리를 보내며 날 부러워했건만 난 하나도 기쁘지 않았다. 쌀쌀맞은 타입 같아서 대하는 데 불편할 것 같았기 때문이다.

"……"

그녀는 내게 아무런 인사도 하지 않고 자리에 앉은 후 멍하니 창가를 주시했다. 무시당하는 것 같아서 조금 기분이 안 좋긴 했지만 뭐, 오히려 관심없는 편이 내게는 나을 것도 같아서 다시 고개를 돌리고 에이딘 선생을 바라보았다.

"정말 미안해!"
"이제 그만 화 풀어. 리체도 굉장히 반성한 것 같으니 말이다."
쉬는 시간이 되자 두 녀석이 내 자리로 찾아와 전에 있었던 일을 사과하기 시작했다. 꽤 진지한 얼굴이기도 하고 소심하게 계속 꽁해 있는 것도 뭐해서 어쩔 수 없이 내가 한발 양보하는 수밖에 도리가 없을 듯했다.
"뭐, 이제 괜찮으니까 매달리지 좀 마세요. 팔 떨어지겠어요."
"아아, 미안."
내 팔을 부여잡고 있던 리체 녀석은 불에라도 데인 듯 화들짝 놀라며 자신의 손을 치웠다. 그 모습에 내가 싱거운 미소를 짓자 녀석은 헤헤 하고 웃으며 뒷머리를 긁적였다.
"여하튼 정말 미안해. 이 빚은 다음에 꼭 갚을 테니까 용서해 줘."
"어떻게 갚아준다는 겁니까?"
"그, 글쎄……."
리체 녀석은 난감하다는 듯 인상을 찡그리더니 이내 손바닥을 마주치며 입을 열었다.
"마음에 드는 여학생에 대한 정보라든가 아니면 원한있는 남학생의 약점이라든가… 말만 하면 무료로 특별 서비스까지 해줄게."
"그런 말은 듣고 싶지 않군요."
다시 머리를 부여잡고 고민하기 시작하는 리체 녀석. 엘리는 싱긋 웃음을 지으며 나를 향해 말했다.
"화해해서 정말 다행이야."

서먹서먹하게 지내는 것보다는 이 편이 나을 것 같으니까 이번만은 특별히 눈감아준 거라고. 반 아이들과의 사이 문제도 있고 남자가 돼서 쪼잔하다는 말도 듣고 싶지 않으니까.

"그런데 실기는 무슨 과목을 배울 예정이야?"

"일단 마법 중급과 검술 중급, 고급. 나머지는 천천히 생각해 볼 예정입니다."

"오옷! 초급부터 안 하는 거야? 실력에 자신이 있나 보지?"

"아뇨. 그냥 열심히 해볼 예정입니다."

뭐, 마법은 가능하다면 세 번째 단계까지 배우고 싶고 검술도 어느 정도 기초는 갖춘 것 같으니 조금 욕심을 부리는 것이 좋겠다 싶어 그렇게 마음먹었던 것이다.

사실 초급과 중급의 점수는 똑같은 백 점이라고 해도 중급이 초급보다 배 이상은 가치가 높았다. 그리고 고급의 경우는 그런 중급의 두 배 정도라고 하니 말이다. 초급의 다섯 개 과정에서 높은 점수를 받는다 하더라도 고급 하나에서 고득점 받는 것만 못할 정도인 것이다.

검술이든 마법이든 고급에서 뛰어난 점수를 받는다면 2학년 진급은 따 놓은 당상이라고 들었다.

그리고 진급보다 더 중요한 문제가 있었다. 그것은 바로 '시간' 이었다.

예를 들어 검술에 자신있는 학생이라면 그는 검술 고급 훈련만 좋은 점수를 받으면 된다. 하지만 이것저것 능력이 없는 학생이라면 검술 초급, 마법 초급, 격투술 초급 등 수많은 실기를 공부해야만 하는 것이었다.

공부하고 싶은 실기 과목이 없었던 것은 아니지만 그래도 이것저것

할 일이 많다 보니 어쩔 수 없이 가능한 '굵고 짧게' 라는 선택을 하기로 한 것이다.

'왕자는 검술 고급만 한다는 것 같던데…… 취미 삼아 두어 개 더 배울 예정이라지만……'

제길, 재능있는 것들은 좋겠어. 이런 것은 고민하지 않아도 되니 말이야.

막 내가 작게 투덜거리고 있을 때 리체와 엘리 녀석은 사람 많은 곳에서 신나게 떠들고 있었다.

"오오, 우리 반에는 검술 고급반이 네 명이나 있는 거네?"

"다른 반에는 한두 명 있을까 말까 한데 굉장하다."

"새로 전학 온 두 사람이랑 자룬 왕자님과 베리 녀석이지?"

왠지 모르게 떠들썩한 분위기에 난 무언가 일이 틀어지고 있다는 느낌이 들었다.

"고급반에서 맨 처음 통과 시험에 죽은 사람이 작년에 몇 명이었지?"

"글쎄… 꽤 되지 않았나?"

"불구자도 많이 생겼다고 들었어."

무, 무슨 소리 하는 거야? 죽은 사람이라니? 불구자라니?

"하하! 겁먹어서 도망가다가 그 선생한테 죽도록 얻어터진 사람도 굉장히 많다지?"

"시험장이 언제나 피에 젖는다고 해서 '피바다 테스트' 라고 할 정도잖아."

크아아악! 미치겠네. 취소하고 싶어도 저 두 녀석이 반 아이들에게 잔뜩 소문 퍼뜨렸으니 이제 와서 안 한다고 하면 '겁쟁이' 라고 이미지가 굳어질지도 모르니 취소할 수도 없는 노릇이고.

막 내가 양손으로 머리를 부여잡으며 패닉 상태에 빠져 있는데 여느 때처럼 무표정한 얼굴로 왕자가 내게 다가와 말을 건네왔다.

"조금 위험할지도 모르겠지만… 너의 의지를 믿는다. 열심히 해보자."

왕자가 이 정도 말을 할 정도라니……. 대체 그 수위가 어느 정도인 거야? 무슨 전쟁터에 가서 살인 훈련을 시키는 거냐?

"신청서는 네 몫까지 대신 내가 작성했다. 그럼."

왕자는 획하고 등을 돌리더니 뚜벅뚜벅 걸음을 움직여 어디론가 사라졌다. 그런 그의 말에 입을 벌리고 석상처럼 굳어질 수밖에 없는 나였다.

하느님, 제가 전생에 엄청난 악행을 해서 이렇게 지금 그 업보를 받고 있는 건가요? 아니면 단순히 당신이 장난 삼아 이렇게 절 괴롭히고 계시는 건가요? 제발 왜 그런 것인지 이유라도 말씀해 주세요. 계속 이렇게 재수가 없어도 말로는 표현하기 힘든 그런 재수없는 일이 생기는 이유가 무엇인지…….

불치병 선고받은 사람마냥 멍하니 서 있는 내게 아이린 씨가 걱정스러운 어조로 입을 열었다.

"너무 그렇게 걱정하지 마. 최근에는 몇 명 안 죽었다고 하니까."

그걸 위로라고 하는 겁니까? 단두대 앞에 놓인 사람들에게 '걱정 마. 저 길로틴은 낡았으니까 안 죽을 확률이 더 높단다' 라고 말하는 거랑 뭐가 다른 겁니까?

내 표정이 마치 시체처럼 창백해지자 아이린 씨는 크게 한숨을 쉬더니 말했다.

"오빠도 참 짓궂어. 일에도 순서라는 게 있는 법인데……."

"지, 지금 뭐라고 하셨습니까?! 오빠라뇨? 설마 이게 기르디님이 계획한 일인 겁니까?"

"이건 비밀인데 어젯밤에 오빠가 왕자님한테 '검술 고급반에 베리 몫까지 신청해 두어라' 라고 말하는 것 같았어."

왕자가 뜬금없이 무슨 소리를 하는 건가 싶었는데 역시 빌어먹을 기르디 녀석이 연관되어 있었군. 젠장!

"어! 변태 베리 오빠! 왜 그리 울상이야?"

셀브렛 녀석이 능청스레 웃음을 지으며 다가와 내 등을 껴안으며 그렇게 물었다.

"또 한 번만 더 변태라고 하면 꼬리를 뽑아버릴 거다."

"흑흑! 그런 폭력적인 발언을……. 나같이 창술 가련한 소녀에게……."

"창술 가련이라니? 청순 가련이겠지. 너, 무슨 창술이라도 수련하냐?"

"그렇게 말꼬리 잡는 남자 따윈 최하야!"

"어련하시겠어."

평소라면 조금 자상하게 대해주겠지만 며칠 전 있었던 사건을 생각하면 저절로 분노가 치밀어 올라 조금 퉁명스럽게 말할 수밖에 없었다(세 여자의 힘을 하나로 모은 '변태 박멸' 펀치에 기절한 그 끔찍한 기억 말이다).

"저 정령술에 대한 자질이 있을까요?"

"응? 갑자기 그게 무슨 소리?"

"초급 정령술 과목도 할까 말까 고민 중이라서…….."

아이린 씨는 멍하니 내 얼굴을 바라보더니 팔짱을 끼며 고민하는 제 스처를 취해 조금은 날 긴장하게 했다.

"으음, 솔직히 말하자면 별로 없어."

"왜 그런 거죠?"

"일단 인간이니까. 그리고 이미 마법과 검술을 배웠으니까. 또 한 가지 이유를 더 말하자면…….."

아이린 씨는 싱긋 웃으며 말을 이었다.

"집중력 부족이랄까?"

흐음, 그런가? 다른 사람이라면 몰라도 아이린 씨 말은 염두해 두는 게 이익일 테니.

그래도 배우고 싶은 마음은 가지고 있었는데 말이다. 어쩔 수 없이 다른 과목을 배우는 편이 나으려나?

"그래도 배우고 싶으면 그냥 나에게 부탁해. 학교에서 하는 것보다 는 그 편이 나을 테니까 말이야."

"헉! 누나가 정령술도 할 줄 알았던 겁니까?"

"나를 무시하는 발언인가, 그 말은?"

"그럴 리가 있나요. 그렇지만 조금 의외이긴 하네요."

셸브렛 녀석이 검지를 입에 넣고 멍하니 아이린 씨를 바라보다 내 등 뒤에서 일어나 큰 소리로 말했다.

"나도 배우고 싶어!"

"으윽! 참어라."

"왜? 난 못하는 거야?"

아이린 씨는 미소 짓는 얼굴로 셸브렛 녀석을 보더니 고개를 저으며 말했다.

"아니, 셀브렛이 베리보다는 더 재능있을걸."

뭐라고? 내가 셀브렛 녀석보다 재능이 없다는 말인가? 그게 무슨 자다가 봉창 두드리는 소리인가?

셀브렛 녀석은 헤헤 하며 의미심장한 눈으로 날 주시하더니 왼손을 이마에 짚으며 고개를 두어 번 옆으로 휘저었다.

"훗! 그렇게 여자만 밝히니… 나 같은 천재를 따라오려면 먼 거지."

참으로 사람을 열받게 하는 행동과 말이다. 저 녀석은 날이 갈수록 영악하고 능글맞아지는 듯했다.

"그럼 나중에 부탁드리겠습니다."

"응."

"크아악! 폭력 금지!"

팔로 목을 고정시키고 오른손으로 꿀밤을 먹이자 셀브렛 녀석은 아둥바둥 몸을 휘저으며 괴로워했다. 하지만 그렇다고 내가 손속에 사정을 둘 리는 없었다. 저번에 그 사건만 해도 울화가 치밀어 참을 수 없을 정도인데……. 자꾸 이렇게 매를 버는 행동을 하는 게 마음에 들지 않았다.

아이린 씨는 그런 나와 셀브렛 녀석을 미소 짓는 얼굴로 바라볼 뿐이었다.

"검술 고급과 마법 중급, 그리고 주가(呪歌)를 신청했다고?"

"네."

리체 녀석은 의외라는 듯 눈을 빛내며 날 바라보더니 다시 입을 열었다.

"다른 건 다 좋은데 주가라니? 왜 하필 그런 비인기 과목을 신청한 거야?"

"그냥 관심이 있어서 신청한 것뿐입니다."

뭐, 어설프긴 하지만 악기도 하나 다룰 줄 알고 있으니까 재미있을 것 같기도 하고 해서 신청한 건데, 뭐 불만이라도 있는 거냐? 남이야 주가를 신청하든 검술 고급을 신청하든 보태준 것도 없으면서 따지지 좀 마.

선천적으로 성격이 못돼서 그런지 그렇게 쏘아주고 싶었지만 입 다물고 침묵을 지키는 편이 더 이득이라는 건 누구보다 나 자신이 더 잘 알고 있었다.

"노래 잘 불러?"

"그렇게 썩 잘하진 못합니다만……."

"흐응! 그런가? 여하튼 잘해보라고."

내일부터는 정식으로 수업이 시작될 예정이었다(일주일 중 이틀은 공통적으로 배우는 이론 과목, 삼 일은 실기 위주의 과목, 그리고 나머지 하루가 빌어먹을 부 활동 중심의 날이었던 것이다).

그래도 난 다른 아이들보다는 훨씬 여유가 있는 편이었다. 상당수의 아이들이 다섯, 여섯 과목을 신청하고도 점수가 모자랄까 두려워 전전 긍긍하고 있었기 때문이다. 그만큼 하나하나가 힘들었다.

"오옷! 그대도 주가 과목을 신청했는가?"

갑자기 옆에서 불쑥 몸을 내밀고 누군가 내게 말을 건네왔다.

말을 건네오는 사람이 다름 아닌 그 변태 전학생이라는 것을 깨닫자 저절로 눈살이 찌푸려져 왔지만 일단 대답을 하지 않을 수 없어 대충 고개를 끄덕이며 말했다.

"네, 그렇습니다만."

"그거 반가운 소리군. 나 말고는 아무도 신청하지 않는 듯해서 조금 쓸쓸해하던 참이었는데."

젠장, 난 너 같은 이상한 녀석이랑 그다지 친해지고 싶지 않단 말이다. 가뜩이나 눈에 뜨이지 않게 조심히 행동하고 있는데 또 이상한 일로 주목받는 건 정말 상상하기도 끔찍한 일이니까.

"그래, 앞으로 친하게 지내도록 하지. 내가 우리의 우정을 기리는 뜻으로 노래 한 곡 부르겠네."

"아, 아뇨. 별로……."

"하하! 사양하지 않아도 되네."

리체 녀석은 즐겁다는 듯 내가 당황해하는 모습을 보고만 있었다. 막 뭐라 말리기도 전에 녀석은 목을 가다듬고 천천히 소리 내어 노래를 부르기 시작했다.

제목은 잘 모르겠지만 아마 친구 간의 영원한 우정을 기념하는 노래인 듯했다. 선이 굵고 높은 목소리가 경쾌한 멜로디와 어우러져 듣는 사람의 마음을 동하게 할 정도로 좋은 노래였다. 하지만 문제는 녀석의 노래에 하나둘 아이들이 몰려들고 있다는 점이었다.

'젠장!'

녀석은 듣는 사람이 많아질수록 힘이 나는 듯 전보다 더 크게 소리 내어 감정을 담아 노래를 부르는 것이었다.

왠지 모르게 얼굴이 붉어지는 것 같았다. 이렇게 사람들이 우글거리는데 날 위해 노래한다는 것이 의식되지 않을 수 없었다.

클라이맥스를 거쳐 노래가 끝나자 몇몇 아이들은 소리 내어 박수를 치며 전학생의 노래를 칭찬했다. 솔직히 굉장한 실력의 노래였으니 나도 뭐라 탓할 마음은 없었지만 그래도 다른 사람들의 이목이 쏠린다는 것이 달갑지 않았다.

전학생 녀석은 고개를 숙이며 그런 아이들의 박수에 화답하더니 능청스레 내게 다가와 말했다.

"어떤가? 그럭저럭 들을 만했나?"

"예, 좋은 노래인 것 같더군요."

"그럼 한 곡 더 부를까?"

"아, 아니오. 이제 충분합니다."

내가 손을 부여잡으며 말리자 전학생 녀석은 '하하' 하고 헛웃음을 흘리며 말했다.

"그럼 이제부터 그대와 나는 친.구.라네, 친구!"

그렇게 한 자 한 자 강조할 것까지는 없잖아? 그리고 왜 너와 내가 친구인 거냐? 난 너 같은 사이코 녀석과 친해질 마음이 털끝만큼도 없다고!

하지만 난 울며 겨자 먹기로 그 카루라고 하는 전학생 녀석의 제안에 고개를 끄덕일 수밖에 없었다. 이렇게 수많은 아이들의 눈초리가 몰려 있는데 '아니오' 라고 거절할 수는 없었으니 말이다.

'액땜이라도 할 겸 정말 언제 한번 신전에라도 가봐야겠어.'

신의 존재를 믿는 것은 아니었지만 그래도 이대로 계속 이상한 일이 벌어지는 것보다는 그 편이 나을 듯했다.

'평범한 생활은 정녕 내게 불가능한 것인가?'

침을 튀기며 열심히 뭐라 말하는 전학생 녀석의 말을 한 귀로 흘려들으며 그렇게 중얼거리는 불쌍한 나였다.

"크아아악!!"

넓은 운동장에는 피비린내 나는 비명이 을씨년스럽게 메아리치며 울려 퍼졌다. 꽤 늦은 시각임에도 불구하고 상당수의 학생들이 남아 그 끔찍한 광경을 걱정스레 바라보고 있었다.

자신의 차례가 다가올수록 아이들의 표정은 눈에 띄게 동요하고 있었지만 묘하게 아무렇지도 않은 듯 웃으며 말하는 녀석이 있었으니…….

"하하! 정말 우리는 하늘이 점 지어준 운명인가 보군. 이런 곳에서 또 만나게 되는 걸 보니……."

학생들을 관리하는 선생 중 하나가 카루 녀석을 삭막한 눈빛으로 뚫어져라 바라보았지만 이 둔감한 사이코 녀석은 그러든 말든 내게 웃으며 입을 열었다.

"이야! 정말 소문대로 엄청난 테스트 아닌가? 저기 좀 보게. 수도의 대성당에서 파견된 고위 성직자들이 땀나도록 아이들을 치료하는 광경을! 다행히 아직 사망자가 나오진 않았지만 이 추세로 나가다가는 몇 명 죽는 건 일도 아닐 듯하군."

그 말에 근처의 아이들마저 이를 악물고 녀석을 노려보았다. 무슨 강 건너 불 구경 하듯 저렇게 태평한 말투로 떠들어대고 있으니 모두의 분노가 그에게 집중하는 것은 어찌 보면 당연한 일이었다.

중요한 것은 녀석이 말하는 대상이 바로 나라는 점이었다. 고래 싸움에 새우 등 터진다고 잘못한 것은 쥐뿔도 없는 내가 이 사이코 녀석 덕분에 괜히 아이들의 미움을 받고 있는 것이다.

"아직 한 명의 합격자도 나오지 않았다니 정말 대단하지 않나? 잘하면 이러다가 딱 두 명만이 테스트에 붙을지도 모르겠군. 바로 나와 그대 말일세. 크하하핫!"

큰 소리로 팔짱을 끼며 웃는 녀석을 향해 참다못한 선생 중 하나가 입을 열었다.

"거기 너! 정숙하지 못하겠나!"

"아이고, 죄송합니다."

넉살 좋게 웃으며 뒷머리를 긁적이는 모습이 비굴해 보였는지 근처의 아이들이 소리 내어 비웃음을 터뜨렸다(카루 녀석은 먼 하늘을 바라보며 휘파람을 불 뿐 더 이상 내게 아무런 말도 하지 않았다).

떠들썩하게 주위의 이목을 집중시켰던 녀석이 잠잠해지자 아이들은 다시 침을 삼키며 정면을 주시했다.

곧 이어 '우드득' 하는 기분 나쁜 둔한 소리와 함께 또다시 운동장을 울리는 한 아이의 비명.

"아아아악!!"

금발의 아이는 자신의 어깨를 한 손으로 감싸 쥐며 무릎을 이용해 바닥을 기어가고 있었다. 자신의 뒤에 서 있는 누군가를 피해 그렇게 입가에 흐르는 침을 추스르지도 못하고 억지로 조금씩 조금씩 아이들이 모여 있는 곳을 향해 움직이고 있는 그 모습. 정말 꿈에 나올까 두려울 정도로 참혹 그 자체였다.

뱀 같은 인상의 사내. 턱에 묻은 피를 엄지로 닦으며 그는 그 광경을 정말 즐겁다는 듯 미소 지으며 노려보고 있었다. 그 눈빛은 맛있는 먹이를 앞에 둔 포식자의 그것과 비슷했기에 아이들은 진저리치며 두려워했다.

퍽!

머리에 검을 맞고 아이는 털썩 하는 소리와 함께 바닥으로 드러누웠다. 머리에서는 피가 꾸역꾸역 흘러나와 멀리 떨어져 관전하는 아이들이 있는 곳까지 붉게 물들였다. 진검은 아니지만 그래도 엄청난 실력을 가진 사람에게는 목검도 매우 훌륭한 살상용 도구가 된다. 하물며 목검보다도 무겁고 강도도 센 가검에 머리를 맞았으니 자칫 잘못하면 죽을 수도 있는 것이다.

'아악! 나는 못하겠어' 하는 소리와 함께 테스트를 받을 예정이었던 한 소년은 뒤도 돌아보지 않고 어딘가를 향해 도망가기 시작했다. 남아 있는 아이들 중 몇은 그 소년을 부러워하는 듯 한숨을 쉬며 보았지만 곧 이어 고개를 저으며 자리를 지켰다.

저렇게 도망간 녀석들은 곧장 '퇴학' 처분을 받는다는 것을 모두 너무나도 잘 알고 있었던 것이다.

거의 삼 분의 일에 달하는 아이들이 도전했지만 성공한 사람은 한 명도 나오지 않았다. 하나 나는 이번 학생은 해가 두 쪽이 나더라도 성공할 것을 미리 예상하고 있었다.

"이름을 말해라."

"자룬."

왕자는 아무런 두려움도 없는 듯 편안한 어조로 그 뱀같이 생긴 중년인을 향해 말했다. 그는 미간을 찌푸리며 잠시 왕자를 노려보았지만 왕자는 무덤덤한 표정으로 정면을 응시할 뿐이었다.

그리고 잠시 후 종이 울리며 3분 동안 견뎌내야 합격할 수 있다는 테스트가 시작되었다.

그 뱀 같은 인상의 사내는 처음부터 왕자가 마음에 들지 않았는지 인정사정없이 검을 휘두르며 쇄도해 왔다.

바위도 두 쪽 낼 것 같은 일검이었지만 왕자는 가볍게 몸을 뒤틀어 피했다. 자신의 공격이 너무나 어이없이 무마되자 조금은 당황한 듯 중년인은 왕자를 뚫어져라 응시했다.

한편 왕자의 얼굴은 기르디 녀석과 대련할 때처럼 심각하게 굳어 있었다. 완벽하게 공격을 피한 것 같았는데 어느새 옷깃이 조금 베어져 있었기 때문이다. 저런 공격을 정통으로 맞으면 피를 뿌리며 쓰러질 것이 불을 보듯 뻔하니 천하의 왕자도 조금은 당황한 것 같았다.

잠시 후 중년인은 눈을 빛내며 왕자의 몸을 향해 연달아 공격을 시작했다. 맨 처음의 공격보다는 못해도 그래도 눈에 보이지도 않을 정도의 빠른 공격이었기에 왕자는 조심스레 몸을 움직이며 검을 휘둘러 공격을 피해내며 막아갔다.

시작한 지 1분도 지나지 않아 피떡이 되어 쓰러진 아이가 대부분이었기 때문에 아이들은 그 광경에 입을 벌리며 놀라워하고 있었다. 항상 같이 수련한 나는 뭐 놀랄 건덕지도 없었지만 말이다.

"사자 밑에 여우가 있을 리 없지. 쿠쿡, 과연 대단하군."

조용히 속삭인 혼잣말이지만 카루 녀석의 말을 바로 옆에 있었던 난 들을 수 있었다. 고개를 돌려 바라보자 방금 전의 어리숙한 모습과는 비교도 할 수 없을 정도로 날카로운 눈빛으로 녀석은 왕자를 노려보고 있었다.

"여기까지!"

시간을 재고 있었던 한 선생이 소리치자 중년인은 입맛을 다시며 검을 내렸다.

"와아아! 대단하다!"

"굉장해!"

아이들의 환호성과 함께 왕자는 묵묵히 걸음을 움직였다. 조금은 피곤한 듯 상기된 그의 단정한 얼굴이 더 더욱 남아 있는 여학생들의 가슴을 설레게 하는 듯했다.

첫 합격자. 바로 나와 같은 식당에서 살고 있는 자룬 왕자가 검술 고급 합격 테스트에 당당히 첫 번째로 뽑힌 것이다. 하지만 왠지 내 기분은 그리 썩 좋지 않았다. 왕자가 저렇게 멀쩡히 테스트에 합격했으니 내가 불합격하면 기르디 녀석이나 식당의 모두에게 체면이 서지 않을 듯했기 때문이다.

시간이 흐르고 우리 반에 전학 온 학생 중 하나인 여학생 펠시의 차례가 왔다. 여자인 만큼 어느 정도 손속에 사정을 두는 것은 당연한 일이겠지만 그 정도가 오십 보 백 보였기 때문에 아이들은 애타는 눈빛으로 정면을 주시했다.

종이 울리자 뱀 같은 중년인은 잠시 숨을 고르며 여유를 부리더니 이내 검을 휘두르며 전학생을 핍박하기 시작했다.

그녀는 정말 아슬아슬하게 절벽에서 줄을 타는 듯 검을 막고 있었다. 곧 힘에 겨워 쓰러질 것은 그 모습은 저절로 동정심을 동하게 하는 것이었기에 그녀의 몸에 검이 스치고 지나갈 때마다 아이들은 저절로 '앗!' 하는 소리를 내며 뚫어져라 테스트를 관전했다.

'퍽' 하는 둔중한 타격음과 함께 중년인의 발길질에 맞고 펠시는 바닥으로 허물어졌다. 이제 끝이구나 하는 생각에 아이들은 혀를 차며 안타까워했다.

"……."

그런데 믿어지지 않게도 잠시 후 그녀는 피가 배어 나오도록 입술을 악물며 일어나 검을 바로잡는 것이었다. 그 뱀 같은 중년인은 희미한 미소를 지으며 그 광경을 바라보다 아까보다 더 날카로운 공세로 그녀를 향해 검을 날리기 시작했다.

정말 검에 맞고 막 전학생이 쓰러지려는 찰나,

"여기까지다!"

손가락 하나면 닿을 정도로 가까운 거리에서 날아오던 중년인의 검이 거짓말처럼 멈추었다.

여자의 몸으로 고급반에 합격한 것이 놀라운 모양인지 아이들은 방금 전과 맞먹는 함성을 지르며 놀라워했다.

소리가 잦아들자 천천히 난 몸을 움직였다. 다음 차례는 다름 아닌 바로 나였기 때문이다. 아이들의 시선이 모두 내게 쏠리는 듯해서 심장이 두근거리며 얼굴은 붉어져 오는 듯했지만 이내 이를 악물고 난 가검을 잡은 손에 힘을 주었다.

"이름을 말해라."

"베리입니다."

뱀같이 옆으로 쭉 찢어진 눈을 하고 있는 그 짧은 금발의 중년인은 멀리서 보는 것과는 차원이 다른 살기를 내뿜으며 날 노려보고 있었다.

잠시 후 종이 울리자 중년인의 몸이 소리없이 사라지더니 내 앞을 향해 돌격해 왔다. 눈이 번쩍 뜨이는 것 같은 엄청난 공격에 난 거의 반사적으로 가슴 근처로 검을 들어 막았다.

잠시 몸이 붕 하고 뜰 정도로 엄청난 타격이었다. 가까스로 공격을 막아내는 데는 성공했지만 힘에 못 이겨 팔은 미친 듯 떨려오기 시작했다.

'네가 겨우 이 정도밖에 안 되는 녀석이었냐? 정신 차려, 이 바보 머저리야!'

피가 배어 나올 정도로 입술을 깨물며 난 검을 꽉 쥐어 잡았다. 잠시 후 중년인은 사정도 봐주지 않고 연속으로 나를 향해 검을 날려왔다.

　기르디 녀석에게 수도 없이 당한 예전의 내가 주마등처럼 떠올랐기 때문에 난 작게 실소할 수밖에 없었다(어떻게 하면 효과적으로 이런 엄청난 공세를 피할 수 있느냐에 대해서 내 몸은 어느 정도 알고 있었던 모양이다). 머리가 땅에 닿을 정도로 빠르게 엎드려 일검을 피한 후 옆으로 몸을 날려 연달아 오는 공격을 무마시켰다.

　"보고 피하려 하면 이미 늦는다. 상대의 눈을 보고 다음에 해올 공격을 예측해라."

　그것이 기르디 녀석이 내게 충고한 단 한 마디의 말이었다. 아직 완벽하진 않지만 그래도 어느 정도 그 말을 깨닫고 있었기에 난 아슬아슬하게나마 공격을 피해낼 수 있었다.

　왼쪽 옆구리에 혈선을 남기며 중년인의 검이 지나가자 스프링처럼 탄력있게 옆으로 몸을 움직였다.

　"그만! 여기까지!"

　이곳저곳 난 작은 상처들에서 꾸역꾸역 피가 흘러나왔지만 테스트에 합격했다는 기쁨 덕분에 그다지 고통은 느껴지지 않았다. 중년인은 잠시 날 노려보다 기분 나쁘다는 듯 바닥에 침을 뱉으며 중얼거렸다.

　"쳇! 올해는 좀 많군."

　대부분의 아이들이 불합격했는데 그게 무슨 엉뚱한 소리냐고 반문하고 싶었지만 호들갑스레 접근하는 성직자의 손길을 무시할 수는 없는 노릇이었다.

　'그래도 기르디 녀석에게 특별 훈련은 면하겠군.'

엊그제 저녁 아이린 씨 말을 듣고 따지러 갔을 때 오히려 '불합격하면 내 명예에 큰 타격을 입히므로 죽을 각오로 합격해라' 라고 들은 말을 생각하면 정말 저절로 이가 갈릴 정도지만 뭐, 일이 이렇게 잘 되었으니 걱정할 것은 없겠지.

작게 한숨 쉬며 난 안심했다. 그리고 순한 아저씨 같은 인상의 성직자의 손길에 이끌려 치료를 받기 위해 천천히 발걸음을 움직이기 시작했다.

"부상자인가요? 어서 이쪽으로."

성직자 아저씨는 비어 있는 의자에 날 앉히고 아무런 말 없이 테스트가 계속되는 운동장으로 향했다. 뭐, 호들갑을 떨 정도로 심한 상처는 아니었지만 그래도 그냥 방치해 두는 것보다는 가벼운 치료라도 받는 게 좋을 듯해서 순순히 끌려왔지만 무슨 전쟁이라도 벌어진 것처럼 피가 튀고 이따금 비명도 들리는 그런 분위기가 조금은 날 위축시키는 듯했다.

"상처를 좀 보여주시겠습니까?"

내 또래로 보이는 한 소녀가 미소를 지으며 날 바라보고 있었다.

갈색의 로브를 입고 등 뒤로 붉은 머리를 길게 땋아 내린, 그렇게 꾸미진 않았지만 눈에 확 뜨일 정도로 단정하다는 느낌을 들게 하는 그런 인상이었다.

저절로 말을 잃고 멍하니 바라보자 그 소녀는 짐짓 심각한 표정으로 내게 말했다.

"머리를… 다치셨나요? 말은 하실 수 있습니까?"

"아, 괜찮습니다. 가벼운 찰과상일 뿐입니다."

양손을 펴 보이며 정말 괜찮다는 듯 그렇게 말했지만 그녀는 단호한 눈으로 날 응시했다.

할 수 없이 난 천천히 상의를 벗었다. 옷을 걷어 올리고 치료하는 데에는 한계가 있다는 걸 알고 있었기 때문이다.

"여하튼 남자들이란……. 이게 뭐가 가볍다는 겁니까? 여기저기서 피가 줄줄 흐르는데."

퉁명스럽지만 왠지 모르게 얼굴에 미소를 머금게 하는 그런 말투였다. 그녀는 등과 가슴, 배에 난 작은 생채기들을 한숨을 쉬며 보더니 곧 내 가슴에 손을 얹었다.

따뜻하고 부드러운 감촉에 내가 잠시 주춤하자 미소를 지으며 무엇이라 작게 읊조리는 그녀. 곧 초록색 빛이 기분 좋게 내 몸을 훑으며 지나갔다.

"자, 이제 잠시 안정을 취하세요."

"대단하군요. 그 나이에 이 정도의 성력이라니……."

대성당에서 파견된 사람들 중 하나라는 것은 알고 있었지만 이렇게 쉽게 상처를 치료하는 힘을 가지고 있을 줄이야. 뭐, 얼굴 심사로 뽑는 것은 아닐 테니 어찌 보면 당연한 것일지도 모르겠지만 말이다.

"음, 정말 대성당에 액땜이라도 할 겸 가봐야겠어."

"액땜이라뇨?"

내 작은 중얼거림을 어떻게 들은 모양인지 붉은 머리의 그 소녀가 물었다.

"아아, 요새 정말 기막히게 운이 안 좋아서 말이죠."

"으음, 여난의 상이 보이는데 그것 때문에 그런 것일지도……."

"여, 여난?"

"혹시 최근에 주위의 여자들 때문에 고생이 심하진 않으십니까?"

"그걸 어떻게 알았죠?"

놀라 반문하자 그녀는 눈을 동그랗게 뜨고 내게 대답했다.

"어라? 찍었는데 맞았나 보네요?"

"…사이비 아닙니까?"

"방금 전에 치료해 줬잖아요."

"우연일지도……."

"오, 예리한 사람 같으니."

실없는 대화들이었지만 왠지 모르게 기분은 나쁘지 않았다. 정말 융통성있고 호감 가는 인상의 인간인 듯해서 말이다. 처음 보는 사람과 이렇게 손발이 척척 맞는 경우는 정말 찾기 힘든 일이었으니까.

"참 힘들겠군요. 이런 곳까지 와서 이렇게 생고생이라니……."

"뭐, 그래도 운 좋으면 잘생기고, 착하고, 이름있는 귀족 청년을 만날지도 모르는 일이니까요. 이 나라의 엘리트 후보생들만 모이는 곳이잖아요. 이곳."

"보기보단 소녀 취향이군요."

"여자 아이는 꿈을 꾸며 살기 마련입니다."

그렇지만 성직자로서는 어울리지 않는 말 아닌가? 막 다시 그녀에게 뭐라 말하려고 하는데 익숙한 목소리가 한발 앞서 내 고막을 때렸다.

"오오! 존경하는 나의 베스트 프렌드 베리 군!"

"이 기분 나쁜 목소리는 설마……."

고개를 돌려 바라보자 어느새 카루 녀석이 내 옆으로 다가와 미소지으며 날 바라보고 있었다. 갑자기 아까 당한 상처가 욱신거려 와 난 인상을 찌푸릴 수밖에 없었다.

"역시 심하게 다치진 않은 모양이군. 정말 다행일세."

"여긴 왜 오신 겁니까?"

"왜 오긴, 절친한 친구가 다쳤는데 그냥 넘어갈 수 없는 노릇 아닌가?"

내가 언제 너 같은 호랑말코 같은 놈이랑 절친한 사이였냐? 작게 한숨 쉬며 고개를 숙이자 호들갑스럽게 녀석이 입을 열었다.

"괜찮은 건가? 아직 몸이 안 좋은 것 같은데……."

"괜찮습니다. 그나저나 카루님은 테스트 안 보시는 겁니까?"

설마 살짝 도망치고 여기에 온 것은 아니겠지? 별다른 사유 없이 겁에 질려 테스트도 하지 않고 도망가면 퇴학이라고, 이 머저리 같은 놈아!

"아아, 걱정하지 않아도 되네. 나는 당당하게 합격했으니 말이야."

"에엑?!"

"하하하! 내가 그래도 검술에는 조금 자신이 있어서 말이지."

거짓말이겠지. 저 허풍쟁이 녀석이 무슨 뇌물을 먹인 것도 아니고 어떻게 저 무시무시한 테스트에 합격을? 게다가 저 멀쩡한 꼬락서니라니? 왕자 녀석에 버금가는 실력이 아닌 이상 어디 한 군데라도 상처를 입어야 당연한데 말이다.

내가 입을 벌리며 놀라워하고 있는데 붉은 머리의 성직자 소녀는 다분히 사무적인 말투로 카루 녀석에게 물었다.

"다친 곳 있으십니까?"

"오오! 아름다운 레이디시군요. 사실은 조금 가슴이 아픕니다. 절친한 친구가 이렇게 상처를 입고 쉬고 있으니까 말이에요."

"없으신 모양이군요."

카루 녀석은 '하하' 하고 특유의 헛웃음을 터뜨리더니 나를 바라보며 말했다.

"그래, 내가 빠른 쾌유를 바라는 의미로 노래 한 곡 부르겠네."

으윽! 제발 참아줘. 다른 곳도 아니고 환자가 가득한 이런 곳에서 무슨 얼어죽을 노래란 말이냐?

하지만 내 질린 표정을 무시하고 녀석은 천천히 목을 가다듬더니 이내 큰 목소리로 노래를 부르는 것이었다. 그 노래를 들으니 왠지 3년 전에 넘어져 다친 상처마저도 쑤시는 것 같아 내 얼굴은 천천히 굳어지기 시작했다.

"정말 액땜이라도 해야겠어."

내 중얼거림을 들은 것인지 붉은 머리의 성직자 소녀는 작게 미소 지으며 날 바라보았다.

"그럼 과제를 내겠다. 다음 주까지 오늘 공부한 내용을 3인 1조로 레포트를 작성해 오도록. 형식은 자유롭지만 되도록 발표에 부담이 없도록 작성할 것을 권한다."

아이들은 과제라는 말에 입을 벌리며 당황해하더니 그것이 조 형식으로 발표해야 된다고 하자 소리를 지르며 노골적으로 불만을 표시했다.

늙은 선생은 주름살 가득한 턱을 쓰다듬으며 그런 학생들을 향해 말했다.

"각자 마음에 맞는 사람과 열심히 자료를 수집하는 것이 최우선이겠지. 성적에 반영할 예정이니 열심히 해보도록."

젠장! 아는 녀석이랑 대충대충 끝내 버리려고 했는데 무슨 얼어죽을 성적에 반영이란 말이냐?

종이 울리자 늙은 선생은 능글맞은 웃음을 지으며 교실을 나갔다. 그러자 아이들은 약속이나 한 듯 조를 맞추기 위해 분주히 움직이며 떠들어대기 시작했다.

"자, 이렇게 된 이상 최고를 위해 우리 한번 열심히 해보자고!"

"다 좋은데… 언제부터 카루님과 제가 한 조가 된 것입니까?"

카루 녀석은 특유의 '기척 숨기고 다가오기' 능력을 유감없이 발휘해 내 등을 치며 그렇게 나불거리고 있었다.

"흠, 그런데 아무래도 한 사람이 부족하단 느낌이군."

"전 아직 승낙한 적이 없…….'

"자자, 그럼 레이디 펠시 양, 미천한 이 두 남자와 한 조가 되어주시겠습니까?"

내 옆에 앉아 멍하니 하늘을 바라보고 있던 펠시는 고개를 거두고 가만히 카루 녀석의 면상을 주시했다.

그녀의 고개가 살짝 끄덕이자 카루 녀석은 팔짱을 끼며 큰 소리로 떠들었다.

"하하! 이것으로 용기 백배다! 우승을 위해 힘내보자고!"

"우승이라니? 무슨 그런 어이없는…….'

"여하튼 좋은 게 좋은 거 아니겠나?"

요새 자꾸 이 녀석 페이스에 휘말려 어이없는 일만 당하는 것 같은 느낌이 드는데 내가 이렇게 줏대없는 녀석이었나? 여하튼 저 카루 녀석이라면 몰라도 펠시와 한 조가 될 줄은 꿈에도 상상치 못한 일이었다.

"오늘 공부한 내용이 뭐였지, 그런데?"

"수업 내내 졸기만 하시더니…….'

"아, 내가 보기보다 심약한 편이라. 어제 악몽을 꿔서 말이야."

더 이상 무슨 이상한 말을 듣기 전에 빨리 잘라 버리는 편이 좋을 것이라 생각했다.

"성기사에 관한 것이었습니다, 오늘 배운 것은."

"오오! 성기사 말인가? 약한 자를 보호하고 악을 섬멸하는 정의로운 신의 종!"

왠지 비꼬는 뉘앙스가 강한 녀석의 말에 살짝 고개를 끄덕이며 말을 이었다.

"리지안트 템플나이트에 관한 언급이 많았습니다."

"그럴 만도 하지. 우리 나라 최고의 정예 부대이기도 하니 말이야. 물론 교황 직속이란 점이 좀 걸리긴 하지만."

"역할을 분담해 자료를 수집하고 레포트를 작성하는 것이 좋겠지요."

"그전에 확실히 만날 날짜를 정해두는 것이 좋지 않겠나?"

간만에 옳은 소리를 하는군. 고개를 끄덕이며 녀석의 말에 수긍했다.

"네, 일단 사적으로 만나서 각자 역할을 분담하고 또 자료를 수집하는 것이 좋을 듯합니다."

"다음 주까지 시간이 많이 남은 것도 아니니 되도록 빨리빨리 처리하는 편이 좋겠군."

"그럼 일단 오늘 방과 후에 만나기로 하는 것이 어떨까요?"

"시작이 반이란 말도 있으니 그게 좋을 듯하군. 아, 너무 우리만 의견을 낸 거 아닌가? 레이디 펠시 양은 어떻게 생각하십니까?"

펠시는 아무 말 없이 살짝 고개를 끄덕였다. 어지간히도 말을 아끼는 여자인 듯했다. 수다스러운 것보다는 그 편이 나을지도 모르겠지만.

"좋았어. 그럼 오늘 방과 후에 교실에서 모이자고."

"그렇게 하죠."

갑작스레 종이 울리자 카루 녀석은 자기 자리를 향해 재빠르게 몸을 날렸다.

"여하튼 이렇게 되었으니 열심히 해보도록 하지요."

살짝 웃음을 지으며 옆 자리에 멍하니 앉아 있는 그녀를 향해 입을 열었다.

"……."

아무런 대답도 하지 않고 고개를 돌리는 펠시. 하지만 이상하게 그리 기분은 나쁘지 않았다. 애초에 대답을 원해 한 말도 아니었지만 그녀 나름대로 생각을 하고 있다는 느낌이 들었기 때문이다.

'어쩌면 굉장히 부끄러움이 많은 성격일지도…….'

그럴 리야 없겠지만 그래도 저렇게 말이 없는 타입이 대범한 케이스는 거의 보질 못한 까닭에 말이다. 예외가 있다면 왕자 녀석이나 기르디 같은 '괴물'이 있겠지만 녀석들은 여자도 아니고 그만큼 능력이 되는 편이니…….

'그래도 최근에 여자 아이들과 말하는 것이 꽤 익숙해진 편이군.'

아니, 오히려 남성보다는 여성들과 대화를 더 자주 하는 편인가? 카루 녀석을 제외하면 왕자나 기르디 녀석이나 지나치게 말을 아끼는 타입이었으니……. 그럴지도 모르겠군. 예전에는 말도 한마디 제대로 못 건네는 쑥맥이었는데 언제부터 이렇게 변해 버린 것인지…….

남자인 이상 원초적으로 여자에게 관심을 가지는 것은 당연한 일일지도 모르지만 말이다. 뭐, 특별히 굶주린 것도 아니고 아직은 그런 쪽에 그다지 관심이 없었으니 조금 시큰둥한 것도 사실이었다. 게다가 이제부터 더욱더 바빠질 것 같은데 그럴 여유라고는 눈곱만큼도 없었다.

'그래도 조금 둥글게 살려고 노력하는 편이 좋겠지.'

이제 머리 아픈 소동 따위는 두 번 다시 겪고 싶지 않을 뿐이다. 가능한 조용히 공부나 하면서 별 탈 없이 졸업하는 것이 내 목표였으니 말이다.

  방과 후 나와 펠시, 카루 녀석은 텅 빈 교실에 남아 골치 아픈 숙제에 대해 상의하고 있었다. 상의라고 해봤자 카루 녀석과 내가 번갈아 의견을 제출하고 펠시에게 동의를 얻는 것이 전부였지만 말이다. 여하튼 어디에서 모여 과제를 작성하느냐에 대해 결론이 내려지자 어떤 방식으로 자료를 모으냐에 대해 의견을 모아야 할 참이었다.

  "대성당을 가보는 건 필수라고 할 수 있네. 잘만 이야기하면 도서관을 열람할 기회를 얻을 수도 있을 테니 말이야."

  "아는 사람이 있어야 수월하지 않을까요?"

  "자네에게 아는 사람이 있지 않은가?"

  "네? 제가요?"

  "얼마 전에 만난 그 미레시아라는 여성 말일세."

  "잘 아는 것도 아니고… 그때가 초면이었는걸요."

  머리를 긁적이며 그렇게 말하자 카루 녀석이 능청스레 '하하' 웃으며 말했다.

  "뭐, '옷깃만 스쳐도 인연'이라고, 박정하게 엉덩이를 걷어차 내쫓진 않겠지. 척 보기에도 상냥한 성격 같던데……."

  상냥한 성격과는 좀 거리가 먼 소녀 같던데 저 녀석은 사람을 너무 지레짐작하는 경향이 강한 거 아닌가? 내가 상관할 일은 아니었지만 말이다.

  "맞아. 액땜도 해야 해."

  "액땜? 무슨 소리 하는 건가, 자네?"

  "하하! 아무것도 아닙니다. 그럼 우선 대성당부터 가서 자료를 모으는 것으로 결정하죠."

어색한 웃음을 지으며 내가 그렇게 승낙하자 옆에 앉아 있던 펠시도 작게 고개를 끄덕였다.

그렇게 결정되자 공휴일이기도 한 이번 주 금요일에 학교 앞에서 모여 같이 출발하기로 셋은 약속했다.

"자, 그럼 해산하자고."

조금 급하게 결론 지은 느낌이 강하게 들기도 했지만 가만히 앉아 있는다고 딱히 좋은 생각이 나는 건 아니었으니까.

가방을 챙기고 모두는 어깨를 맞대며 복도로 향하는 걸음을 움직였다.

"근데 얼마 전부터 궁금한 게 있는데……."

"뭐죠?"

"저기 멀리 보이는 조그만 탑은 뭔가?"

카루 녀석은 창밖에 보이는 조그만 검은 탑을 손가락으로 가리키며 내게 질문했다.

"저건 학생을 위해 마련된 던전이라고 하는군요. 저도 자세한 건 모르지만."

"던전이라니? 저 작은 게?"

"겉 보기에는 저렇게 왜소해 보여도 내부는 상당히 넓다고 합니다. 위보다는 지하 쪽에 공간이 많은 모양이에요. 유명한 드워프 건축가들을 초청해 만든 것이라고 하니 거짓은 아니겠죠 뭐."

카루 녀석은 내 중얼거림을 눈을 빛내며 듣더니 턱을 쓰다듬으며 말했다.

"호오! 그렇단 말이지? 그럼 한번 구경이라도 해볼까?"

"무, 무슨 소리 하시는 겁니까? 저곳은 1학년들 출입 금지란 말입니다."

"겉만 훑어보는데 뭔 상관이겠어? 남아도는 게 시간이니 한번 구경하는 것도 좋을 법한데 말이야. 펠시 양은 어떻게 생각하십니까? 한번 가보는 것도 좋지 않을까요?"

펠시는 멍하니 딴 곳을 바라보다 퍼뜩 정신을 차리고 카루 녀석의 얼굴을 마주 바라보았다.

"역시 좋겠죠? 구경만 하는 건데 닳는 것도 아니니 말입니다."

펠시가 작게 고개를 끄덕이자 카루 녀석은 특유의 하하거리는 웃음을 지어 보이며 복도가 울리도록 외쳤다.

"그럼 결정난 것 같군! 자, 어서 구경하러 가보자고!"

저 죽일 마이 페이스 녀석! 네놈 시간이 남아돈다고 나까지 그렇다고 생각하지 말란 말이다! 난 바쁜 몸이라고!

'…라지만 지금 당장 식당으로 가봤자 죽도록 일할 것이 뻔하잖아? 아이린 씨한테 과제 때문에 늦었다고 잘 말하면 기르디 녀석도 눈감아줄 테고.'

으윽! 내 몸속에 있는 나쁜 마음아! 그렇게 합리화한다고 내가 저 녀석 말을 들을 성싶으냐?

"하아! 어쩔 수 없군요. 그럼 구경하러 가보도록 합시다."

"오옷! 역시 베리 군은 말이 통하는군. 하하! 그럼 가보도록 하지."

왠지 모를 자괴감에 휩쓸린 나는 웃음을 지은 채 앞장서 걸음을 움직이는 카루 녀석의 등을 좇아 걸음을 움직일 수밖에 없었다.

◆ Chapter 6 ◆

던전 광시곡

"오! 이거 꽤 크잖아?"

검은 탑이 작아 보였던 이유는 실제로 크기가 작은 것보다는 그만큼 거리가 멀리 떨어진 까닭이었던 것이다.

"그렇군요. 사실 저도 이렇게 가까이서 본 것은 처음입니다."

카루 녀석의 탄성에 순순히 고개를 끄덕이며 난 중얼거렸다.

탑은 마치 악마라도 튀어나올 것 같은 칙칙한 분위기를 풍기며 우리를 반기고 있었다(드워프가 만든 것답게 굉장히 세심하고 단정한 것도 사실이었지만 뭔가 보는 사람을 섬뜩하게 만드는 그런 오로라를 뿜고 있는 듯한 임펙트가 더 강하게 와 닿았으므로 탑에 대한 첫인상은 '웅장하다', '아름답다' 보다는 '왠지 무서워', '저게 뭐야?' 에 더 가까웠다).

괜스레 신이 나서 카루 녀석은 상기된 표정으로 입구 주위를 서성이며 둘러보기 시작했다. 뭐라고 한마디 핀잔을 줘야 하는 것이 당연한 일이겠지만 왠지 모르게 맥이 풀리는 바람에 녀석이 무슨 짓을 하든 말든 상관하지 않기로 결심하고 난 한숨을 쉬며 먼 하늘을 응시했다.

'아! 오늘도 태양은 밝게 빛나고 있구나. 바보는 바보 짓을, 잘난 놈은 잘난 값을……. 세상 만사 러브 앤 피스인 것이지.'

그렇게 내가 무엇인가 상당히 사이코 같은 생각에 도취되어 한참 넋을 잃고 멍하니 있을 때였다.

"앗! 내 동전!"

고개를 돌려 바라보니 카루 녀석이 검은 탑의 거대한 문 앞에서 다급하게 울부짖으며 몸부림치고 있었다.

'금화라도 잃어버린 건가? 그게 다 촐싹거리면서 바보 짓을 하니까 그런 거지. 사람이란 모름지기 평소 행실이 좋고 봐야 되는 법, 인과응보다.'

슬픔은 나누면 절반이 된다라는 말보다는 타인의 불행은 나의 행복이란 구절이 가슴에 와 닿는 순간이었다.

"저런, 동전이라도 잃어버린 모양이군요? 거참, 안으로 들어갈 수도 없는 노릇이고, 아하하! 그냥 길 가다가 넘어진 셈치고 포기하십시오."

"갑자기 기분이 좋아 보이는군, 자네?"

"아뇨! 그럴 리가 있겠습니까?"

"표정이 웃고 있어."

"하하, 가문의 고질병입니다, 고질병. 슬프면 간혹 웃게 되는 증세를 가지고 있죠."

"거참, 편리한 고질병이군 그래."

녀석은 퉁명스럽게 한차례 날 쏘아보며 중얼거리더니 침통한 표정으로 고개를 숙이며 입을 열었다.

"소중한 동전이야, 그건."

"호오?"

"값어치를 따지지 못할 정도로 말일세."

"헤에?"

"잃어버릴까 두려워 학교에 잘 가져오지도 않던 물건인데……. 아니, 잠깐! 뭐야, 그 반응은? 날 믿지 못하겠다는 건가, 지금?!"

"하하! 그럴 리가 있겠습니까? 그냥 단순하게 대꾸하는 겁니다, 단순하게. 혹시 자의식 과잉 아닙니까?"

"비꼬는 실력만큼은 인정해 주지, 자네."

더 이상 뭐라고 쏘아붙여 주기도 뭐해서 휘파람을 불며 난 고개를 돌렸다. 카루 녀석은 잠시 그런 나를 묘한 표정으로 바라보다 이내 결심한 듯 주먹을 불끈 쥐며 외쳤다.

"안 되겠어! 안으로 들어가 봐야겠어!"

"아, 전 급한 볼일이 생각나서 이만."

"반응도 참 빠르군. 여하튼 같이 들어가자고 안 할 테니 걱정 말게. 나 혼자 들어가서 찾아볼 테니까."

내가 뭐라고 하든 개의치 않고 기필코 탑 안으로 들어가고야 말겠다는 듯 녀석의 표정은 심각하게 굳어 있었다.

"도대체 그 동전이 무슨 동전이기에 그러시는 겁니까?"

"아무리 자네가 절친한 친구라고 해도 그것만큼은 말할 수 없네. 돌아가신 어머니의 흔적이 담겨 있는 것이라는 것밖에는……."

심각하다 못해 슬픈 기색마저 감도는 녀석의 얼굴에 왠지 모르게 내 기분도 씁쓸해지는 듯했다.

"할 수 없군요. 그럼 어서 다녀오십시오. 저와 펠시 양은 여기서 기다리도록 하겠습니다.”

“그럼 다녀오지.”

말이 끝나기가 무섭게 녀석은 거대한 문 사이로 몸을 날렸다.

‘어지간히도 귀중한 물건인가 보군.’

멍하니 검은 탑을 바라보는 펠시를 향해 웃으며 난 입을 열었다.

“카루님이 저렇게 민첩하게 몸을 움직이는 건 처음 보는군요. 여하튼 우리들은 편히 앉아서 느긋하게 기다리도록 합시다.”

펠시가 두말없이 고개를 끄덕였다.

“늦는군요. 무슨 일이라도 생긴 것일까요?”

꽤 오랜 시간이 흘렀음에도 녀석은 나올 기미조차 보이지 않았기에 한숨을 쉬며 그렇게 난 중얼거렸다.

‘아니, 도대체 뭐 하자는 짓이야, 지금? 설마 길이라도 잃어버린 것은 아니겠지?

녀석이라면 충분히 그러고도 남았다. 더 최악의 가정을 해보자면 길을 잃고 쩔쩔매다 탑을 담당하는 선생한테 붙들려 ‘같은 반의 베리라는 녀석과 같이 왔어요’ 라고 지껄이는 것이겠지만. 뭐, 그리 길지 않은 시간을 같이 보내며 녀석이 그런 싸가지없는 놈이 아니라는 것쯤은 파악했으니 말이다(사실 나란 인간도 그런 녀석에게 끌려다닐 만큼 구제 불능의 바보는 아니었으니까).

‘으으, 짜증나. 그냥 가버릴까?

멍하니 바닥에 아무렇게 앉아 검은 탑을 바라보는 펠시. 그야말로 만사태평으로 똘똘 뭉친 대단한 소녀라고 할 수 있겠다. 허리까지 내려오는 긴 금발은 잘 손질하지 않은 듯 조금은 헝클어진 모습이었지만 끄래도 척 보기에도 단정하다는 말이 나올 정도로 아름다운 모습이었다. 안 그래도 리체, 엘리 녀석과 같이 티격태격하는 일이 많아서 주위의 사내 녀석들에게 빈축을 사고 있는데 그녀와 단둘이 있는 장면을 다른 학생에게 발각당한다면 학교 생활에 애로 사항이 꽃필 것은 불을 보듯 뻔했다. 하지만…….

'뭐, 나도 그런 것에 구애받을 멍청이는 아니니까 말이지.'

남의 시선에 맞추어 사는 인생만큼 피곤한 것도 없으니까 욕을 하든 칭찬을 하든 신경을 끄는 것이 제일 현명하겠지.

"……?"

멀뚱멀뚱 멍하니 자신의 얼굴을 바라보는 시선을 느낀 모양인지 그녀는 고개를 돌려 똑바로 내 얼굴을 마주 바라보았다.

그 시선과 시선이 교차하는 순간 바보같이 얼굴이 붉어지는 바람에 나는 황급히 고개를 돌려 그녀의 눈길을 피하는 수밖에 없었다.

잠시 그렇게 어색한 시간이 흐르고 난 후 다시 슬쩍 고개를 돌려 바라보자,

'으윽! 아직도 보고 있잖아?'

그녀는 멍하니 내 바보 같은 모습을 주시하고 있었다. 그것도 무엇이 그리 즐거운 모양인지 입가에 슬쩍 미소를 짓고서 말이다.

무엇인가 분위기를 환기해야겠다고 생각하며 나는 입을 열었다.

"늦는군요."

아무 대답도 없는 그녀. 하지만 나는 계속 중얼거리기로 마음먹었다. 여기서 멈춘다면 분위기는 더 썰렁해질 것이 뻔했으니까.

"길이라도 잃은 것은 아닐까요? 선생님에게 발각되지만 않았으면 좋겠습니다만……. 그런데 펠시님은 집에 돌아가지 않으셔도 되는 겁

니까? 아, 이건 돌아가라는 말이 아니라 그냥 염려가 돼서 한 말입니다. 기분이 상하셨다면 죄송합니다.”

내가 지금 무슨 말을 하고 있는 건지……. 낮술을 한 것도 아닌데 왜 이렇게 말에 두서가 없는 건지 참. 으으, 나란 인간도 참 바보구나. 바보, 멍청이, 해삼, 말미잘…….

그렇게 울고 싶을 정도로 자괴감에 빠진 나를 바라보며 그녀는 고개를 좌우로 돌리며 대답에 부정을 표시했다. 그것도 아까보다 더욱 진한 미소를 입가에 지은 채.

‘바보라고 생각하고 있을 확률 99%.’

남은 1% 확률은 ‘귀엽다’ 라고 생각하는 것이겠지만 그건 생각하기조차 끔찍한 일이니 논외로 하기로 하자.

“어떻게 하는 것이 좋을까요?”

“…….”

“그냥 각자 집으로 돌아갈까요?”

“…….”

“그럼 여기서 조금 더 기다릴까요?”

“…….”

“찾으러 들어가 볼까요, 탑으로?”

그제야 아주 살짝 고개를 끄덕이는 그녀. 어쩔 수 없이 한숨을 내쉬며 말했다.

“그럼 일단 저 혼자 들어가 보는 것이 좋을 듯합니다.”

펠시는 조금 단호하게 고개를 좌우로 흔들며 부정을 표시했다. 입가에 머금은 미소도 지우고 조금은 굳은 표정으로.

“괜찮으시겠습니까? 선생님에게 발각되기라도 한다면…….”

그녀는 걱정하지 말라는 듯 싱긋 미소 지으며 고개를 끄덕였다.

"어쩔 수 없군요. 그럼 함께 탑 안으로 가봅시다."

엉덩이를 털고 일어나 난 그녀보다 한 발짝 앞장서 걸음을 움직이기 시작했다.

검은 탑은 마치 전설에나 나올 법한 마왕의 소굴처럼 칙칙한 분위기를 풍기며 그렇게 눈앞에 존재하고 있었다.

탑 안으로 들어가니 제일 먼저 나와 그녀를 반기는 것은 한 치 앞도 구별하지 못할 정도의 지독한 어둠이었다.

쾅!

탑 안으로 들어가자 거대한 문은 약속이나 한 것처럼 웅장한 소리를 내며 굳게 닫혔다. 힘을 써서 밀어보았지만 문은 꿈쩍도 하지 않았다.

'젠장! 갇힌 건가?'

어쩔 수 없이 난 작게 주문을 외워 라이트 마법을 발동시켰다. 빛의 결정이 둥그스름한 형태로 뿜어져 나와 충분히 시야를 확보할 수 있을 만큼 주위를 밝히기 시작했다.

뒤를 돌아보자 그녀는 꽤 놀란 얼굴을 하며 멍하니 둥근 빛의 구체를 바라보고 있었다. 쓴웃음을 지으며 나는 천천히 좁은 탑의 복도를 걷기 시작했다.

'두고 보자, 이 카루 놈.'

숨바꼭질하는 것도 아니고 이런 탑에서 대체 뭘 하자는 건지…….
으으, 카루 녀석이란 인간은 도대체 내 인생에 도움을 안 주는 듯하다. 아니, 방해나 되지 않으면 다행이지. 괜히 이상한 일을 벌여서 곤란하게 하고 말이야. 노래를 잘하는 건 좋은데 아무 데서나 그렇게 불러대질 않나, 목숨을 맡길 정도로 절친한 사이라고 하질 않나. 정말 그렇게 마음에 안 드는 놈도 내 인생에 몇 없는 것 같다.

“……”

그렇게 한참 투덜거리며 복도를 걷고 있을 때였다. 나는 무엇인가 이상한 이질감에 걸음을 멈추며 입을 열었다.

“환상 마법일지도 모릅니다. 조심하시길.”

이렇게 큰 탑을 이토록 오랜 시간 동안 걸었는데도 아무것도 나타나지 않는다는 것은 설계자가 바보가 아닌 이상 말이 되지 않는 이야기다.

학교를 위해 만들어진 이 탑이 엉터리라는 것은 생각하기 힘든 일이었으므로 결론은 ‘함정’, ‘마법’ 단 두 가지로 나눌 수밖에 없었다.

‘대단한… 마법인 것 같군.’

전문적이고 깊은 수준의 것은 아니지만 그래도 꽤 오랜 시간을 수련한 내가 고작 ‘이질감’ 정도밖에 느끼지 못했다면 그것은 일반인은 눈치도 채지 못하고 당할 정도로 엄청난 환상 마법인 것이 확실했다.

‘젠장, 조금만 더 열심히 했더라면……’

디스펠 마법은 아쉽게도 세 번째 단계의 주문이었다(두 번째 단계와 세 번째 단계의 주문은 비교하기 힘들 정도로 난이도 차가 있었으므로 지금의 난 수련하는 것을 반쯤은 포기하고 있었다).

‘검술 말고 마법만 죽어라 공부했더라면 가능했을지도……’

하지만 아무리 후회하더라도 지나간 시간은 돌이킬 수 없는 법이니까. 그리고 지금의 내게는 마법보단 검술 능력의 향상이 더 중요한 문제였다.

방법이 없어 멍하니 걸음을 움직이고 있는데 저 멀리서 어렴풋이 작은 계단처럼 생긴 것이 시야에 들어왔다. 사막에서 오아시스를 찾은 것 같은 느낌에 조금 상기된 어조로 나는 입을 열었다.

"저기 무엇이 보입니다. 가보도록 하죠."

아래로 향하는 작은 계단. 다른 곳으로 통하는 길이나 출구 따위는 코빼기도 보이질 않으니 선택의 여지 따위 있을 리 만무했다.

앞장서 천천히 걸음을 움직이자 펠시는 아무런 말도 없이 묵묵히 내 뒤를 좇아 계단을 내려오기 시작했다.

밑도 끝도 없이 이어지는 축축한 계단의 연속. 시간이 흐를수록 빛의 구체도 천천히 그 힘을 잃어가고 있었다.

'빛이 없으면 이동하기 더 힘들어진다. 걸음을 빨리하는 것이⋯⋯.'

축축하고 가파른 계단을 빛도 없이 오르락내리락하는 것은 '죽고 싶어서 환장했다' 라는 말과 일맥상통하는 일이다.

한숨을 내쉬며 난 빠르게 걸음을 움직이기 시작했다. 펠시는 예상한 것보다 훨씬 내 뒤를 잘 좇아오고 있었다.

'외유내강형인가? 생긴 것과는 다르게 꽤 체력이 있는 모양이군.'

위태롭긴 했지만 그래도 검술 고급반에 합격할 만큼 실력이 있는 여자니까 이 정도 따라오는 것은 그리 어렵지 않은 일 같기도 했다.

"젠장, 정말 끝이 없군요."

펠시는 작게 미소 지으며 내 말에 고개를 끄덕였다. 이마에 땀이 송골송골 맺힌 걸로 봐서 꽤 힘이 드는 것도 같은데 그녀는 내색하지 않고 부지런히 걸음을 움직이고 있었다.

"죄송합니다. 역시 저 혼자 왔어야 했는데⋯⋯."

고개를 양 옆으로 움직이며 살짝 미소 짓는 얼굴이 오히려 더 내 가슴을 아프게 했다.

간신히 앞을 구별할 수 있을 정도로 빛은 약해지고 있었다. 그녀는 거의 내 등 뒤에 붙을 정도로 밀착해 걸음을 움직이기 시작했다.

아무런 내색도 하지 않았지만 나와 그녀는 이것이 둘의 한계라는 것을 절실히 알고 있었다. 축축한 계단과 모든 것을 집어삼킬 듯한 어둠 속에서 계단은 영원하리만큼 길게 이어져 있었다.

드디어 빛은 최후의 반짝임을 끝으로 어둠 속에 묻혀 완전히 제 모습을 감추었다. 마지막 남은 힘까지 바닥이 드러날 정도니 이제 남은 것은 의지력 싸움뿐이다.

'뭐, 이런 환상이 다 있어? 진짜 미치고 환장하겠군.'

끊임없이 나오는 땀 덕에 옷은 비라도 맞은 것처럼 축축이 젖어오기 시작했다.

미끈거리는 계단과 지독한 어둠은 최악이라고 단정할 수 있을 정도로 상황을 악화시키고 있었지만 나와 그녀는 용케 서로를 의지하며 그렇게 천천히 한 걸음 한 걸음 밑을 향해 움직였다.

하지만 그것도 오래가진 못했다.

탈진해 쓰러지는 펠시를 난 간신히 팔을 뻗어 잡아낼 수 있었다. 어둠 속이라 모습은 잘 보이질 않았지만 그래도 결국 내가 반쯤 그녀를 안은 상황이 된 것 같아 조금은 당혹스럽기도 했다.

"괜찮으십니까?"

"……."

"조금 쉬었다 가도록 하죠."

잘 보이지는 않았지만 팔을 뻗어 벽의 위치를 감지하고는 천천히 부축해 그녀를 가파른 계단에 앉혔다.

"정말 학교에 이런 마법이 걸려 있는 곳이 있을 줄은 상상도 못했습니다.”

대충 계단에 걸터앉으며 나는 입을 열었다.

“그래도 조만간 탈출할 수 있을 겁니다. 지속 시간이 영원할 리는 없으니.”

“…….”

“카루님이 조금 걱정되기도 하는군요.”

지독한 어둠보다 더 무서운 것은 따로 있었다.

그것은 바로 ‘공포’였다. 영원히 이곳에서 벗어나지 못할 것이라는 두려움, 그리고 이제 모든 것이 틀렸다고 생각하는 절망. 모든 것이 앞으로 나아갈 수 없게끔 만드는 자신의 나약함에서 비롯된 것이었다.

나는 다시 아무렇게나 입을 열어 큰 소리로 그녀를 향해 말했다.

“그래도 카루님이라면 지옥의 불구덩이 속에 던져 넣어도 살아 돌아오실 분이니 괜한 걱정인 것이겠죠.”

아무런 대답도 하지 않는 그녀. 뭐라고 더 이상 떠들어봤자 분위기만 어색해질 것 같았다.

거칠게 숨 고르는 소리, 어둠 너머로 들려오는 희미한 비명 소리, 습기와 땀에 젖어 축축해진 셔츠, 그리고 대답 없는 그녀…….

모든 것이 잘될 것이라 마음먹었지만 타인의 것처럼 팔과 다리는 천천히 떨려오기 시작했다.

“…….”

바로 그때, 무엇인가 따뜻한 것이 내 손 위로 겹쳐 들었다.

‘따뜻한 손…….’

처음 봤을 때는 그렇게 냉정해 보였던 여자가 이렇게 따뜻한 손을 가지고 있을 줄이야! 그러고 보니 나도 참 바보군. 단지 풍기는 분위기와 외모만으로 사람을 평가하고 또 무시하려 들다니 말이다.

인과응보라고, 벌을 받을 사람은 카루 녀석이 아니라 나인지도 모르겠다.

"무서워?"

멍하니 생각에 빠진 나를 향해 그녀가 소리 내어 물었다.

처음 듣는 그녀의 목소리는 생각보다 훨씬 여리고 작았다. 그녀의 목소리에 놀란 나는 잠시 멍해 있다가 고개를 들어 올리고 스스로 자문해 보았다.

나는 무서운 것인가? 그래서 이렇게 떨고 있는 것인가?

"네, 조금 무서운 것 같습니다. 죽을 때까지 환상 속에 갇혀서 헤어 나오지 못할지도 모른다고 그렇게 바보같이 생각하고 있는 것 같기도… 한 것 같습니다."

어둠 너머로 그녀가 작게 미소 짓는 것 같았다. 보이진 않았지만 난 느낄 수 있었다.

다시 찾아오는 정적. 길고도 짧은 시간이 흐르고 그녀가 다시 나를 향해 입을 열었다.

"왜 모두에게 존대를 하는 거야?"

왜 내가 같은 또래의 아이들에게 존대를 하고 격식을 차리는 것인지 궁금했던 모양이다.

"전 평범한 평민이니까……."

단지 그 이유 때문에 존대를 쓰는 것일까? 아니, 오히려 이런 내 말투와 행동 때문에 접근하는 것을 꺼리는 반 아이들도 있는 걸로 알고 있는데.

어쩌면 반 아이들이 나를 꺼리는 것이 아니라 내가 반 아이들 모두를 꺼리는 것일지도 모른다. '나와 다르니까' 하고 단정 짓고 생각하며 접근해서는 안 되는 존재로 마음속 깊이 규정 지은 것일지도.

순간 예전에 겪은 한 기억이 떠올랐다.

내 또래의 아이에게 존대를 쓰지 않았다고 한 중년 사내에게 지독하게 얻어맞았다. 지금 생각해 보면 웃음밖에 나오질 않는 그런 기억이다. 굉장히 어렸을 때 겪은 일이라서 단편적인 것밖에 생각나지 않지만 말이다.

"네가 만약 귀족이고 내가 평민이라면……."

어둠 속이라서 그런지 몰라도 그녀의 목소리는 바로 귀 앞에서 속삭이는 것처럼 뚜렷이 들려왔다.

"내가 존대를 하면… 너는 어떻게 할 것인지……."

어둠 너머로 그녀는 날 응시하고 있었다. 뭐라 대답할까 잠시 망설이다 볼을 붉적이며 나는 작게 중얼거렸다.

"아마도 존대를 하지 말라고 하겠죠. 조금 거북하기도 하니까."

"응."

대답을 끝으로 그녀는 아무런 말도 하지 않았다. 잠시 멍하니 어둠 속에서 그렇게 휴식을 취하다 지친 몸을 일으키며 나는 그녀를 향해 말했다.

"이제 슬슬 가보도록 하죠."

"……."

팔과 다리의 떨림은 멈춘 지 오래였다.

"빛이 보입니다!"

수도 없이 마음속으로 포기를 외쳤던 바보 같은 나. 하지만 옆에서 묵묵히 미소 지어준 그녀 덕분에 힘을 내어 걸음을 움직일 수 있었다.

무한하다고 여길 만큼 깊은 어둠과 계단의 환상도 사라지고 나와 그녀에게는 새로운 위험이 접근하고 있었다.

실낱같은 작은 빛은 점점 더 자신의 존재를 과시하듯 뻗어 나가기 시작하더니 어느새 시력을 잃어버릴 것만 같은 폭풍으로 성장해 나와 그녀를 향해 휘몰아치는 것이었다.

사방에서 뻗어 나오는 빛의 폭풍. 두 손으로 얼굴을 가린 채 그런 빛을 피하기 위해 나는 앞으로 앞으로 달려나가기 시작했다.

그리고 다시 얼마의 시간이 흐르고…….

"……."

얼굴을 뒤덮고 있던 두 손을 치우자 방금 전과는 전혀 다른 새로운 광경이 손가락 사이 너머로 보였다.

"새로운 환상?"

군데군데 걸린 횃불 덕분에 행동하는 데 크게 불편은 없을 듯하지만 그래도 꽤 침침한 동굴이었다. 벽에 걸린 횃불 중 하나를 집어 들고 나는 천천히 좁은 통로를 따라 걸음을 옮기기 시작했다.

탁하고 건조한 공기는 동굴의 분위기를 더 음침하게 만들고 있었다. 이성적으로는 '이것은 환상이다' 라고 여기고 있었지만 바닥을 기어가는 다리 여러 개 달린 이름 모를 벌레를 밟는 촉감마저도 현실과 그다지 차이가 없는 듯해서 내 머리를 혼란스럽게 했다.

펠시는 처음처럼 덤덤한 표정으로 등 뒤에서 나를 응시하고 있었다(상황이 갈수록 이상하게 돌아가는데 그녀는 그다지 당황하거나 곤란해하지 않았다).

한참 그렇게 좁은 동굴의 통로를 걸었을 때였다.

"무엇인가 있는 듯하군요, 저 앞에."

멀리서 어렴풋이 들리는 괴상한 소리. '칙칙' 거리는 게 쥐 소리 같기도 했고 '컹컹' 거리는 개 소리 같기도 했다.

"코볼트."

벽에 걸린 횃불을 집어 들며 그녀가 말했다.

"그렇게 많은 숫자는 아닌 듯합니다."

"함정일 수도 있지."

"그럼 어떻게 할까요?"

"시간이 없어."

"강행 돌파인가요? 말도 통하지 않을 테고 또 호의적으로 반응하지도 않을 테니 어쩔 수 없을 듯하군요."

발소리를 최대한 줄이고 천천히 걸음을 움직이기 시작했다. 갈수록 커지는 코볼트들의 목소리 덕에 미친 듯 심장은 쿵쾅거리며 뛰었다.

시야 안에 코볼트라고 추정되는 무엇이 들어왔을 때 약속이나 한 것처럼 나와 그녀는 앞을 향해 돌진하기 시작했다.

제대로 된 방비도 하지 못하고 기습을 허락한 만큼 전투의 우선권은 우리 쪽에 있었다. 비록 숫자가 열세이긴 하지만 개개인의 능력도 그렇고 신체적인 조건도 그렇고 어느 것 하나 달릴 것 없는 그런 상황이다.

몽둥이처럼 횃불을 휘둘러 한 녀석을 재기 불능의 상태로 만들어 버리고는 연속적으로 공을 차듯 한 녀석을 까버리는 나. 순식간에 두 녀석이나 해치운 것을 성공한 까닭에 수적인 열세도 어느 정도 해소되는 듯했다.

남은 네댓 마리의 코볼트는 이제야 다급한 상황을 눈치 채고 조잡한 무기를 빼 들어 나와 그녀를 공격하기 시작했다.

끈덕지게 저항하는 녀석들의 모습에 동정심이 들지 않는 것은 아니었지만 그래도 환상에 속아넘어가 손속에 사정을 둘 만큼 바보는 아니었다.

단호하게 공격해 모든 녀석들을 재기 불능의 상태로 만들어 버릴 수 있었다. 몇 군데 경미한 부상을 입기도 했지만 여하튼 첫 번째 전투를 무사히 끝냈다는 사실에 나와 그녀는 안도의 한숨을 내쉬었다.

비교적 쓸 만한 단검 두 개를 챙겨서 장비하고는 천천히 앞을 향해 나아가기 시작했다.

한 녀석의 목에 단검을 박아 넣고 퉁기듯 몸을 빼자 다른 녀석의 검이 허공을 가르며 몸 한구석을 스쳐 지나갔다. 조금만 늦었어도 생명에 지장을 줄 정도로 심한 타격을 입었을 것이 분명했다(때문에 난 잠시 주춤거리며 당황할 수밖에 없었다).

"……."

코볼트, 그리고 다음 상대는 고블린. 목 위에 달려 있는 것이 장식품은 아니라고 주장하는 듯 녀석들은 두세 마리씩 연합해 나와 그녀를 핍박해 왔다.

아무리 조잡한 무기라고 해도 갑옷도 안 입고 있는 상황이니 최대한 움직임에 신중을 가할 수밖에 없었다.

한 녀석을 쓰러뜨렸으니 남은 녀석은 두 마리. 동료 하나를 잃었으니 그만큼 심리적으로도 압박을 많이 받을 것이 분명했다.

예상한 것처럼 녀석들은 참지 못하고 내 좌우를 향해 몸을 날려 검을 휘둘렀다.

　최대한 뒷걸음질쳐서 공간을 확보하고는 오른쪽으로 크게 움직여 한 녀석의 복부를 발끝으로 걸어찼다. 이것은 예전에 기르디 녀석에게 자주 당하던 수법으로 맞으면 아픈 것은 둘째 치고 굴욕감이 들 정도로 기분이 더러웠다. 그때 이를 갈면서 나도 꼭 써먹어 봐야지 하고 생각했는데 이렇게 실전에 응용할 수 있을 줄은 꿈에도 상상치 못했다.

　당황하는 한 녀석을 간단히 쓰러뜨리고는 얼마 떨어지지 않은 곳에서 싸우는 펠시를 도와주기 위해 나는 몸을 움직였다.

　한 녀석을 쓰러뜨린 모양인지 두 마리를 상대하고 있는 그녀는 날렵한 몸을 최대한 이용해 고블린의 공격을 무마하고 있었다.

　"하압!"

　소리를 지르며 내가 가세하자 사태는 빠르게 마무리되었다. 당황한 녀석들 중 하나를 펠시가 쓰러뜨리고 남은 한 녀석을 내가 발로 걸어차 재기 불능의 상태로 만들었던 것이다.

　허벅지에 작은 상처를 입은 것을 제외하고는 비교적 피해없이 이번 전투도 승리할 수 있었다. 기절하거나 죽은 녀석들의 품을 뒤져 전투에 쓸 만한 무기를 손에 넣고는 뱀의 몸처럼 음산하게 이어져 있는 동굴의 통로를 천천히 나아가기 시작했다.

　한참 그렇게 동굴 속을 걷고 있을 때였다.

　끼엑!

　인간이라고는 할 수 없는 생명체의 울부짖음이 고막을 때렸다. 펠시가 단호한 얼굴로 고개를 끄덕이자 나는 무기를 고쳐 잡고 앞을 향해 빠르게 걸음을 움직이기 시작했다.

　코볼트 다음에는 고블린, 그리고 이번에는 그것보다 더 강한 몬스터가 기다리고 있을지도 모른다. 하지만 앞서 전투에서 승리해서 그런지 몰라도 공포보다는 맞서 싸워 이기겠다는 호승심이 내 머리 속에 가득 차 있었다(환상 속이지만 목숨을 잃을지도 모르는 상황이 올지도 모르는데 이런 바보 같은 생각을 하다니 나란 인간이 확실히 남자긴 남자인 모양이다).

앞을 향해 나간 지 얼마 안 되어서 잠시 나는 걸음을 멈출 수밖에 없었다. 오른쪽과 왼쪽으로 나누어진 갈림길이 시야에 들어왔기 때문이다.

"하하! 이 멍청한 몬스터들아! 생명이 귀한지도 모르고 불나방처럼 잘도 오는구나. 오냐, 이 카루님이 너희들을 지옥으로 인도해 주마!"

뭐, 뭐냐, 갑작스런 이 환청은? 앞에 들은 몬스터들의 비명 소리보다 백 배, 아니, 비교할 수 없을 정도로 사람의 마음을 섬뜩하게 하는 이 끔찍한 소리는 과연 뭐란 말인가?

"죽어랏! 이 흉악한 놈들아!"

오른쪽에서 들려오는 목소리임에 틀림없지만 왼쪽으로 가고 싶은 욕망이 불끈불끈 솟아오르는 이유는 왜일까?

"카루식 무적필살검법!"

아니, 저렇게 소리 지르면서 싸우는 것도 진짜 능력이라면 능력이다. 몸을 움직이느라 바쁜 와중에도 저렇게 입을 나불거릴 수 있다니……. 소설상에서만 있던 능력을 저 녀석은 직접 해내고 있는 것이다.

펠시는 미소를 지으며 내 얼굴을 바라보았다. 나 혼자라면 녀석이 몬스터에게 죽든지 말든지 상관하지 않을 텐데, 아아, 하늘도 무심하시지 내가 저런 녀석을 도와줘야 하는 상황이 이렇게 올 줄이야!

여하튼 최대한 걸음을 느릿느릿 움직이며 녀석이 몬스터들에게 당하길 간절히 소망하는 나였다.

"아앗! 베리 군! 나를 도와주기 위해 이렇게 찾아오다니, 정말 감격스럽네!"

진짜 바퀴벌레보다 더 끈질긴 놈이다. 고블린 네 마리한테 둘러싸이고도 저렇게 한가로이 말을 할 수 있다니…….

'그런데 뭐야, 저 쓰러져 있는 고블린들은? 자, 잠깐! 지금 상대하고 있는 것만 해도 네 마리잖아?!'

현 상태로 유추해 낼 수 있는 상황은 다음과 같다.

1. 고블린들은 지금 잠을 자고 있는 중이다. 피를 흘리고 있는 것은 이 동굴 안에만 도는 전염병 때문에 그렇다.

2. 고블린들끼리 박 터지게 싸우는 도중에 얌체같이 카루 녀석이 끼어들었다.

3. 카루 녀석의 실력이 굉장히 뛰어나서 대부분의 고블린들을 물리친 것이다.

이성적으로 생각하면 세 번째 상황이 가장 확실한 것이겠지만 그것은 죽어도 수긍하기 싫은 항목이었다.

"하지만 걱정하지 말게. 이런 녀석들은 식전 운동거리도 안 되니!"

큰소리치는 것대로 카루 녀석은 용기 백배해서 손쉽게 고블린들을 해치우기 시작했다. 으윽! 저 녀석, 허풍만 치고 실력은 코딱지만큼도 없는 녀석인 줄 알았는데 굼벵이도 기는 재주가 있다고 의외로 검술 실력이 굉장했다.

젠장, 그리고 저 정도 실력이면 나는 가볍게 능가하는 수준이었다. 전력을 다하는 것 같지도 않은데 저렇게 쉽게 고블린들을 해치우는 걸 보니 아까 열나게 고블린 세 마리를 상대하던 내가 한심스럽게 생각되었다.

"하하! 끝이다!"

아니, 말이 나왔으니 말인데 솔직히 내 또래의 아이들은 고블린 한 마리도 제대로 상대하지 못하는 게 정상이다. 왕자나 저런 녀석들이 비정상이다. 결코 내가 약해서 그런 게 아니란 말이다.

칼등으로 머리를 내려쳐 마지막 남은 한 녀석을 쓰러뜨리고는 나와 펠시를 향해 다가오는 카루 녀석. 이곳저곳 몬스터들의 피가 묻어 있는 것도 같지만 큰 상처는 입지 않은 것 같아 일말의 아쉬움의 감정이 드는 것도 부인할 수 없었다.

"오오! 나의 베스트 프렌드!"

갑자기 카루 녀석은 두 팔을 벌리고 나를 향해 달려오기 시작했다.

"아앗! 갑자기 피하는 게 어디 있나, 이런 감격적인 순간에?"

"피 묻습니다. 그리고 제발 그 '베스트 프렌드'라는 말 좀 자제하시길."

"새삼스럽게 왜 그러는 건가, 자네?"

"느, 느끼하단 말입니다."

다리 여러 개 달린 벌레가 등을 훑고 지나가는 그런 느낌이란 말이다. 언어 폭력이야, 언어 폭력!

"거참, 별 게 다 느끼한 모양이군. 여하튼 정말 다시 만나서 반갑군."

"네, 네. 무지하게 반갑습니다."

"자네와 펠시 양은 저쪽으로 온 모양이지? 그럼 이 길을 따라 쭉 가는 것밖에 선택의 여지가 없겠군."

　한쪽은 카루가 이미 다 조사한 모양이다. 고개를 끄덕이며 심드렁하게 대꾸했다.

　"그런 것 같군요. 다음에는 드래곤이 나올지도 모르니 조심하십시오."

　"개인적으로 드래곤 슬레이어는 싫어하는 편일세. 마왕이라면 모를까 드래곤은 무조건 악한 존재는 아니니 말이야."

　"드래곤이 나오든 마왕이 나오든 떡이 나오든 어서 앞으로 가보도록 합시다."

　힘차게 고개를 끄덕이며 카루 녀석은 천천히 앞장서 걸음을 움직이기 시작했다. 저런 녀석이긴 해도 실력이 있는 것은 확실하니 조금 여유가 생기는 것도 같아 쓴웃음을 지으며 한숨 지을 수밖에 없는 나였다.

　끝없는 계단. 몬스터들이 득실거리는 동굴에 이어서 이번의 환상은 축축한 늪 지대였다. 구불구불 이어져 있는 작은 길을 벗어나면 바로 '축! 사망!' 이라고 할 수 있을 정도로 상황은 위험천만 그 자체였기 때문에 모두는 느릿느릿 조심스럽게 걸음을 움직이고 있었다.

　"아악! 뭐, 뭐야, 이거?"

　"조심하십시오."

　발을 헛디뎌서 늪 지대로 빨려 들어갈 뻔한 카루 녀석의 손을 잡으며 나는 퉁명스럽게 입을 열었다.

　계속되는 환상 덕분에 신경이 무척 날카로워져 있었다. 이런 것도 좋게 말하면 다 경험이라고 할 수 있겠지만 왠지 다른 녀석의 손에 모두가 좌지우지된다는 느낌 때문에 슬슬 거부감이 들기도 했다.

"아직은 조용하군요."

"큰 태풍이 불기 전에는 원래 썰렁하다잖아."

태풍 전야의 고요함인가? 말이 씨가 된다고 이제 곧 무슨 일이 벌어질 것도 같군.

"늪이라……."

지형적인 제약이 워낙 강한 만큼 몬스터라도 습격한다면 예전처럼 수월하게 승리하지 못할 것이 분명했다.

늪에서 사는 몬스터라도 튀어나온다면 도망도 못 가고 순식간에 전멸당하지도 모른다. 물고기가 물속에서 행동의 제약이 없는 것처럼 그들은 늪에서 능수능란하게 우리를 공격할 것이 틀림없기 때문이다(지금 상태로는 걷는 것도 이렇게 힘든데 제대로 된 싸움을 할 수 있을 리 만무했다).

환상 속에서 큰 충격을 받으면 실제의 생명도 위험하다는 이야기를 얼핏 들은 적이 있는데 재수없게 내가 그런 꼴이 될지도 모르니 최대한 주의해서 대처하는 것이 현명할 듯했다.

"뱀이라도 튀어나오는 거 아냐?"

"악어는 어떨까요?"

"블랙 드래곤이 나올지도 모르지. 늪 속에서 기다리고 있다가 한입에 바로 꿀꺽!"

"그건 좀 너무 심한 것 같군요."

"그러고 보니 자네, 대륙의 북쪽 늪 지대에 서식한다는 거대한 슬라임 이야기 아나?"

"들어본 적 없습니다."

"말과 마차까지 통째로 집어삼킬 만큼 거대한 녀석이라고 하는군.

평소에는 늪의 안쪽에서 머물다가 무엇이 다가오면 그대로 위로 떠올라 공격한다고 하네."

"편식은 안 하는 모양이군요."

실없이 쿡쿡 웃음을 터뜨리는 카루 녀석. 너무 긴장해 있던 것도 같아서 한숨을 쉬며 천천히 입을 열었다.

"여름 방학 때 엘프들의 숲 근처에서 와이번은 본 적 있습니다."

"호오! 그게 정말인가?"

"네, 대단한 분과 동행한 까닭에 별 문제 없이 해치울 수 있었습니다."

"정규 기사단도 잡기 꺼리는 와이번을 쉽게 이기다니 정말 어지간히도 대단한 분인가 보군. 그런데 엘프들의 숲이라니? 그곳은 인간들의 출입을 금하는 엘프들만의 공간 아닌가?"

카루 녀석은 눈을 동그랗게 뜨고 당황해하며 물었다. 뭐라고 대답할까 잠시 망설이다 나는 머리를 긁적이며 말했다.

"전 그냥 따라간 것뿐 용무는 다른 사람에게 있었습니다."

"그래도 굉장하군, 자네."

인간은 십 년에 한번 올까 말까 하다고 세레스, 티레스 자매가 말했던 것이 순간 떠올랐다. 그때는 그냥 그런가 보다 하고 생각했는데 카루 녀석이 저렇게 놀라워하는 걸 보니 내가 꽤 주목받을 일을 한 것도 같았다.

"뭐니 뭐니 해도 대륙 최강 중 하나인 검사와 마법사가 머물고 있는 곳이니까 말일세."

"델리만님과 카이츠님 말이십니까?"

"잘 알고 있군. 기회가 된다면 나도 꼭 한번 가고 싶은 곳……."

바로 그때, 카루 녀석은 말을 잇지 않고 갑자기 휙 고개를 숙였다.

"리자드 맨(Lizard Man)······."

화살은 카루 녀석의 머리를 스치고 시야 밖으로 사라진 지 오래였다. 펠시의 중얼거림을 듣고 나는 퍼뜩 정신을 차리며 정면을 주시했다.

인간처럼 두 발로 움직이긴 하지만 뱀 같은 파충류의 머리를 가진 녀석들이었다. 블랙 드래곤이나 와이번보다는 낮겠지만 그래도 앞서 상대한 코볼트나 고블린 같은 녀석보다는 훨씬 강한 축에 속하는 놈들이었다.

'대화 중에 기습하다니, 젠장! 정말 예의도 모르는 녀석들 아냐? 몬스터에게 예의 운운하는 것 자체가 넌센스이긴 하지만.'

활을 든 녀석이 하나, 초승달처럼 휜 칼과 삼지창을 든 녀석이 넷. 수적인 면으로 보나 지형적인 면으로 보나 우리 쪽이 열세인 것은 확실했다.

"조심하게! 함부로 몸을 움직이면 늪에 빠질지도 모르니!"

카루 녀석의 말대로 앞으로 곧장 돌진하는 것은 바보들이나 하는 짓이었다. 도마뱀 녀석들이 서 있는 곳 앞은 척 보기에도 위험한 늪 지대였으니 말이다.

"단검 던질 줄 아십니까?"

"조금은."

"일단 저 활 든 놈 먼저 처리합시다. 저는 마법을 쓰도록 하겠습니다."

말하는 사이 활을 든 리자드 맨은 두 번째 화살을 내게 날렸다.

나는 옆으로 몸을 비틀며 뒷걸음질쳐서 운 좋게 화살을 피하고는 마법의 사정거리가 되는 지점까지 앞으로 뛰어가기 시작했다.

카루 녀석이 내 뒤를 이어 앞으로 전진하니 활을 든 놈은 누구를 공격해야 할지 순간 망설이는 듯했다.

카루 녀석은 걸음을 멈추지 않고 거만한 미소를 지으며 단검을 이용해 세 번째 화살을 퉁겨냈다.

'괴물 같은 놈.'

투덜거리며 나는 정신을 집중하기 시작했다.

활을 든 녀석에게 사용할 마법은 첫 번째 단계에 속해 있는 빛의 화살 주문인데 내가 알고 있는 마법 중 유일하게 공격성을 가진 것이었다.

세 번째 단계의 마법에는 이것보다 훨씬 강한 마법들이 많았지만 꿩 대신 닭이라고, 급한 대로 이거라도 써먹는 수밖에 도리가 없었다.

무엇인가 이상한 낌새를 눈치 챈 모양인지 녀석은 다시 내게 활을 겨누었다. 하지만 우선권은 나에게 있다는 걸 순간 나는 직감할 수 있었다.

"죽어랏!"

외침과 함께 빛의 화살은 호쾌한 타격음을 내며 활을 든 리자드 맨의 복부를 강타했다.

"이것도 받아라!"

그리고 내 마법에 뒤이어 단검을 던지는 카루 녀석.

꾸에에에!!

기세 좋게 날아간 단검은 정확히 도마뱀 녀석의 이마 한가운데에 박혔다. 순식간에 우리 두 사람의 공격을 받은 녀석은 발버둥을 치며 자신에게 다가오는 죽음을 부정했지만 인간이든 몬스터든 뇌에 구멍이

나고 살 수는 없는 법. 결국 몸뚱어리를 가누지 못하고 얼마 후 그렇게 바닥에 드러눕고 말았다.

초록빛 피를 콸콸 쏟으며 사망한 자신의 동료를 보고 사태의 심각성을 느낀 나머지 리자드 맨들은 하늘을 바라보며 괴상한 울부짖음을 뿜어내더니 원수를 갚으려는 듯 나와 카루 녀석을 향해 돌진해 오기 시작했다.

운 좋게 방금 전에는 늪에 빠지지 않았지만 이번에도 또 그런 행운이 찾아온다는 보장은 어디에도 없었다.

'예감이 좋지 않은데……?'

카루 녀석이 아무리 검술 실력이 뛰어나다고 해도 아직 우리 쪽이 수적으로도 열세였다. 게다가 내가 메모라이즈한 마법도 이제 마지막 하나밖에 남지 않았다. 지나치게 비관적인 생각은 스스로를 죽이는 행위밖에 되지 않는 것이 사실이긴 하지만 그래도 터무니없이 낙관적으로 사태를 파악하는 것보다는 백 배 낫다는 게 솔직한 내 심정이었다.

바로 그때였다.

내 등 뒤에서 천천히 카루 녀석이 뭐라 중얼거리기 시작했다. 처음에는 그냥 비 맞은 땡중처럼 혼잣말을 하는 것 같았지만 조금씩 커지며 형태를 잡아가는 하나의 노래를 듣고는 나는 입을 벌릴 정도로 당황할 수밖에 없었다.

상황에 안 맞게 무슨 얼어죽을 노래야? 저, 저 녀석 미친 거 아냐?!

끄아아악!

카루 녀석이 미치든 말든 리자드 맨들은 사정 봐주지 않고 코앞까지 접근해 왔다. 녀석의 몫까지 싸워야 한다는 생각 때문에 가슴 한구석이 무너지듯 철렁거렸지만 개죽음당하는 것보다는 한 녀석이라도 죽이고 죽는 것이 덜 억울할 것 같아서 검을 든 손에 힘을 주고 정면을 노려보았다.

끄에에익!

"시끄러워!"

바짝 고개를 숙여서 삼지창을 든 녀석의 공격을 피하고는 칼을 든 녀석에게 달라붙듯 접근했다. 어중간하게 거리를 벌리는 것보다는 이렇게 찰싹 달라붙는 것이 다른 녀석의 공격을 방해할 것 같아서 말이다.

삼지창을 든 녀석이 순간 멈칫해 있을 때 칼을 든 녀석의 배를 검으로 긁으며 뒷걸음질쳐 다시 거리를 벌렸다.

"혼자 죽기에는 억울하다고! 자, 와봐!"

크게 소리를 지르며 손짓하자 도마뱀 녀석들은 기세에 눌린 것인지 섣부른 움직임을 하지 않고 멍하니 자리에 서 있는 채로 날 바라보았다.

나와 카루 녀석을 향해 각각 두 마리씩 붙었으니 망정이지 고블린이나 코볼트처럼 세네 마리로 단체 공격을 당했다면 얼마 버티지도 못하고 늪 바닥에 누워 쓰러졌을 것이 분명했다(뭐, 이런 상황이 왔다는 것 자체가 빌어먹을 일이겠지만 여하튼 사람은 긍정적으로 사태를 해석하는 게 좋은 것이다).

도마뱀들의 야릇한 표정 따위는 해석 불가능이다. 네놈들이 안 오면 내가 간다.

크아아아!!

나쁜 상황이었지만 이상하게 기분은 나쁘지 않았다. 아니, 미친 듯 두근거리는 심장과 녀석들을 물리치는 나를 상상하는 것이 무엇이라

표현하기 어렵지만 즐겁다는 그런 이상한 느낌이 들었다.

대련을 해도 그로 인해 나 자신이 강해질 수 있다는 생각 때문에 즐거웠던 것이지 상대를 물리쳐서 쾌감을 얻는 그런 사이코 같은 생각 따위는 절대 해본 적이 없었다.

그렇다. 지금의 나는 스스로 생각해 봐도 뭔가 이상했다. 누군가 마음속 한구석에 있는 '스위치'를 켠 그런 느낌이다.

꾸에에!

배에 상처를 입은 칼을 든 리자드 맨은 목에 또 한 번 검을 맞고 형용할 수 없는 이상한 비명을 지르며 천천히 갈색 빛 바닥으로 쓰러졌다.

노래. 그러니까 내 기분이 이렇게 이상해진 것은 혼전 속에서도 바로 옆에서 속삭이는 것처럼 들려오는 노래 때문이었다. 그 빌어먹을 노래가 내 가슴과 머리를 이상하게 만든다. 싸우라고, 싸워서 이기라고. 달콤하고 때로는 격하게 그렇게 속삭이고 울부짖는다.

삼지창은 옆구리를 스치며 지나갔다. 몸에서 붉은 피가 분수처럼 쏟아지며 시야를 붉게 물들였지만 아픔 따위는 상관하지 않고 나는 오른쪽에서 왼쪽으로 검을 움직였다.

꾸엑!

짧은 비명과 함께 녀석은 바닥으로 고꾸라졌다. 배로 갚아준다는 말이 무색할 정도로 나보다 더 심하게 피를 콸콸 쏟아내는 녀석을 보니 상황에 안 맞게 피식 웃음이 터져 나왔다.

카루 녀석은 노래를 멈추고 씨익 웃음을 지으며 내 눈을 마주 바라보았다.

'징그럽다니까, 네놈은.'

졸리지도 않는데 이상하게 저절로 눈이 감기기 시작했다. 옆구리에서 피가 멈추지 않고 계속 흐르니 그런 모양이다.

"……."

천천히 땅이 가까워지기 시작했다. 아니, 정확히 말하자면 땅을 향해 내가 곤두박질치고 있었다.

"오오! 이제야 정신이 드나?"

눈을 뜨자마자 곧장 저런 녀석의 얼굴이 보이다니 정말 다시 기절하고 싶은 욕망이 불끈 솟아오르는 순간이었다.

"그 리자드 맨 녀석들이 포션을 가지고 있었네. 정말 운이 좋았지."

옷은 붉게 물들어 있었지만 이상하게 통증은 없는 듯해서 궁금하던 차였는데 카루 녀석이 방긋 웃음 지으며 말했다.

운이 좋다면 좋은 것이겠지만 지금 이런 상황 자체가 엄청난 불운 아니겠는가? 엄청 큰돈을 빚졌는데 작은 돈을 주었다고 기뻐한다는 것은 뭔가 조금 이상하지 않나? 여하튼 웃고 싶은 마음은 없었다.

언제 이동한 것인지 늪 지대는 벗어난 터라 내심 안심이 되기도 했다. 일단 나쁜 조건에서 전투가 벌어질 확률이 줄어들었으니 기습만 어느 정도 조심하면 적어도 도망은 갈 수 있을 것도 같았다.

"사실 펠시 양도 뒤쪽에서 몰래 습격하던 녀석을 상대하느라 조금 상처를 입으셨는데……."

시야가 넓다고 할까, 눈치가 빠르다고 할까? 여하튼 안 도와주는 것이 조금 이상하다 싶었더니 뒤쪽에서 다른 녀석을 상대하고 있었던 모양이다.

"죄송합니다."

무표정한 얼굴로 고개를 좌우로 흔드는 펠시. 오른쪽 팔에 천을 질끈 동여맨 것을 봐도 그리 가벼운 상처는 아닌 듯한데 나 같은 녀석을 위해 저렇게 아무렇지도 않다는 듯 참고 있으니 왠지 모르게 조금 쑥스러워지는 듯했다.

"자, 그럼 어서 출발하세."

"네."

"이제 곧 이 환상도 끝이 날 듯한 예감이 드는군."

"그랬으면 좋겠군요, 정말."

이제는 칼 휘두를 힘도 남아 있지 않다. 무슨 고대의 아티펙트를 수호하는 강력한 환상 마법도 아니고 고작 탑을 지키는 용도인 주제에 왜 그리 사람을 짜증나게 하는 거냐? 탑에 무슨 금송아지라도 숨겨놓은 거냐, 진짜?

인상을 찌푸리며 자리에서 일어나 카루 녀석의 등을 좇아 천천히 걸음을 움직이기 시작했다. 힐끗 옆을 쳐다보니 조금 전과 변함없는 무표정한 얼굴로 펠시는 걸음을 옮기고 있었다.

'무슨 생각을 하고 있을까, 정말?

빚지고 사는 건 정말 질색이니까 다음에 그녀에게 무슨 일이 생기면 꼭 도움을 줘야겠다는 생각이 들었다. 내 능력이 능력인 만큼 대단한 것은 못해주겠지만 말이다.

그는 딱딱하게 굳은 얼굴로 수정구를 바라보고 있었다.

심심풀이로 무단 침입한 녀석들을 혼내주기 위해 탑의 마법을 발동시킨 것인데 녀석들은 고작 1학년생인 주제에 잘도 몬스터를 해치우며 전진하고 있었다.

쿼스트를 해결하면 할수록 점점 더 난이도가 올라가는 꽤 높은 단계의 마법으로 이루어진 던전이었다. 2학년생들도 파티를 이루어서 힘들게 완료하는 그런 상황을 1학년생 세 명이 별다른 상처도 없이 완벽하게 해결해 간다는 것은 학교 전체가 뒤집힐 만큼 큰 사건이었다.

센스있는 여전사, 파티의 리더이자 주가를 사용하는 전사, 그리고 날카로운 엘프 식 검술을 펼치는 전사.

언밸런스한 파티임이 분명한데도 녀석들은 상당히 난이도있는 몬스터들을 잘도 해치우고 또 갈수록 실력이 성장하며 그렇게 세 번째 단계 퀘스트의 마지막을 달려나가고 있었다.

"대단한 아이들이군. 이 나라를 끌고 갈 인재가 될 것이 틀림없어."

"……."

"겁에 질려 벗어나기 위해 도망가는 아이들이 대부분이 아닌가? 또 실전 경험도 없이 저렇게 잘 싸우다니 말이야."

의지력을 시험하는 어둠 속의 계단. 간단한 던전이라고는 하지만 당황하지 않고 고블린들을 무찌르며 침착하게 탈출구를 찾으려 한 것. 그리고 지형과 기후의 불리함을 극복해서 늪 지대에 적응한 것 등, 또래의 아이들이라면 상상조차 하기 힘든 일들을 단 세 명의 숫자로 저지른 것이다.

"그래."

검은 수염을 쓰다듬으며 드디어 그가 입을 열었다. 놀란 탓인지 조금은 갈라진 목소리이다. 그러나 바로 옆에서 그런 그를 마주 바라보는 한 사내는 아무렇지 않다는 듯 다시 입을 열었다.

"저 검은 머리의 아이는 왠지 낯설지가 않군. 수도에 그 녀석이 정착한 지도 꽤 된 듯한데……. 아마 그 녀석에게 검술을 배운 것 같아."

"아마도……."

"물론 그 악마 같은 녀석의 검술에는 발끝에도 미치지 못하지만 말이야. 그래도 나이에 비하면 꽤 재능이 있는 것도 같군."

반대 편에 앉은 사내는 즐겁다는 듯 방긋 미소 지으며 다시 수정구를 바라보았다.

커다란 구슬 안에는 조금은 날카롭게 생긴 단정한 얼굴의 한 소년이 무표정한 얼굴로 천천히 걸음을 움직이고 있었다.

잠시 후 사내는 다시 검은 수염이 텁수룩한 그를 바라보며 말했다.

"우리, 한 가지 내기할까?"

"무슨?"

"저 아이들이 만약 세 번째 단계를 무사히 완료한다면 나는 자네에게 한 가지 제안을 할까 하네."

"완료하지 못한다면?"

"내가 자네의 부탁을 한 가지 들어주도록 하지."

오래간만에 그가 이 탑을 방문한 것도 처음부터 뭔가 목적이 있었던 것이 확실했다. 단지 타이밍을 맞지 않아 말을 하지 못했던 것일 뿐. 텁수룩한 검은 수염의 사내는 심드렁한 얼굴로 고개를 끄덕이며 대답했다.

"좋아."

"그렇다면 내기는 성사되었군. 내 기억에 따르면 세 번째 단계의 최후의 보스는……."

"그놈이지."

아이들이 패배할 것이 분명하다는 자신감에 가득 찬 눈을 하고서 그의 말을 자르며 수염이 텁수룩한 사내가 입을 열었다.

“최후의 카드는 뽑아봐야 아는 것이지.”

‘계란으로 바위 치는 격이지.’

수염이 가득한 사내는 속으로 대답하며 다시 커다란 수정구를 바라보았다.

“배고파. 먹을 것 뭐 없나?”

“몬스터에게서 얻은 것이라고는 부싯돌, 기름 병, 횃불, 단검이 전부입니다.”

“다 쓰잘데없는 것들뿐이군.”

“지금 상황에서는 먹을 것보다는 이것들이 더 쓸모있는 것 같습니다만…….”

“에잉! 밥이 최고야!”

머저리 같은 놈, 평생 밥이나 먹으면서 살아라 그래.

“그, 그 한심하다는 표정은 뭔가? 그것도 가문의 고질병인가?”

“아뇨. 이건 정말 한심해서…….”

“흑흑! 너무하는군. 비단결 같은 내 가슴에 송곳을 찌르다니…….”

요새는 빨래판을 비단결이라고 부르나? 아니면 저 녀석이 반어법을 쓰는 건가?

여하튼 몬스터는커녕 개미 한 마리도 보이질 않으니 이렇게 바보 같은 대화나 하며 전진하는 수밖에 도리가 없었다.

그러고 보니 나도 조금 배가 고프긴 하군. 그런데 이거 환상이 맞긴 맞는 건가? 고통도 현실과 똑같고 이렇게 배고픔도 느낄 정도라니 말이다. 웬만한 단계의 환상 마법이라면 하나둘 약점이 있기 마련인데 이렇게 위화감마저 들지 않을 정도의 환상이라니……. 상상조차 할 수 없는 엄청난 마법적 기술력을 필요로 할 것이 분명했다.

무슨 드래곤의 레어도 아니고 학교라는 곳에 이런 마법이 걸려 있다니, 참 기가 차고 황당해서 말이 안 나올 뿐이다. 돈이 썩어나는 것인가, 아니면 엄청난 마법사들이 널려 있는 것인가?

"언덕?"

한참을 걸어가자 어느덧 작은 동산이라고 부를 수 있을 정도로 거대한 언덕이 시야 한가득 들어왔다.

'으윽! 제길! 설마 여길 올라가야 하는 건가?'

다른 쪽에는 길이 나 있지 않으니 이쪽으로 가야 될 것 같기도 한데…….

"높은 곳에 올라가 호연지기를 기르는 거다!"

바보는 원래 높은 곳을 좋아한다는 말이 지금 이 순간 진리로 다가왔다. 여하튼 괜히 신이 나서 후닥닥 언덕으로 올라가는 카루 녀석을 보니 어쩔 수 없이 나도 좇아가는 수밖에 도리가 없었다.

힘들게 땀을 뻘뻘 흘리며 거의 언덕의 정상까지 도달했을 때였다.

"크헉!!"

맨 위쪽에서 부지런히 정상으로 걸음을 움직이던 카루 녀석이 뭔가에 놀라 움찔하더니 몸을 날려 데굴데굴 밑으로 굴러가기 시작하는 것이었다.

"쳇!"

몸을 날리듯 옆으로 뛰어가 굴러가는 녀석을 저지하려 했지만 떨어지는 힘이 워낙 강해서 나도 몇 번 바닥을 구를 수밖에 없었다(그래도 대충이나마 균형을 잡고 큰 부상 없이 쓰러진 녀석을 일으켜 줄 수 있었다).

"무슨 일입니까?"

"거, 거인이 있네!"

"거인이라뇨? 무슨 얼토당토않은 소리를……?"

"거인이 내게 돌을 던지려 했어!"

거인이라니? 아니, 실제로 거인이라는 종족이 이 세상에 존재하고 있다는 것인가? 아, 이것은 환상이니까 거인이든 드래곤이든 나올 수도 있겠지만 그래도 리자드 맨과 싸우다가 거인이 나온다는 것은 조금 밸런스에 문제가 있는 것 같은데…….

"일단 함께 가보도록 합시다. 길은 여기밖에 없으니."

셋은 조심조심 걸음을 움직여 정상을 향해 나아가기 시작했다.

"헉!"

3, 4m도 넘어 보이는 단단한 갈색 피부의 거대한 '무엇' 이 직접 눈에 들어오자 몸을 날려 떨어진 카루 녀석의 심정이 이제야 이해가 되었다. 녀석은 적대감 가득한 눈을 하고 언덕 위로 올라온 우리들을 노려보고 있었다. 그것도 한 손에는 곤봉, 한 손에는 거대한 돌을 움켜쥐고서.

"이, 인간… 친이입자… 주긴다."

바위를 든 손을 쳐들어 올리며 녀석이 그렇게 거대한 입을 움직여 말했다.

"오! 맙소사!"

거대한 돌은 슬로 모션처럼 우리를 향해 날아오고 있었다.

"피해요!"

저런 건 빗맞아도 최하 사망이다. 카루 녀석과 펠시, 그리고 나는 각기 양 옆으로 흩어져서 아슬아슬하게 바위를 피해낼 수 있었다.

쿵!

엄청난 소리와 함께 움푹 파여진 땅을 보니 저절로 등에 식은땀이 흘렀다. 점입가경으로 거인은 성이 안 풀리는 듯 쿵쿵거리며 걸음을 움직여 우리 쪽으로 다가오기 시작했다.

거의 나만한 크기의 곤봉이라니? 저런 무식한 것에 당했다가는 뼈도 못 추릴 게 분명하다.

"도, 도망쳐야……."

한 걸음 한 걸음 움직일 때마다 지면이 움직이는 것 같은데 저런 녀석을 어떻게 우리들이 이길 수 있다는 말인가?

"도망갈 수는 없어!"

"조잡한 무기로 어떻게 저런 녀석을 이길 수 있단 말씀입니까?"

"까짓것, 붙어보면 되지."

쳇! 놀라서 데굴데굴 땅을 구르던 녀석이 말은 잘하는군.

"제길, 한 번 죽지 두 번 죽나? 좋습니다. 한번 해보자고요."

나도 참 바보 같은 놈이군. 상황이 이렇게 돌아가는데 저런 녀석의 말을 듣다니 말이야. 정말 아까 맞은 상처 때문에 머리가 좀 돈 것이 아니라면 나도 저 녀석만큼 구제 불능의 바보인 모양이다.

카루 녀석은 또 입을 열어 전의 그 주가를 부르기 시작했다.

'제발 이번이 마지막이길…….'

거인은 어느새 눈앞까지 다가와 마치 파리채로 파리를 잡듯 곤봉을 휘둘러 우리들을 공격했다.

"하압!"

카루 녀석이 그 공격을 피하고 거인의 사각인 등 뒤로 접근해 검을 휘둘렀다.

탱 하는 둔탁한 소리와 함께 공격은 약간의 피를 뿌리는 것을 끝으로 무마되었다. 가죽 옷은 그리 두꺼워 보이지 않았지만 거인이란 녀석이 워낙 크고 또 피부도 두꺼운 바람에 마치 돌을 두드리는 것처럼 상처도 입히지 못하고 물러날 수밖에 없었던 것이다. 두근거리던 가슴이 더 더욱 흥분되며 싸워 이기겠다는 투지가 솟구쳐 올랐다. 적이 강하면 강할수록 이긴 후의 성취감도 대단할 것이다.

"일단 같은 부분만 집중 공격합시다!"

맞은 것이 억울한 모양인지 거인은 등을 돌리고 카루 녀석을 향해 곤봉을 크게 휘둘렀다.

"하얏!"

카루 녀석이 무사히 공격을 피하는 것을 확인하고 나와 펠시는 거인의 등짝을 향해 검을 날렸다.

'뭐, 뭐야, 이거?'

'퍽!' 하는 소리와 함께 마치 무슨 돌이라도 두들기는 것 같은 느낌이 들어 순간 멈칫했다.

카루는 주가를 부르며 요리조리 거인의 공격을 잘 피하고 있었지만 공격이 통해야 그것도 효과가 있는 법인데 나와 펠시가 열나게 검을 휘둘러 봐도 겉 피부만 벗겨지는 정도에 불과해 시간이 갈수록 마음만 초조해졌다.

"캑!"

얼마 후 카루 녀석이 거인의 주먹에 맞고 데굴데굴 땅을 구르며 고통에 찬 신음을 흘리자 어쩔 수 없이 나는 도박을 할 수밖에 없음을 깨달았다. 지금의 이런 방법으로는 저 무식한 녀석을 이길 수 없다는 것을 알았기 때문이다.

"펠시!"

검을 휘두르던 것을 멈추고 뒷걸음질치며 펠시를 부르자 펠시는 잠시 고개를 돌리고 내 두 눈을 마주 바라보았다.

"잠시 시간을 벌어줘."

마지막 남은 최후의 마법인 두 번째 단계의 마법을 사용하기 위해 나는 눈을 감고 조용히 정신을 집중하기 시작했다.

실패할 수도 있겠지만 할 수 있는 데까지는 발버둥 치고 죽는 것이 더 나을 테니 말이다.

"……."

한참의 시간이 흘렀지만 왠지 모르게 집중이 잘 되지 않아 마법은 완성될 기미조차 보이질 않았다.

'제기랄!'

나란 인간도 참 바보, 병신이로군. 마법을 써본 지 얼마나 되었다고 이렇게 쩔쩔매다니……. 으윽! 젠장! 지금 이렇게 생각한다는 것 자체가 마법을 완성시키는 데 방해가 되는 요인이겠지만 이상하게 자꾸만 엉뚱한 생각이 든다. 지금 내가 쩔쩔매는 바람에 펠시가 죽을지도 모른다는 생각, 그리고 완성해 봤자 성공하지 못할 것이라는 생각…….

"까아!"

눈을 떠 보니 거인이 쓰러진 펠시를 향해 커다란 곤봉을 휘두르려 하는, 말로 표현할 수 없을 정도로 다급한 그런 순간이 시야 한가득 들어왔다.

'젠장, 될 대로 되라지!'

다시 눈을 감고 나는 집중하기 시작했다. 마법이 완성되어 적에게 성공하는 그런 이미지를 머리 속으로 그리며…….

마나는 천천히 내 부름에 따라 형상화되기 시작했다. 그리고 결국 마법을 완성시킨 나는 눈을 뜨고 펠시를 향해 외쳤다.

"어서 내 쪽으로 와!"

쓰러진 채 간신히 몸을 날려 거인의 공격을 피하던 펠시는 내 말을 듣고는 간신히 몸을 일으켜 발걸음을 옮기기 시작했다.

"우어?"

목소리를 들은 모양인지 거인은 힐끗 고개를 돌려 나를 바라보았다.

몸을 데굴데굴 구르다시피 해서 아슬아슬하게 내 쪽으로 다가온 펠시를 확인하고 나는 준비해 두었던 마법을 발동시켰다.

"거미줄(Web)!"

마법이 발동되어 거인의 몸 전체를 둘러싸는 것을 보고 나는 준비해 두었던 기름 병을 꺼내 뚜껑을 열고 그대로 거인을 향해 던졌다.

싱겁다는 듯 거인은 손쉽게 몸을 움직여 거미줄을 끊었지만 자신에게 다가오는 두 개의 기름 병은 피할 생각도 하지 않았다.

"어떻게… 불을 붙이려고?"

싱긋 웃으며 나는 펠시를 바라보았다. 그리고 호주머니에 넣어둔 '그것' 을 꺼내 들고 거인을 향해 뛰어가기 시작했다.

거인은 이미 거미줄을 거의 다 끊어놓은 상태였다. 녀석은 접근해 오는 나를 향해 귀찮다는 듯 주먹을 휘둘렀다.

"이크!"

몸을 날려 간신히 공격을 피하고는 허리춤에 놓았던 단검을 빼 들었다.

고작 그런 어설픈 무기로 자신을 공격하려고 하냐는 듯 거인은 피식 웃음을 터뜨리며 나를 마주 바라보았다.

"하압!"

그리고 그때,

오른손의 단검으로 왼손에 준비해 두었던 부싯돌을 예리하게 긁자 퍼진 불똥에 순간 오일이 빛을 내며 불타오르기 시작했다. 그리고,

"우어어?"

화르르 번져 오는 불꽃에 둘러싸여 거인 녀석은 뭔가 이상하다는 듯 바보 같은 신음성을 흘렸다.

"지옥에나 가서 발음 교정 좀 받아 오라고."

빠르게 사방으로 퍼지기 시작하는 불꽃을 뒷걸음질쳐 피하며 나는 그렇게 녀석을 향해 말했다.

"크워어어어!!"

자신을 둘러싼 불꽃을 발버둥 치며 거인은 부정했지만 그 어떤 것이라도 태워 버릴 정도로 붉게 사방을 물들이는 불로 인해 빠져나갈 길은 없었다.

거인의 울음소리는 잦아들고 시간이 흐르며 모든 것을 집어삼킬 정도로 자신을 과시하던 불도 차츰 그 기세를 누그러뜨리기 시작했다.

비록 목숨을 빼앗기 위해 날뛰던 몬스터였지만, 또 환상 마법에 불과한 것이었지만 지성이 있는 무엇을 죽였다는 느낌이 가슴 한구석을 아프게 했다. 살라맨더처럼 불타오르던 거인이 고통과 원망으로 가득 찬 울부짖음을 뿜어내던 광경은 아마 평생 내 기억에서 잊을 수 없는 모습이 될 것도 같았다.

그리고 어느 순간 환상은 걷히고 거무튀튀한 돌이 가득한 방에 자신이 누워 있다는 것을 알게 되었다.

"엥?"

카루 녀석이 눈을 동그랗게 뜨고 좌우를 둘러보더니 상황 파악이 안 된다는 듯 입을 벌리며 당혹성을 질렀다.

'그러니까 처음부터 다 환상인 거였다고.'

정확히 말하자면 이 탑의 문을 들어온 지 얼마 후겠지만…….

"……."

펠시도 눈을 비비고 일어나자 나는 한숨을 쉬며 주위를 둘러보기 시작했다.

잠시 후 어두운 방문이 열리고 검은 수염이 가득한 중년 사내가 방 안으로 들어와 무표정한 얼굴로 우리를 주시하기 시작했다.

"아, 안녕하십니까?"

카루 녀석이 고개를 끄덕이며 인사하자 검은 수염의 사내도 입을 열어 말했다.

"안녕 못하네."

"……."

뭐, 어찌 됐든 우리가 이 탑에 무단 침입한 것만은 사실이니 저 사내가 뭐라 한다고 해도 반박할 여지가 없는 것이다. 그냥 죄송하다고 비는 수밖에.

"저… 방금 전의 그것은 대체 무엇입니까?"

"웬 이상한 1학년생들이 이곳에 얼쩡거리나 하고……. 혼내줄 겸 탑의 마법을 발동시킨 것이다."

"……."

"굴러들어 온 뼈다귀 같은 녀석들이 그래도 꽤나 검을 쓸 줄 알더군. 뭐, 아무리 무단으로 들어왔다고 해도 꽤 심한 환상을 쓴 것은 사실이니 그 점은 내가 사과하지."

검은 수염의 사내가 그렇게 말하자 나는 작게나마 한숨을 쉬며 안도할 수 있었다.

"그래도 1학년은 이곳에 오면 안 된다는 사실을 잘 알고 있었겠지?"

"……."

"거짓말은 안 해서 좋군. 좋아, 그럼 비긴 것으로 하고 이번만은 특별히 용서하도록 하지. 아, 너무 좋아하지는 말도록. 너희들은 특별히 내년에 특별 코스로 단련시켜 주도록 할 테니 말이야."

으윽! 제길! 그게 뭐가 용서해 준다는 것이냐?

"그럼 어서 이만 가보도록 하게. 아, 그리고 검은 머리의 자네."

"저 말씀이십니까?"

"자네 이름이 뭐지?"

"베리입니다."

"흐음, 그런가?"

다른 애들도 있는데 왜 내 이름만 물어보는 거야? 내가 특별히 잘못한 것도 아닌데 말이다(미소녀도 아니고 저런 중년 사내에게 찍히는 것은 죽어도 사절이라고).

여하튼 털보사내를 남겨두고 우리 모두는 밖을 향해 발걸음을 움직이기 시작했다.

"아아, 정말 지독한 환상이었어."

"그랬지."

"그 거인 녀석이 눈앞에 서 있었을 때는 정말 기절할 것 같았어. 안 그런가?"

"응."

“이렇게 무사히 집에 돌아갈 수 있다는 게 정말 꿈만 같군.”

“맞아.”

“근데 자네, 언제부터 존대를 그만둔 건가?”

아, 무의식 중에 아까부터 자꾸 반말을 한 듯하군.

“존대를 해주길 원하십니까?”

“아니, 아니. 그냥 반말하게. 친구끼린데 어색하게 존대는 무슨.”

“고마워.”

“그래도 자네에게 반말을 들으니 조금 이상하긴 하군.”

“왜?”

“빵으로만 식사를 하다가 갑자기 밥을 먹으면 이상한 것처럼 말일세.”

뭐, 그런 위화감도 얼마 후면 없어지겠지. 인간이란 쉽게 적응하는 생물이니까 말이다.

펠시는 조금 놀란 눈을 하고 나를 바라보고 있었다(그녀의 당황한 모습을 보면 재미있겠다라는 생각을 언제부터인지 했었는데 예상외로 쉽게 이렇게 볼 수 있을 줄은 상상치 못해서 왠지 모르게 싱긋 웃음이 터져 나왔다).

“나는 베리 코퍼슨. 잘 부탁해, 펠시.”

“……”

대답도 없이 힐끗 쳐다보는 것을 끝으로 그녀는 걸음을 움직여 나를 지나쳐 갔다. 참 그녀답다라는 생각이 들어 웃음이 나왔다.

“펠시 아미슈 클린스테일.”

멀찍한 곳에서 고개도 돌리지 않고 내게 말하는 그녀. 지금 그녀가 어떤 표정을 짓고 있는지는 아마 신만이 알 것이다.

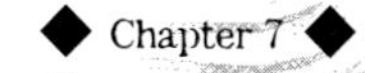

셀브렛의 하루

"셀브렛! 이제 그만 일어나!"

세상이 흔들리고 있다. 아니, 정확히 말하자면 시아 언니가 내 어깨를 붙들고 양 옆으로 사정없이 움직이고 있었다. 무거운 눈을 간신히 반쯤 뜨는 데 성공한 나는 그런 언니의 얼굴을 멍하니 바라보다가 입을 열었다.

"10분만 더 잘게."

"안 돼요. 더 자면 늦는다고. 씻고 아침밥 먹고 얼른 청소해야지."

"그냥 밥 안 먹을래."

"어리광 부리지 말고 어서 일어나!"

그렇게 말하며 언니는 인정사정없이 내가 꼭 붙들고 있는 이불을 벗겨냈다.

"이잉! 지금 막 거대한 고래를 낚는 꿈을 꾸고 있었다고. 다 먹고 나서 이야기해 줄 테니까 10분만 더 자게 해줘."

"고래를 낚는 꿈?"

"그래, 소녀의 낭만이야."

"낭만이라니? 그런 말은 또 어디서 들은 거야?"

"어떤 아저씨가 이쁜 언니의 팬티를 훔쳐보면서 '남자의 낭만이야'
라고 중얼거리던걸? 베리 오빠한테 낭만이 뭐냐고 물어보니까 꿈이랑
비슷한 단어래."

"그랬구나."

시아 언니는 웃는 얼굴로 내 눈을 바라보며 고개를 끄덕였다.

"베리 오빠의 낭만은 부자가 되는 거래. 평화로운 곳에 큰 집을 짓
고 거기에서 한가로이 책이나 읽으면서 지내는 것이 낭만이라고 내게
말해 줬어."

"셀브렛의 낭만은 고래를 잡는 거야?"

"응. 저번에 시아 언니가 고래가 세상에서 제일 큰 물고기라고 했잖
아? 틀려?"

"맞아. 물에서 사는 생물 중에서는 고래가 제일 크다고 해. 특이한
몬스터를 제외하면 말이지."

통째로 구운 노릇노릇하고 아삭한 거대한 물고기가 식탁 가득 있는
걸 상상하며 입에 잔뜩 고인 침을 닦고 나는 다시 언니를 향해 입을 열
었다.

"집보다 큰 물고기를 통째로 구워서 사람들을 잔뜩 초대해 놓고 마
구마구 먹는 거야. 겉은 바삭하고 속은 야들야들하게 구워야 할 테니
까 요리하기가 좀 힘들겠지?"

"그래, 그럴 거야."

어느새 시아 언니는 창문을 연 후 이불을 털고 있었다. 풀풀 먼지가 사방으로 날리자 표정을 찡그리며 한동안 나는 입을 열지 않았다.

"그리고 바다에는 거대한 문어도 있다며?"

"셀브렛은 문어 요리도 좋아하는 거야?"

"응. 문어 맛있어. 좋아해. 바다나 강에서 나오는 먹을거리는 다 좋아."

"그렇구나."

"점심에 고래 고기를 배부르게 먹고 나면 저녁에는 이따만한 문어를 잡아다가 살이 부드러워질 때까지 찜통에서 푹 익히는 거야. 거기에다가 아이린 언니가 발명했다고 하는 엘프 식 개량형 찜 소스를 듬뿍 올린 다음 나이프로 먹기 좋게 썰고 포크로 찍어서 아그작아그작 먹으면 정말 맛이 끝내줄 거야. 시아 언니도 먹고 싶지?"

"응. 자, 이제 세수하자."

물을 받아놓은 대야까지 날 끌고 간 후 시아 언니는 손수 내 얼굴을 깨끗이 씻겨주었다.

"후식으로는 달콤한 벌꿀차랑 케이크를 먹는 거야. 그런데 물고기 들어간 케이크는 없는 거야, 시아 언니? 왜 없을까?"

"글쎄……."

"나중에 내가 한번 만들어봐야지. 기르디 오빠가 없을 때 아이린 언니 꼬셔서 꼭 도전해 볼 거야. 언니도 도와줄 거지?"

"그래."

아까부터 심드렁하게 한 귀로 듣고 한 귀로 흘리며 대답하는 시아 언니였지만 신경 쓰지 않고 수다스레 다시 난 입을 열었다.

"에이참, 아까부터 내 낭만만 말하고 있잖아? 이거 좀 비겁한 거 아냐? 난 이렇게 자세히 말해 주는데 말이야. 그러니까 언니의 낭만도 말해 보라고."

"나중에 알려주면 안 되겠니?"

"안 돼! 난 머리가 나빠서 기억 못한단 말야. 그리고 간신히 기억해내어 말했는데 나중에 말해 주겠다고 하면 어떡해?"

갑자기 큰 소리로 내가 몰아붙이자 시아 언니는 조금 당황하는 것 같았다. 언니가 다시 입을 연 것은 잠옷을 벗고 막 내가 평상복을 입을 때쯤이었다.

"내 낭만은 그런 모두의 낭만이 이루어지는 것."

"이씨, 그게 뭐야? 그런 낭만이 어디 있어?"

"그렇지만 난 지금 이대로도 충분히 행복한걸."

"변태 아저씨가 평생 이쁜 언니 팬티만 훔쳐보면 어떡해?"

"그런 낭만은 빼고."

"칫! 언니는 정말 낭만을 모르는 여자야."

"응, 그렇구나."

"그렇게 쉽게 인정하지 마! 낭만을 모르는 사람과 묘인족은 인생을 모른다구!"

"그래. 자, 이제 아침 먹으러 가자."

"그렇게 쉽게 인정하지 말라니까!"

울상을 지으며 울부짖든 말든 언니는 내 손을 잡고 식당으로 향했다. 더 이상 뭐라고 입을 열어봤자 나만 바보가 될 뿐이란 걸 깨닫고 나는 그런 언니의 손에 이끌려 식탁으로 향했다.

천사가 있었다면 정말 이럴 것이다라고 내게 말해 주는 것 같은 미소를 지으며 아이린 언니가 내게 아침 인사를 했다.

"잘 잤니?"

"별루. 고래를 낚는 꿈을 꾸고 있었는데 시아 언니가 도중에 깨웠어."

"고래를 낚는 꿈?"

"고래가 세상에서 제일 큰 물고기잖아. 그러니까 그걸 잡아서 요리해 먹는 것이 내 낭만이거든."

어이가 없는 모양인지 아이린 언니는 쿡 하고 웃음을 터뜨렸다. 옆에서 먼저 밥을 먹고 있던 베리 오빠는 웃는 건지 당황한 건지 알 수 없는 그런 표정을 지으며 나를 바라보았다.

"소녀의 낭만에 불만이라도 있어?"

"꿈꾸는 것은 개인의 자유지만 말이다, 큰 고래를 낚는 건 혼자선 불가능해. 드래곤이라면 모를까."

"나는 불가능을 가능케 하는 소녀니까 상관없어. 지금 배우고 있는 정령술로 휘리릭 해치워 버리지 뭐."

"아마 네가 정령술로 고래를 낚는 것보다 내가 아홉 번째 단계의 주문을 마스터하는 것이 더 빠를 거다. 아니, 그전에 세상이 멸망하는 것이 더 빠르겠군."

"나중에 두고 보자고. 베리 오빠는 제일 맛없는 뼈다귀만 줄 거야."

"네 마음대로 하렴."

"쳇, 재수없어! 남의 꿈을 비웃는 사람은 저질이야."

투덜거리는 사이 시아 언니가 내 몫의 수프와 빵을 가져다 주었다.

"잘 먹겠습니다. 오늘의 빵은 내일의 고래 고기."

따끈한 수프로 목을 축인 뒤 적당히 손으로 뜯은 빵 조각에 딸기 잼을 듬뿍 얹어서 입 안에 넣고 우적우적 씹어 먹었다. 좋다고는 할 수 없었지만 반대로 나쁘다고 말하기에도 뭐한 그런 평범한 아침 식사였다.

"그렇게 달게 먹다가는 이빨 썩을걸?"

"셀브렛 이빨은 튼튼하니까 괜찮아."

"이미 썩고 있는지도 모르지."

"오빠 이빨이 썩고 있는 거겠지!"

"난 단것 별로 안 좋아해."

"마음이 나쁜 사람만 이빨이 썩을 거야. 나같이 착한 소녀는 안 썩어."

"네가 착한 소녀라면 난 벌써 천사가 되어서 하늘로 올라갔을걸?"

"왜 또 그런 소리 하는 거야? 베리 오빠, 바보, 멍청이, 똥꼬!"

"밥 먹는데 그런 말 하지 마, 셀브렛."

쳇, 아무리 서로 좋아한다고 해도 시아 언니는 역시 중요할 땐 베리 오빠 편인 것 같다. 뭐, 솔직히 내 실수가 어느 정도 있었던 것은 사실이지만 말이다.

뭐가 그리 즐거운 것인지 실실 미소 지으며 베리 오빠는 중얼중얼 혼잣말을 하기 시작했다.

"고양이의 낭만……? 쿡쿡! 그럼 낭만 고양이인가?"

도대체 무슨 말을 하는 건지 원. 저런 게 뭐가 즐겁다고 웃는 건지는 잘 모르겠지만 중요한 것은 베리 오빠는 세상 누구도 못 말릴 구제 불능 바보라는 것이다.

"그럼 전 학교 다녀오겠습니다."

"열심히 해."

"수고하세요."

"바보 오빠, 메롱!"

'훗' 하고 내게 거만한 미소를 지어 보이더니 베리 오빠는 터벅터벅 학교를 향해 발걸음을 움직이기 시작했다. 왠지 모르게 밥맛이 떨어지는 것 같았지만 기합을 넣고 후닥닥 먹어치운 뒤 청소를 하기 위해 부지런히 주방으로 향했다.

식당에서 내가 하는 일의 대부분은 바로 청소에 관련된 것이었다. 쓸고 닦고 예쁘게 광까지 내는 단순 노동이라고 하지만 꽤 센스와 요령이 필요한 작업이었다. 청소를 비웃는 자, 청소에 망하고 말지어다. 여하튼 솔직히 아침의 청소는 걸레질이 전부였기 때문에 그렇게 힘들진 않았다.

창문을 열어서 환기를 시킨 후 바닥을 반짝반짝 윤기 나게 대걸레질을 하고 아이린 언니, 시아 언니와 함께 식탁 위에 올려놓은 의자를 내려놓는다.

다른 자잘한 것을 끝내면 일단 기본적인 영업 준비는 완료다. 오전, 오후 경계가 애매할 때쯤 시아 언니와 나는 아이린 언니에게 공부를 배운다.

아이린 언니는 내가 만난 사람과 엘프들 중에서 제일 유식한 존재이다. 무엇이든지 궁금한 것을 물어보면 미소 짓는 얼굴로 친절하게 알려준다. 정말 모르는 것이 없는 것 같았다. 시아 언니와 베리 오빠도 똑똑한 것은 사실이지만 아이린 언니만큼은 아니라고 확신할 수 있다.

최근에는 짬짬이 그런 아이린 언니에게 정령술을 배우고 있었는데 말하는 게 너무 어려워서 가끔씩 머리가 빙글빙글 도는 것 같다. 언제나 친절하게 아이린 언니는 설명해 주지만 사실 난 말하는 것의 절반 조차도 못 알아들을 때가 많다.

"말로 설명이 되는 게 아니니까 상관없어. 중요한 것은 너의 의지야."

그나마 최근 들어서는 정령술이란 이런 것이다라고 대충 감을 잡을 수 있었지만 말이다. 말로 확실히 설명할 수 없는 다른 차원의 것을 배운다는 것이 여간 힘든 일이 아니었다.

시아 언니는 최근에 아이린 언니에게서 엘프 어를 배우고 있었는데 역시 똑똑한 사람답게 진도가 빨랐다. 간단한 일상 회화 정도는 말할 수 있을 정도니까 말이다. 역시 묘인족이고 엘프고 인간이고 간에 똑똑한 것이 최고라는 걸 새삼 내게 알려주는 듯했다.

공부가 끝나면 조금 쉬고 이른 점심 식사를 한다. 그리고 이때가 기르디 오빠가 침대에서 일어나는 시간이기도 하다.

기르디 오빠를 깨우는 것은 언제나 아이린 언니의 몫이다. 기르디 오빠는 생긴 것답지 않게 유난히 잠에 약한 타입이었는데 저녁 내내 자고 점심때까지 자고서도 뭐가 그리 불만인지 점심 식사 내내 불만에 찬 표정일 때가 많다. 증세가 심할 경우에는 밥을 먹으면서도 참지 못하고 중얼중얼거린다. 그러다가 아이린 언니랑 싸울 때도 있다.

그때쯤 되면 슬슬 종업원이 모인다. 점심 밥을 먹으면 본격적인 영업 준비를 한다. 부족한 재료가 있으면 시장에 주문하고 먹기 좋게, 요리하기 좋게 재료를 손질하는 일이 대부분이다.

손님이 하나둘 오면 슬슬 바빠지기 시작한다. 엘프 특유의 음식이 맛있어서 그런 모양인지 식당을 찾는 손님의 대부분은 규칙적인 단골이다. 그래서 어느 정도 일하게 되면 '슬슬 바빠질 시간이군', 또는

'이제 한가해지겠네' 라는 걸 알게 된다.

　바쁘게 일을 하다 보면 시간이 빨리 지나가고 손님이 없어서 딴청을 부리면 오히려 시간이 더 늦게 흐른다.

　그리고 날이 어둑해질 무렵이면 베리 오빠가 학교에서 돌아온다.

　솔직히 베리 오빠가 바보이긴 하지만 딱 하나 인정해 줘야 할 것이 있다. 그건 바로 부지런하다는 것이다. 일어나자마자 아침 공부를 하거나 가벼운 검술 연습을 하고 밥을 먹은 뒤 학교에 간다. 그리고 뭔지는 모르겠지만 학교에서 뭔가를 열심히 배운다. 또 식당에 돌아와서는 쉬지도 못하고 식당 일을 하는 것이다.

　그리고 여기에서 끝이 아니라 영업이 끝나면 기르디 오빠에게 자룬 왕자와 함께 검술을 배운다. 시아 언니의 말을 들어보면 추가적으로 방으로 돌아가서도 책을 읽거나 공부를 한다고 한다.

　셀브렛의 첫 번째 깨달음.

　'굼벵이도 구르는 재주가 있다. 베리 오빠도 노력하는 재주가 있다' 라고 해야 할까? 여하튼 정말 질릴 정도로 쉬지 않고 뭔가를 한다는 것이 참 용하다면 용하다고 할 수 있겠다.

　"뭘 그렇게 뚫어져라 쳐다봐? 내 얼굴에 뭐 고래 고기라도 묻었냐?"

　"그, 그냥 보는 거야."

　"별 싱거운 놈 다 보겠네."

　남이야 제 얼굴을 보든 등짝을 보든……. 칫! 역시 베리 오빠는 세상에서 제일 바보다.

　"있잖아, 오빠는 학교에서 뭘 배워?"

　"갑자기 뭔 소리를 하는 거야?"

“그냥 궁금해서 물어보는 거야.”

잠시 인상을 찌푸리며 생각을 하더니 베리 오빠가 퉁명스레 다시 입을 열었다.

“대부분 쓸데없는 걸 배우지. 알아봤자 인생에 별로 도움 안 되는 거.”

“그런 걸 왜 배우는데?”

“그런 걸 배워야 똑똑한 척을 할 수 있으니까.”

“똑똑한 척을 왜 해야 하는데?”

“대부분 귀족의 아이들이니까. 배운 표시가 나려면 똑똑한 척을 할 수 있어야지.”

“정말 쓸데없는 거네?”

“맞아. 별로 재미도 없어.”

정말 그런 데를 왜 다니는 것인지 모르겠다. 저번에 듣기에는 부자가 되려면 어쩔 수 없다고 하는 것 같던데.

“학교에선 다 그런 것만 가르쳐?”

“아니, 전 마법 학교에선 안 그랬어.”

“전 학교에선 뭘 가르쳤는데?”

“마법 쓰는 거.”

“학교에는 예쁜 여자랑 남자도 많지?”

“별로.”

갑작스런 내 질문에 왠지 뜨끔하는 베리 오빠. 다른 사람은 속여도 이 내 눈은 못 속이는데…… 이럴 때는 집요하게 캐묻는 것이 최고다.

“시아 언니한테 안 이를 테니까 알려줘.”

“정말 별로 없어.”

“좋아하는 여자 있어?”

“아니.”

“오빠를 좋아하는 여자는 있어?”

“없어.”

“오빠가 좋아하는 타입의 여자는 어떤 여자야?”

“예쁘고 착한 여자.”

“그런 여자가 같은 반에 있는 거지?”

“아니.”

“정말 없어?”

“예쁘고 못된 여자는 많더라.”

“정말루?”

“근데 너 지금 뭐 하냐? 누구 심문하냐?”

윽! 제길! 은근슬쩍 속마음을 떠보려고 했는데 역시 베리 오빠도 멍청한 바보는 아니군 그래.

“심문은 무슨, 그냥 물어보는 거지 뭐.”

“가서 일이나 해.”

“바보!”

‘메롱’ 하고 혀를 내민 뒤 주방으로 잽싸게 뛰어갔다. 굉장히 피곤한 모양인지 베리 오빠는 대꾸도 하지 않고 멍하니 의자에 앉아 휴식을 취했다. 쳇! 베리 오빠는 생선처럼 팔딱팔딱 뛰는 것이 최고인데 말이다. 솔직히 이럴 때는 좀 아쉽다.

주방으로 가보니 한쪽에서 기르디 오빠가 감자를 깎고 있었다.

슥삭슥삭!

눈에 보이지 않을 정도의 엄청난 속도로 후닥닥 감자를 깎는다. 내가 깎는 속도보다 정확히 열 배는 빠른 것 같다.

셀브렛의 깨달음 두 번째.

'굼벵이도 구르는 재주가 있다. 기르디 오빠도 감자 깎는 재주가 있다' 이다.

정말 감자 깎는 건 기르디 오빠가 최고다. 그건 '생선은 맛있다', '베리 오빠는 바보다'에 버금가는 절대 불변의 진리 중 하나이다. 세상이 두 쪽 나도 기르디 오빠가 감자를 제대로 못 깎는 장면은 상상할 수 없다. 아마 감자 깎기 명인이라든지 감자 깎기 대회라는 단어가 있다면 두말할 것 없이 기르디 오빠가 적격이라고 할 수 있다.

내가 입을 벌리며 엄청난 속도로 감자 깎는 것을 바라보자 기르디 오빠는 고개를 들어 올리고 슥 내 몸을 훑어보았다.

"……."

"……."

순간 온몸이 얼어붙을 것 같은 썰렁함이 내 주위를 맴돌았다.

"수, 수고하세요."

떨어지지 않는 발걸음을 후닥닥 움직여 억지로 달아나기 시작했다. 나란 존재는 신경도 쓰지 않는 모양인지 기르디 오빠는 다시 감자를 깎기 시작했다.

그렇게 힘든 식당 일이 끝나고 고달픈 뒷정리까지 마무리되면 잘 시간이다. 잠도 안 오는 모양인지 자룬 왕자와 베리, 기르디 오빠는 손을 잡고 검술 연습을 하러 가고 고요한 식당의 한 켠에서 아이린, 시아 언니도 따로 공부를 한다.

뭔가 소외받는 느낌이 들지만 어쩔 수 없다. 간혹 잠 안 자겠다고 식당에서 버티다가 베리 오빠한테 업혀서 방으로 실려 가는 일이 있어서 내 발로 얌전히 침실까지 가는 쪽이 현명했다.

자기 전에 양치질, 그리고 꼭 정령 소환술을 연습한다. 우리 눈에 보이는, 그리고 보이지 않는 원소를 느끼는 것, 그것이 내가 바로 해야 할 첫 번째 과제라고 아이린 언니가 말해 주었다.

그리고 친구가 되는 것.

바람, 물, 땅, 불, 눈, 햇살……. 셀 수 없이 많은 이 세상을 이루는 것들을 느끼고 친구가 되는 것이다.

"나도 지지 않을 테니까."

바보 오빠도 그렇게 열심히 노력하는 마당에 천재 소녀인 내가 뒤처질 순 없지. 반드시 꼭 해내고 말 테다.

그렇게 마음을 굳건히 먹고 연습을 하다 보면 어느새 졸음이 참기 힘들 정도로 몸을 무겁게 한다.

불을 끄고 예쁘게 침대에 누워서 눈을 감는다.

"오늘은 고래를 낚아야지……."

그리고 집채만한 고래를 낚아서 웃는 얼굴로 맛있게 요리해 먹는 모습을 그려본다.

정령술로 고래를 낚는다! 나는야 낭만 묘인족!

◆ 외전

악몽(惡夢:Nightmare)

무더운 더위도 한풀 꺾이고 푸르렀던 잎새도 하나둘 변색하기 시작하니 바야흐로 남자의 계절이라고 일컫는 가을이 왔음을 모두에게 알려주는 듯했다.

작은 방 한가운데 위치한 테이블에는 하얀 김을 모락모락 내뿜는 찻잔이 세 개 놓여 있었다. 의자에 앉은 사람 중 하나인 소녀는 신경질적으로 스푼을 이용해 차를 휘젓더니 자신의 옆에 앉은 검은 머리의 소년을 향해 입을 열었다.

"요새 잘 나가는 모양이군, 너도."

"이번에 나온 성적도 나쁘진 않은 편이지만… 뭐, 자룬 왕자에 비하면 아무것도 아닌 것이 사실이잖아?"

"그 왕자는 인간이 아니라 괴물이니까 그냥 넘어간다고 해도 너는 나랑 똑같은 사람이잖아, 사람! 인류를 어긋낼 셈이야? 이 변절자!"

"거참, 이상한 논리군. 네 성적도 그리 나쁜 건 아니잖아?"

"나랑 엘리는 2학년 진급도 달랑달랑하다고!"

검은 머리의 소년은 씨익하고 하얀 이를 드러내며 미소 짓더니 차를 홀짝 마신 후 입을 열었다.

"다 노력의 대가라고. 억울하면 너도 밤새서 공부하면 되잖아. 그리고 제발 숙제라도 좀 제대로 해오라고. 쉬는 시간에 배끼는 것도 지겹지 않냐?"

"으으! 네… 네놈!"

"휴~ 리체야, 베리 말대로 좀 더 노력하는 편이 나을 것 같은데? 너, 마법 이론 과목 이대로 가면 낙제라고, 낙제. 일 년 더 공부할 셈이야?"

"크아아아앗! 그것 말하지 마!"

소녀는 두 손으로 머리를 감싸 쥐며 자신이 처해 있는 상황을 부정하는 울부짖음을 토하기 시작했다. 그러자 검은 머리의 소년은 확인 사살이라도 하듯 그렇게 혼란에 빠진 소녀를 향해 입을 열었다.

"난 최근에 세 번째 단계의 마법을 성공했는데 말이야, 중급반 선생님도 내년에는 고급반으로 올라가는 것이 좋겠다고 말씀하시더군."

"네, 네놈! 우연으로 어쩌다 한번 성공했다고 자만하지 마랏!"

"마법에 있어서 운이란 존재하지 않는다고."

"맞는 말이긴 하네."

"부르투스! 아니, 엘리 너마저?!"

절친한 친구마저 자신을 배반했다는 느낌에 소녀는 가슴을 움켜잡으며 피를 토하듯 기침을 해대기 시작했다. 뭐, 지극히 연출적인 반응이었지만 말이다.

"리체야, 그렇게 오버하지 말고 모르는 것이 있으면 베리에게 물어보는 것이 좋을 듯해."

"적과 동침을 하란 말야?!"

"마법에 대해서 잘 아는 것도 베리뿐이잖아. 고집 부리지 말고 과외 받으라고."

테이블 위에 머리를 박은 채 소녀는 슬쩍 검은 머리의 소년을 바라보았다. 그 무엇인가 갈구하는 눈빛 공격에 소년은 한숨을 쉬며 입을 열었다.

"휴~ 어쩔 수 없군. 대신 대가는 확실히 지불하도록."

"순진한 처녀에게 뭘 바라는 거야? 이 변태!"

"아, 갑자기 급한 볼일이 생각났다. 과외는 없던 걸로 하지."

"흑흑! 대왕 마마, 고정하시옵소서!"

"기브 앤 테이크. 세상에 공짜란 없는 법이라고. 하핫!"

상큼한 미소를 날리며 검은 머리의 소년은 미적지근한 차를 한입에 털어 마셨다. 그 오만한 모습에 뿌드득 소리가 날 정도로 이를 가는 소녀였지만 약점이 잡힌 이상 함부로 뭐라 말할 수 없다는 자신의 처지 때문에 허벅지를 꼬집으며 참고 참는 수밖에 도리가 없었다.

그리고 바로 그때, 작은 방문이 열리며 한 소녀가 난입해 모두의 눈길을 받았다.

"휴~ 진짜 이 짓도 못해 먹겠어."

"이봐! 여기가 무슨 휴게실인 줄 알아?"

"어머, 리체씨, 텃세 부리는 거예요?"

"불난 집에 부채질하냐?!"

"너무 그렇게 과민 반응 보이지 말라고. 인류는 형제, 러브 앤 피스 몰라?"

"알 턱이 있냐?"

"힘들게 연습했더니 목이 마르군. 나도 차 한잔 부탁해."

"네놈도 날 무시하냐?"

얼마 전부터 이 부실을 안방처럼 왔다 갔다 하는 이 소녀의 이름은 '루시아'. 사교성이 좋고 외모도 단정해서 남자 아이들에게도 꽤 인기를 얻고 있는 이 소녀는 벌써부터 연극부의 차기 부장이라는 말을 들을 정도로 능력과 실력을 가지고 있었다.

검은 머리의 소년은 힐끗 쳐다보는 것을 끝으로 고개를 돌리고 갑자기 난입한 소녀에게 눈길을 거두었다.

"3학년 선배들없이 연극하는 것은 이번이 처음이라서 더 죽을 것 같아."

"아, 그러고 보니 이제 곧 기사 카쉬엘르의 앙코르 공연이 있구나?"

"맞아. 진짜 눈코 뜰 새 없이 바쁘다니까. 그런데 리체 녀석은 왜 저리 저기압이야?'

찻잔을 꺼내고 작은 주전자로 차를 따라주며 소녀가 말했다.

"응, 리체가 이번에 마법 이론학 시험을 완전 망쳤거든."

"송충이는 솔잎을 먹어야 한다고, 체술 과목이나 신청할 것이지 왜 그런 골 아픈 과목을 신청해서……."

"뭐, 뭐얏! 너 죽을래?! 앙?!"

뜨거운 차를 호호 불며 한입 마시더니 소녀는 검은 머리의 소년을 바라보며 말했다.

"아, 말할 것이 있는데 말이야……."

"그러니까 무시하지 말라고!"

“알았어. 진정하라고. 흠흠, 여하튼 오늘 내가 여기 온 것은 베리에 게 한 가지 부탁이 있어서……."

“저 녀석에게?"

“응."

검은 머리의 소년은 자신을 바라보는 모두의 눈빛에 주춤하며 난색 을 표하더니 뒷머리를 긁적이며 입을 열었다.

“무슨 부탁을?"

“아르바이트하고 싶은지 해서 말이야. 이번 학기 점수는 충분히 딴 것 같고 최근 별로 바쁘지도 않은 것 같아서……."

“아르바이트?"

“지금 연극부에 인력이 모자라서 아주 환장하겠어. 아, 학교에서 지 원하는 공금으로 대가는 확실히 지불할 테니까. 이렇게 부탁할게. 응?"

확실히 최근 시간이 많이 남는 것은 사실이지. 또 돈은 많으면 많을 수록 좋고 말이다. 검은 머리의 소년은 고개를 숙이며 생각하다가 흔 쾌히 고개를 끄덕이며 말했다.

“뭐, 간단한 것이라면 좋아."

“오케이! 고마워! 아, 이러고 있을 때가 아니지. 자, 어서 빨리 가자 고!"

소녀는 벌떡 일어나서 검은 머리의 손목을 부여잡고 어딘가를 향해 뛰어가기 시작했다.

“으으, 재수없는 것들! 엘리야, 소금 뿌려!"

“굵은 소금으로 뿌릴까, 가는 소금으로 뿌릴까?"

“아무거나 뿌려!! 젠장! 크아아악!!"

"루시아! 뭐 하다가 이제 오는 거야? 1학년 주제에 주인공 역 맡았다고 아주 기고만장이구나?"

"레티 선배님이 아르바이트할 애 찾아오라고 하셔서."

"호오! 저 아이가 아르바이트할 아이라고? 닭 모가지 비틀 힘도 없어 보이는데?"

"검술 고급반의 아이니까 힘 쓰는 것은 잘할 것 같아서 제가 특별히 부탁한 것입니다."

웨이브진 풍성한 금발의 오만하게 생긴 한 여학생이 문을 열고 들어서자마자 괴상한 소리를 질러대자 베리는 저절로 짜증이 솟구쳤지만 보는 눈도 많고 자기보다 선배인 것도 같아서 내색하지 않고 속으로 삭이는 수밖에 도리가 없었다.

"흥! 얼마나 일을 잘하나 두고 보자고."

꽥꽥 윽박지르고 금발의 여학생이 나가자 부실의 모두는 한숨을 쉬며 내심 안도했다.

"휴~ 그래도 오늘은 가벼운 편이네."

"샤르니에 선배의 히스테리는 진짜 알아줘야 한다니까."

"레티 선배한테 부장 자리를 빼앗기고 나서부터 더 심해졌어."

지금의 말만 들어도 베리는 대충 금발의 여학생이 어떤 사람인지 평가할 수 있었다. '능력도 안 되는 주제에 성격은 더러워서 주위의 빈축을 사는 구제 불능 타입'. 줄여 말하면 그냥 '바보'인 것이다.

"미안해. 내가 대신 사과할게."

"아, 됐어. 그냥 미친 개에게 물린 셈치지 뭐."

"그, 그래라."

"응, 그럴게."

예상을 뛰어넘는 반응에 루시아는 자신의 은색 머리를 쓰다듬으며 멋쩍어하더니 곧 미소 짓는 얼굴로 베리를 향해 말했다.

"그럼 해야 할 일을 알려줄게. 일단 청소와 소품 정리 하는 것이랑 엑스트라 배역 몇 개, 마지막으로 배우들의 전투 신 조율하는 거야."

"전투 신 조율이라니?"

"아쉽게도 연극부에는 검술에 능한 사람이 없거든. 뭐, 전투 신이라고 해도 가벼운 것들뿐이니까 대충대충 하면 될 거야."

뭐, 그 정도 수준이라면 괜찮겠지. 베리는 싱긋 웃으며 말하는 루시아의 말을 가볍게 받아들이며 고개를 끄덕였다.

"자, 그럼 연습 시작하자."

부실의 아이들은 활기 차게 외치며 강당을 향해 천천히 발걸음을 움직이기 시작했다.

"오오, 사랑하는 나의 레이디! 마지막 전투가 끝나면 그 빛나는 언덕으로 뛰어가겠소! 비록 지금은 피와 검이 난무하는 전쟁터지만 당신을 위해서라면 난 무엇이라도 할 수 있다오!"

기사 카쉬엘르가 마지막 전쟁을 하기 전에 하는 독백 신. 눈물 없이는 볼 수 없다는 명장면이라고들 말하지만 베리가 보기에는 밤중에 철 없는 녀석이 고성방가하는 정도일 뿐이었다.

여하튼 연극이란 것도 실제로 이렇게 보니 뭐라 설명할 수 없이 유쾌했다. 그렇게 재미있는 것은 아니었지만 그래도 시선을 빼앗는다고나 할까?

그렇게 생각하며 베리는 연극에 필요한 소품을 정리하기 시작했다. 연극을 보는 것도 즐겁지만 그보다는 해야 할 일을 처리하는 것이 우선이었기 때문이다.

뒤처리는 모조리 다 베리의 몫이었기 때문에 사용하지 않는 것은 이렇게 미리미리 정리해 두어야 했다. 나중에 한꺼번에 해치우려고 하면 마무리하는 데 배는 더 시간이 걸리기 때문이었다.

"자자, 연습 끝! 그럼 식사하러 가자!"

연극부에 대한 학교의 지원이 대단하다는 것은 예전에 언뜻 듣기는 했지만 학생 식당과 기타 소품 구입비마저 전액 지원할 줄은 예상하지 못했던 일이다. 뭐, 그 덕에 이렇게 공짜로 밥을 얻어먹으니 뭔들 어떠랴라고 생각하는 베리였지만 말이다.

이 나라 최고의 기사 양성 학교답게 학생 식당도 그 규모가 대단했다. 베리는 평소에 도시락을 싸 와서 잘 알지 못했지만 귀족 아이들의 입맛이 워낙 까다로운 탓에 학생 식당 주제에 수십 가지가 넘는 다채로운 음식을 마음대로 골라서 먹을 수 있었던 것이다. 무슨 고급 대중 음식점도 아니고 처음에는 그 규모와 엄청난 메뉴에 입을 벌리며 당황할 수밖에 없었던 베리였으나 힘들고 고달픈데 밥이라도 많이 먹어 스트레스를 풀 수밖에 없었다. 샤르니에라는 이상한 선배가 잘못한 것도 없는데 단지 루시아가 추천한 아이라는 이유 하나로 베리를 못살게 굴었던 것이다. 무슨 애도 아니고 그렇게 유치하게 심술 부리는 것에 화가 치미는 것은 아니었지만 그래도 도인이 아닌 이상 짜증 정도는 날 수밖에 없는 것이 사실이었다.

배부르게 식사를 하고 다시 연습, 그리고 마지막으로 정리가 끝난 후 날이 어둑어둑해질 무렵에 식당으로 돌아간다. 이상하게 보수가 높다고 생각했는데 알고 보니 그 정도 받는 것이 부족하다고 느낄 정도로 힘들고 고달픈 일이었다.

전투 신 장면을 연출하는 일도 그랬다. 기사 양성 학교인 만큼 어느 정도 기본은 돼 있었지만 그래도 그럴듯하게 보일 정도로 전투 상황을 연출하는 일이 쉽지 않았다. 대화에 맞게 상황을 만들어야 하는데 피 튀기는 전투 신에서 주절주절 대사하는 것이 어색하지 않을 리 없었던 것이다.

여하튼 그러한 중노동도 모자라 돌아와서도 쉬지 못하고 공부, 검술 연습, 식당 일까지 또 해야 하니 그야말로 몸이 열 개라도 모자랄 정도로 바쁜 나날이었다.

"오빠, 요새 피곤해 보이네요."

"조금. 뭐, 그래도 내일이면 끝이니까."

"다행이네요. 그렇게 계속 일하다가는 쓰러질 것 같아요."

"맞아. 점수도 많이 따났으니까 당분간은 편히 쉬면서 보내야겠어."

의자에 앉아 휴식을 취하며 베리가 말하자 시아는 걱정스런 눈빛으로 다가와 입을 열었다.

"도대체 뭐가 필요하기에 그렇게 열심히 일하는 건데요?"

"글쎄, 지금 상태에 만족하고 있기는 하지만 그래도 돈이란 것은 있으면 일단 기분이 좋잖아. 또 세상일이란 것이 한 치 앞도 예상하지 못하는 만큼 돈을 쓰게 될 일이 생길지도 모르니까."

어깨를 주무르자 베리는 살짝 야릇한 비음을(?) 내며 몸을 움찔거렸다.

"목욕하고 주무세요. 그리고 또 할 일 없다고 덜컥 이상한 일 맡아 버리지 마시고요."

"우우! 내가 사람이 너무 좋아서 부탁을 하면 거절을 못한다고."

"어련하시겠어요."

"아아! 아프다고! 살살 좀 주물러! 여자애가 왜 그리 손이 매운 거야? 내 어깨가 무슨 밀가루 반죽도 아니고."

"이래야 근육이 풀린다구요. 어설프게 주물러 봤자 오래가지도 않아요."

'가냘퍼 보이는데 어디에서 저런 힘이 나오는 건지 정말 미스테리오브 미스테리야' 하고 투덜거리는 베리 녀석이었다.

셀브렛 녀석에게 물든 것인지 시아 녀석도 처음의 그 소심한 성격을 탈피해 많이 적극적으로 변한 듯했다. 식당에서 땀 냄새 나는 아저씨들을 상대하다 보니 어쩔 수 없이 적응된 것일지도 모르겠지만 여하튼 베리로서는 그 점이 많이 다행스럽기도 했다. 예전의 몸이 아주 안 좋았을 때만 해도 보기 딱할 정도로 무엇인가 겁에 질린 모습이었다.

사실 시아가 보통 사람에 비해 많이 다르다는 것은 베리도 처음부터 눈치 채고 있던 사실이다. 표현하지 않는 것이 더 나을 것이라 생각돼서 말하지 않았을 뿐.

그냥 보통 여자 아이처럼 대하는 것을 시아 스스로도 원하고 있다는 것을 베리도 알고 있었으니 말이다.

"와! 언니! 이것 좀 봐!"

상기된 표정으로 셀브렛 녀석이 후닥닥 뛰어와서 숨도 고르지 않고 말했다.

"왜? 아이린 누나가 맛있는 생선 요리라도 해주던?"

"그, 그것보다… 으음, 아니, 여하튼 비슷한 일이야!"

"호오! 네 녀석이 생선이랑 비슷하다고 말할 정도면 아주 대단한 일이겠군."

셀브렛의 손 위에는 초록색의 빛나는 무엇이 파닥거리며 날고 있었다.

"마법? 아니군. 정령인가, 그럼?"

"응! 나 해냈다고!"

아이린에게 정령술을 배운 지 한 달이 채 되지 않았는데 초보적이지만 정령을 소환해서 부린다는 것은 생각 외로 굉장한 일이었다. 정령술 자체가 이론적으로나 사용하는 데 있어서 마법보다 어려운 것은 아니었지만(재능이 있는 엘프의 경우는 배우고 곧장 정령을 소환할 수도 있었다). 그래도 선천적인 자질을 타고나야 가능한 일이었던 것이다. 마법은 지능과 노력만 있으면 거의 모두가 배울 수 있는 것이었지만 소환술은 아무리 노력한다고 해도 정령과의 친화력이 맞지 않으면 그냥 포기하는 수밖에 도리가 없었다. 셀브렛의 경우는 본인이 남몰래 노력을 한 것도 있었고 또 정령과의 친화력도 나쁘지 않은 편이라 성장 폭이 굉장히 빠른 편에 속했다.

"진짜 굼벵이도 구르는 재주가 있다더니 네 녀석도 가끔씩 사람을 놀래키는 재주를 가지고 있구나. 여하튼 대단하군, 그렇게 짧은 시간에 정령을 불러내다니……."

"헤에, 나 같은 천재 미소녀에게 이 정도쯤은 식은 죽 먹기라고."

"창술가련한 천재 미소녀?"

"크아악! 그만 좀 놀려! 사내가 돼서 여자 아이 말꼬리나 잡고! 진짜 베리 오빠는 소심한 변태야!"

뭐, 잘한 것이 있으니 이번만은 특별히 용서해 주도록 하지. 베리는 그렇게 생각하며 셀브렛의 머리를 쓰다듬어 주었다.

"이것 봐, 실프야!"

"헤에! 바람의 정령이었지?"

"응. 지금은 작고 보잘것없지만 열심히 배워서 고급 정령을 부릴 테니 말이야. 기대해도 좋다고, 변태 오빠."

"이놈이 한번 해냈다고 너무 주둥아리를 나불거리는구나."

"아앗! 폭력 금지!"

때리지도 않았는데 움츠러드는 것을 보니 조금 불쌍하기도 했다. 그래도 확실히 뭐라 하지 않으면 셀브렛의 성격상 끝을 모르고 날뛸 것이 분명하니 오늘은 꿀밤 한 대 때리는 것으로 봐주기로 하자.

그렇게 중얼거리며 스스로를 참 착하다고 생각하는 베리. 착각은 자유라지만 그 정도가 상당히 지나친 감도 없지 않았다.

강당에는 수많은 학생들이 시끌벅적하게 떠들며 연극이 시작하길 기다리고 있었다. 베리도 병사 C, 보초병 A 같은 엑스트라치고는 꽤 비중있는 역을 맡았기 때문에 강당 안을 거의 다 메울 정도로 떠들썩하게 연극을 기다리는 학생들을 내심 초조한 눈빛으로 바라보고 있었다.

"연극을 시작하도록 하겠습니다! 학생 여러분들은 정숙해 주시길 부탁드립니다!"

사회자의 말에 학생 모두는 꿀 먹은 벙어리처럼 조용히 정면을 응시했다. 잠시 후 막이 오르고 주인공 카쉬엘르의 독백으로 연극은 시작되었다.

"아, 사랑하는 님을 두고 왜 나는 떠나야만 하는가? 하늘이여, 왜 저에게 이런 시련을 내리시는 겁니까? 제발 말해 보십시오, 하늘이여!"

카쉬엘르의 외침과 함께 들려오는 천둥, 번개 소리. 카쉬엘르, 아니,

정확하게 말하자면 레티 선배는 그런 하늘의 울부짖음에 무릎 꿇고 슬퍼하기 시작했다.

엄청난 검술 실력을 가지고 있는 정의감 넘치는 주인공 기사 카쉬엘르. 하지만 이웃 나라의 습격으로 인해 전쟁이 발발하고 사랑하는 레이디인 누구누구를 남겨두고 카쉬엘르는 전쟁터로 떠나야만 했다.

장면이 바뀌고 적의 뛰어난 전술에 당해 패잔병이 된 기사 카쉬엘르가 엎친 데 덮친 격으로 산적들의 습격을 받는 신이다.

"목숨이 아깝거든 무기를 내려놓아라!"

"너는 누구냐?"

"내 이름은 로레인. 갈색 늑대 산적단의 퍼스트 레이디지! 너 같은 애송이 녀석도 이름쯤은 들어본 적 있겠지?"

"전쟁에 패해 도망가는 주제에 구차하게 목숨을 이어가고 싶진 않다! 덤벼라!"

일 대 일 승부로 로레인이란 여자 산적 두목을 이기는 우리의 주인공 카쉬엘르. 웃기는 것이 로레인이란 여자 산적이 카쉬엘르 군이 속해 있는 나라의 충신 딸이란 것으로 대부분의 뛰어난 충신이 그렇듯이 연극에서도 간신의 흉계에 휘말려 죽임을 당하고 그 밑의 부관이 로레인을 데리고 산으로 도망쳐 산적으로 위장해 목숨을 이어가고 있었다는 것이다(적군의 돈은 훔쳐도 되고 자기네 나라 사람 것은 훔치면 안 된다는 것이 이 기사 카쉬엘르의 대본을 쓴 사람의 애국심인 모양이다). 여하튼 그런 배경 덕분에 카쉬엘르와 로레인은 적국의 병사들을 같이 때려잡자고 의기투합한다. 패잔병의 무리와 산적단의 무리가 어떻게 훈련된 수천의 정예 기사들을 때려잡는지 의문이지만 여하튼 연극이니 그냥 넘어가기로 하자.

"카쉬엘르, 왜 당신은 그녀만을 바라보고 있는 건가요? 제 마음은 저 하늘의 달처럼 영원히 당신만을 위해 빛나고 있는데……."

산적단의 두목 로레인 역할을 맡은 루시아는 정말 닭살이 돋을 정도로 낯간지러운 대사를 잘도 말하고 있었다. 어지간히도 몰입한 모양인지 순진한 여학생들 몇몇은 눈시울을 붉히며 그런 로레인의 모습을 바라보고 있었다.

진부함의 극치! 산적단의 여두목인 로레인은 어느새 카쉬엘르에게 반해 있었던 것이다. 애국심으로 똘똘 뭉친 바보 기사 녀석이 뭐가 볼게 있다고 반한 건지 로레인이란 여성도 주인공 카쉬엘르 못지않은 바보임이 확실했다.

그리고 시간은 흘러흘러 최후의 종장이 다가왔다.

"뭐라고?! 샤르니아 선배가 그냥 가버렸다고?"

"큰일이야! 어떡해!"

"난 몰라! 반응도 좋은데 마지막에 이게 무슨……."

"흑흑!"

몸이 안 좋다는 말도 안 되는 핑계로 샤르니아가 집으로 가버리자 대기실의 여학생들은 눈물을 흘리며 당황해하고 있었다.

"부족하면 메워!"

"레티 선배, 샤르니아 선배가 성격은 더럽지만 그래도 얼굴은 예뻐서 그 역을 시킨 거잖아요. 그런데 이제 와서 누가 그 레이디 역을……."

루시아의 말에 레티는 신음성을 흘리며 고개를 숙이는 수밖에 도리가 없었다.

그랬다. 연극의 주인공인 초절정 미남 주인공 녀석이 신격화할 정도로 그녀는 아름다웠다. 대기실에도 몇몇 역할을 맡지 않은 여학생들이 있었지만 단정한 얼굴의 미소년 레티를 상대할 만큼 아름답고 우아하고 지적인 얼굴의 소녀는 이미 중요 배역을 맡은 사람밖에 없었던 것이다.

"흑흑! 어떻게 해! 이제 시간도 없어!"

"난 몰라! 3학년 선배한테 죽었다!"

여자 아이들은 눈물을 흘리고 남자 아이들은 그 샤르니아의 오만한 얼굴을 떠올리며 분통을 터뜨리고 있던 바로 그때였다. 대기실의 문이 열리며 수건으로 땀을 닦으며 베리가 들어오자 모두의 시선이 그에게 쏠렸다.

"아, 맞아! 베리를 시키면 되겠구나!"

"그래! 왜 그 생각을 못했지?"

루시아의 말을 시작으로 모두는 손뼉을 치며 맞장구치기 시작했다.

"무, 무슨 말을 하는 거야?"

상황이 이상하게 돌아가는 것을 눈치 채고 베리가 눈을 동그랗게 뜨며 말했다. 루시아는 눈물이 그렁그렁한 눈으로 그런 베리의 손을 부여잡고 입을 열었다.

"베리야, 제발 부탁할게! 응? 제발!! 나, 아니, 우리 모두가 무릎 꿇고 부탁할게."

루시아가 무릎을 꿇자 연극부 모두는 차례차례 무릎을 꿇고 베리를 바라보았다. 사람을 절대 거부할 수 없게 만드는 그런 눈빛을 지으며.

"이, 일단 모두 일어나십시오. 무슨 부탁인지 말을 해야 알죠."

"네가 승낙할 때까지 우린 모두 안 일어날 거야!"

"맞아! 안 일어나!"

"절대 안 일어나!!"

갑작스런 모두의 행동에 머리가 쑤셔오기 시작했다. 한 손으로 이마를 짚고 베리가 다시 물었다.

"도대체 무슨 일이기에 그러시는 겁니까?"

"제발 묻지 말고 승낙해 줘!"

"도, 도대체 무슨?"

"묻지 말래두!"

"아악! 시간이 없어!"

눈물을 흘리며 베리를 바라보는 여학생들, 그리고 두 주먹을 불끈 쥐고 거부할 시에는 용서하지 않겠다는 결의에 찬 눈빛의 남학생들. 덕분에 베리는 백 년은 산 듯한 얼굴로 고개를 숙이며 말했다.

"알겠습… 니다."

"아악! 빨리 드레스 가져와! 마음 변하기 전에 빨리!"

"곧 막 올라간다! 어서어서 준비해!"

그리고 최후의 종장은 막이 올랐다.

"오오! 나의 아름다운 레이디! 어서 창문을 여시오! 카쉬엘르가 죽지 않고 여기 살아 돌아왔소!"

레티 선배는 한껏 감정을 담은 목소리로 저택의 문 앞에서 그렇게 외쳤다. 한참의 시간이 지나도 약속되었던 장면이 연출되지 않자 '흠흠' 하는 헛기침을 하고 입을 여는 레티 선배였다.

"레이디! 부끄러워하지 말고 어서 나오시오! 그 아리따운 얼굴을 어서 내게 보여주시오! 자, 어서!"

이 부분은 대본에 없었던 것이지만 레티 선배가 상황이 어색하지 않게 애드리브로 대사를 했던 것이다.

뼁 하는 엉덩이 차는 소리와 함께 무대로 튀어나오는 아리따운 레이디. 홍조 가득한 상기된 얼굴은 오랫동안 님을 기다려 왔다는 것을 증명해 주는 듯했다(…).

"드디어 그 아리따운 모습을 내게 보여주는구려! 사랑하오!"

"……."

"너무 그렇게 부끄러워하지 마시오! 수많은 적들의 목을 베고 이렇게 돌아왔으니! 자, 어서 내 넓은 품에 안겨서 잠드시구려, 아름다운 나의 레이디!"

그러나 레이디는 상기된 얼굴로 침묵을 지킬 뿐이었다.

"야, 뭐 하는 거야, 빨랑 안겨야지?"

무대 저편에서 루시아가 베리에게만 들리도록 소곤거리기 시작했다.

"조금 섭섭하구려. 그동안 그대는 나를 그리워하지 않은 모양이구려."

움직이지 않는 목을 억지로 좌우로 움직이는 우리의 아름다운 레이디였다.

"오오, 그대도 날 그리워하고 있었구려. 그, 그럼 설마 부끄러워서 그렇게 못 움직이는 것?"

살짝 고개를 끄덕이는 레이디. 카쉬엘르는 환희에 찬 얼굴로 강당의 학생 등을 바라보며 말했다.

"맞아! 사랑하는 레이디가 나를 거부할 리 없어! 좋아, 그럼 내가 먼저 용기를 내어 그대를 품에 안도록 하지!"

카쉬엘르는 성큼성큼 다가가 레이디를 품에 안았다. 품에 안기자마자 전율하는 듯 부르르 떠는 레이디의 모습은 관중의 눈시울을 붉히기에 충분했다.

"하하하! 카쉬엘르! 나를 잊은 거냐?"

주인공의 연적이자 라이벌인 후르센 백작이 갑자기 어디선가 나타나 외쳤다. 카쉬엘르는 흠칫 놀란 표정으로 그런 그를 바라보더니 분노에 찬 어조로 말했다.

"네, 네놈은 배신자 후르센 백작! 충신인 로레인의 아버지를 죽이고 이번 전쟁을 일으킨 주범이 네놈 아닌가?!"

"하하! 늦게도 알아채는군, 바보 같은 녀석! 여하튼 네 녀석을 죽이고 저 여자는 내가 갖기로 하지!"

"어림도 없다, 이놈!"

검을 뽑아 드는 카쉬엘르. 아리따운 레이디를 두고 둘은 한 판 승부를 벌인다. 잠시 후 카쉬엘르가 승리해 바닥에 엎드린 후르센 백작에게 칼을 겨누며 외친다.

"네놈을 죽여 이 나라의 평화를 도모하리라!"

"자, 잠깐, 카쉬엘르! 마지막으로 죽기 전에 한 가지 말할 것이 있다!"

"빨리 말해라!"

"그것은……."

마지막에 손속에 자비를 두어 위기를 맞는 것은 이런 고전 영웅물의 정석인 모양이다. 여하튼 후르센 백작은 비겁하게 품에서 독 묻은 작은 비수를 꺼내 방심한 카쉬엘르를 향해 던진다. 그리고…….

"아, 안 돼요!"

자신의 몸을 날려 대신 독 묻은 비수에 맞는 아름다운 우리의 레이디. 정말 눈물 없이는 볼 수 없는 감동스러운 장면이었다. 그러나 연극부의 몇몇은 웃음을 참지 못하고 쿡쿡거리기 시작했다. 몰입한 관객들은 눈치 채지 못했지만.

"네, 네놈!!"

그러나 카쉬엘르의 검에 맞아 후르센 백작은 비참한 포즈로 쓰러져 죽는다. 카쉬엘르는 쓰러진 레이디를 품에 안고 눈물을 흘리며 슬퍼한다.

"흑흑! 레이디! 평생 당신만을 사랑하겠소!"

카쉬엘르는 죽은 레이디의 이마에 키스한다. 그리고 천천히 내려오는 막은 관객들에게 감동적인 연극이 끝났음을 말해 주었다.

연극이 모두 끝난 후 한 소년의 울부짖음이 학교 전체에 을씨년스럽게 울려 퍼졌다. 소년이 머물고 있는 식당 식구 모두가 연극을 보러 왔음을 알고 일주일 동안 식음을 전폐하고 구석진 음습한 곳에서 개미굴만 팠다고 한다. 다행히 학교 전체에 소문이 퍼지진 않았지만 특정 몇몇에게 소년의 별명이 '레이디' 로 확정된 것은 어찌 보면 당연한 일이었다.

〈3권으로 계속〉

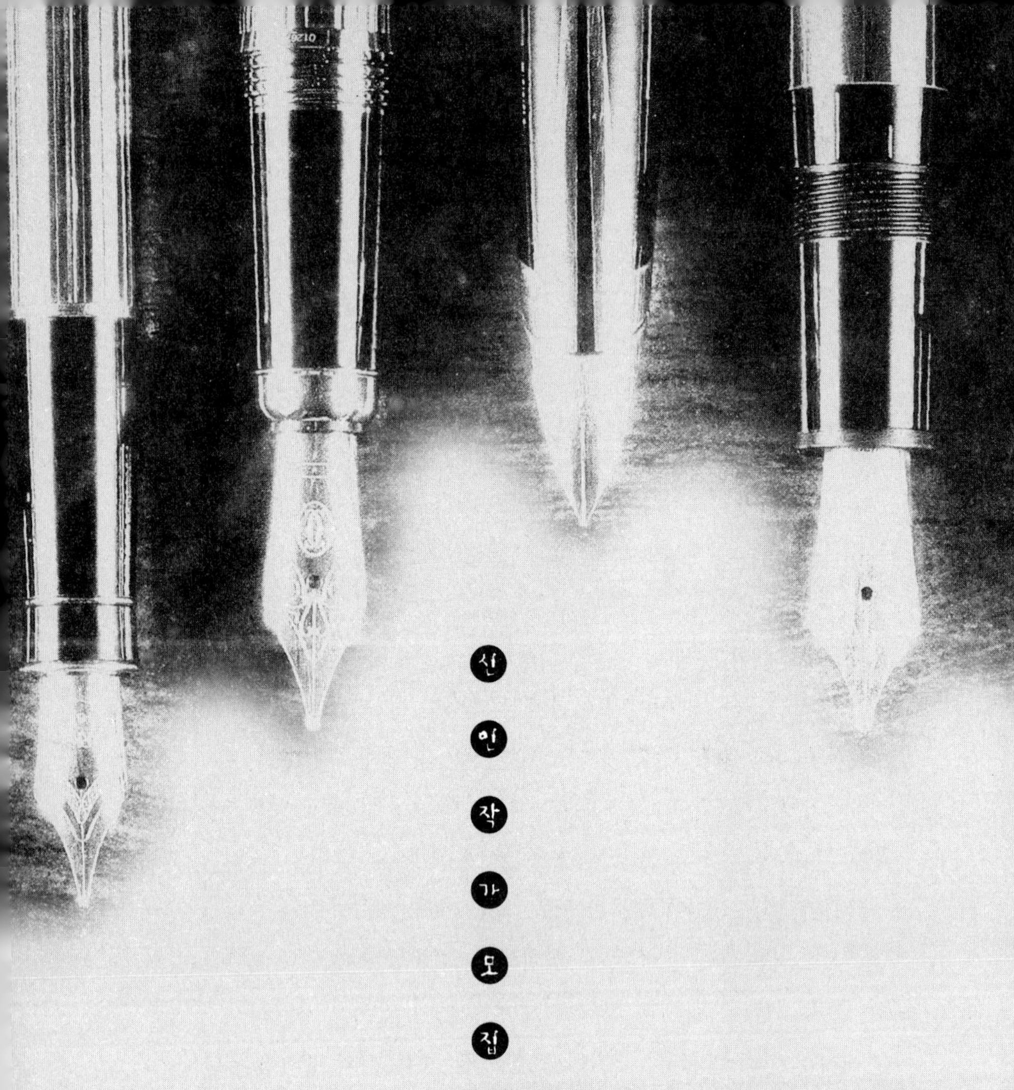

신
인
작
가
모
집

시작이 반이라고 했습니다.
작가의 길에 대한 보이지 않는 벽을 과감히 깨뜨리십시오!
청어람은 작가 지망생 여러분들의
멋진 방향타가 되어드리겠습니다.

저희 도서출판 청어람에서는
소설 신인 작가분들을 모집합니다.
판타지와 무협을 사랑하시는 분들의 많은 참여를 바랍니다.
소정의 원고(A4용지 150매)를 메일이나 우편으로 보내주시면
검토 후 출판 여부를 알려드리겠습니다.

주소:경기도 부천시 원미구 심곡1동 350-1 남성B/D 3F 우편번호420-011
TEL:032-656-4452 · FAX:032-656-4453
http://www.chungeoram.com
e-mail:chungeoram@chungeoram.com